のんべんだらりな転生者 3
Nonbendarari na Tenseisyu
～貧乏農家を満喫す～
Saku Sakura
咲く桜
illust 藻 Mo
JN055119

Luna
ルナ
アウルのメイド
Yomi
ヨミ
アウルのメイド

Awl
アウル
貧乏農家の
息子

Mirei
ミレイ
アウルの
幼馴染
「ミレイちゃん、なんでルイーナ学院の制服着てるの!?」
「なんでって、私がこの学院に編入したからよ」

のんべんだらりな転生者3

Nonbendarari na Tenseisya

～貧乏農家を満喫す～

Saku Sakura
咲く桜

illust Mo
藻

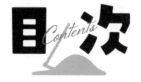

目次 Contents

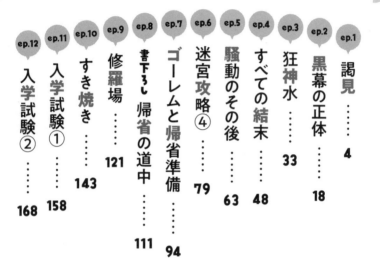

ep.1

謁見

40畳はありそうな応接室でしばらく待っていると、ノックの後にドアが開かれた。

一見シンプルだが、よく見るとかなり高価そうな服を着た男性、年齢は50歳くらいだろうか。白髪がいい感じに似合っているナイスミドルが入ってきたが、この人がこの国の宰相なのだろうか？

「お待たせして申し訳ない。私はこの国の宰相をやっておりますガリウス・フォン・フィーラルと申します。一応、侯爵の爵位を拝命しております。此度はこの国の危機を救っていただき本当にありがとうございます」

やはり宰相のようだ。それも、かなり人間ができているように感じる。自分で言うのもなんだけど、こんな子供が魔物を倒したと言っても、普通は信じられないだろう。

……もしかしたら内心ではそう思っているのかもしれないが、それを全く表に出さないのは好感が持てる。

まともな貴族は少ないと思っていたけど、宰相がこれほどできた人間ならこの国は安泰だろう。

「私はオーネン村出身のアウルと申します。この度は王城へと招聘いただき光栄の至りです。しかしながら、平民出身ゆえ言葉遣いが不出来なことをお許しください。それに宰相様がそのような丁寧な言葉を使う必要もないのでどうか」

向こうがあんなに誠意ある態度なんだから、こっちもそれ相応の対応をしないと失礼だよな。まぁ、うまく喋れるかどうかは別だけど。

「おやおや、ではお言葉に甘えよう。それに君は平民の子供とは思えないほどに喋れているから安心したまえ。……それで、そちらのお嬢さん方もご紹介いただけるのかな？」

あっ、やべ。紹介するのを忘れてた。俺も思ったより緊張しているみたいだ。

「紹介が遅れまして申し訳ありません。向かって右からルナ、ヨミです。……2人は一応私の奴隷なのですが、謁見の際に同行しても問題ないでしょうか？」

「ほう、このお嬢さん方が……。報告は聞いているよ。スタンピード解決の英雄だとね。重ね重ね君たちには感謝する。本当にありがとう。謁見の間に入ることも問題ないから、気にしなくても大丈夫だ。なにしろこの国を救った英雄なのだから」

「「いいえ、私たちはご主人様をお守りしたかっただけですから」」

「ふふふ、そうかそうか。それではアウル君には盛大に感謝しないといけないな！」

奴隷身分の2人にでも感謝の意を示すとは、本当に愛国心が強い人だ。さすがに身分があるから、俺たちに頭を下げるようなことはないけど。

……貴族がみんなこんな人だったらいいのになぁ。

「さて、挨拶も済んだことだしあまり時間もない。早速で悪いんだが、今後の予定についての確認と、所作等について話をしてもいいかな？」

「はい、すみませんがよろしくお願いします」

た。

「「お願いします」」

まず、今後の予定についてだけど、一時間後くらいに国王のいる謁見の間に通されるらしい。

そこで今回の事件の概要の確認と、褒賞を授与されるとのことだ。

褒賞はなにがいいか聞かれるらしいけど、「陛下の御心のままに」というのがマナーだと知った。

……まぁ、一国の王様にあれが欲しいこれが欲しいなんてさすがに言えないわな。

変なことを言って、こんなところで目立っても面白くない。もう十分目立っているかもしれないけどね。

それと、謁見が終わった次の日に盛大にパーティーを開催するらしい。俺たちは立役者として参加が決まっているらしく、謁見が終わっても帰れず、王城に泊まることになっているようだ。

他にも宰相からは面白い話が聞けた。

「そう言えば、5日前に第2騎士団のオレンツさんとイルリアさんが来たんですが、私のところに来るのに、なぜあの人たちが選ばれたのですか？」

「オレンツとイルリアだって？　……ふふふ、陛下も人が悪い。その2人はね、第2騎士団団長と副団長さ。おそらく陛下に頼まれたんじゃないかな？　これは推測だけど、アウル君を下見して来いとね。陛下はそういうところがあるから」

まじか⁉　そんな人が来ていたなんてさすがに思わなかった。

「そんなに凄い人たちだったのですか……。オレンツ団長に殺気を飛ばされたので驚いたのですが、あれは様子見の一環だったということですね。急なことだったので変に思っていたのですが、納得しました」

「殺気をかい？　それは第2騎士団の団長がすまないことをした。第2騎士団は実力はあるんだが、変わり者が多い騎士団でね。私もよく頭を抱えさせられているよ。それに、最近も……、おっとすまない。込み入った話をするところだった。今のは忘れてくれたまえ」

「もう気にしていないので問題ないです。それに本気じゃないのはわかっていましたから」

「そう言ってもらえると助かるよ。じゃあ、私も用があるからそろそろ失礼するよ。またあとで謁見の間でね」

　どうやら第2騎士団というのは変わり者が多いらしい。全員に会ったわけではないけど、確かにイルリアさんは変わっていたかな。それでも副団長だと言うのだから実力はあるのだろう。

「ん？　ヨミどうかした？」

「あ……いえ、なんでもありません」

「そう？　ならいいんだけど」

　さすがにヨミも緊張しているのかもしれない。なぜかルナは上級貴族相手でも物怖じしないし、王女様にも萎縮していなかった。

　もしかして本当は良い所のお嬢様だったりするのか？

　……なーんて、さすがにありえないか。じゃないと、いくら怪我をしていても俺の手が届く金額であるはずがないもんな。

ルナはいつになったら俺に打ち明けてくれるのかわからないが、俺もそれに応えられるようにもっと頑張らなければならない。

……適度にだけど。

「にしてもまだ一時間くらい時間あると思うと、案外やることないな」

ん？　気配察知に反応がある。……メイドじゃないな。まっすぐこっちに向かって来てる？　ノックの後に扉が開かれる。この世界にはノックの返事を待つという文化はないのか？

……そうか、平民相手だとそりゃないか。

「やぁやぁ、俺の名前はライヤード・フォン・ゼルギウス。一応この国の第2王子だ。君がホーンキマイラを倒したという少年だね？」

「お初にお目にかかり光栄でございます。私はアウルと申します。あの魔物を倒せたのは運がよかったのです」

「あぁ、そういう堅苦しい言葉遣いはいらないよ。俺も苦手だしね。……ふふふ、それにしても運、ね。もし運がいいだけの少年がランクS魔物を倒せるなら、この国に騎士団はいらないな」

うーん、そりゃそうか。舌戦だと勝てる気がしないな。

「それは手厳しいですね。ではお言葉に甘えまして。でもまぁ、ホーンキマイラを倒したのは本当ですよ」

「確かに……かなり強いみたいだねぇ。それに魔力量も桁外れみたいだし。ねぇ、俺の部下になるつもりはない？　俺と一緒に大きなことを成さないか？」

野心もあって人の能力を見極める力もある。さらに本人もかなり強いのだろう。おちゃらけているように見えるが、一切の隙がない。それだけでもかなり鍛えているのがわかる。それに、この人も魔力量が並じゃない。下手をすればルナよりも多いんじゃないか？

　俺ら以外にもこんな人がいるなんて知らなかったな。ステータスを覗いてみたいけど、バレたらさすがに厄介だしやめとくか。感づかれる可能性がないわけではないかもだからね。

「いえ、私は辺境の貧乏農家ですから宮仕えは性に合いません。ありがたいお話ですが……」

「そっか～。残念だけど今のところは諦めるよ。それに、君とはまたどこかで会える気がするからね！　その時にまた誘わせてもらうよ」

　そう言って殿下は去って行った。

　勢いのある凄い人だったな。年は20歳くらいだろうに、あの迸《ほとばし》るような才能と野心。あれは敵に回しても味方にしても厄介なタイプだろう。気をつけなきゃ。できるならもう会わないことを祈っておこう。

　一息つこうと紅茶を啜っていると、殿下が去ったあとにまた来客があった。それも、次はノックもなく突然入って来た。

　見た目はオークと見紛うほどにふくよかな男性で、いかにも贅沢三昧していますという体をしている。有り体に言えば醜く太ったおじさんだ。

「ふん、お前がアウルとかいう子供だな？　ホーンキマイラを倒したというのは本当か？」

　この高圧的な態度のデブはいったい誰だ？　名乗りもしないとは貴族とは思えない……。本当に宰相の爪の垢を煎じて飲ませてやりたいわ。

しかし、謁見前に騒ぎを起こすわけにもいかないし……。ここはまだ我慢だな。

さすがにこんな所で騒ぎがあれば、村にまで被害が及ぶ可能性だってある。

「はい、そうですが」

「そうか。ではお前がオーネン村のアウルで間違いないのだな？」

「そうですが、それがどうかされましたか？」

「いや、それがわかればよいのだ。宰相様から聞いているかもしれんが、王城でスタンピード撃退と王都内に現れた魔物討伐を祝うパーティーが開かれる。それでお前たちは国賓待遇で王城に泊まることになっている。それで少々話があるのだが……」

と、ここでメイドの人たちが時間になったことを知らせてくれた。どうやらもう少しで謁見が始まるらしい。

「ちっ、もう時間か。夜にまた部屋を訪れるからその時に話そう。言い忘れていたが、私はリステニア侯爵だ。覚えておけ」

あのオークモドキはリステニア侯爵と言うらしい。あの高圧的な態度から察するに、どうせ碌な用件じゃないんだろうな。

それにしても、いよいよ謁見か。さすがにちょっと緊張してきたぞ。

「じゃあルナ、ヨミ。行こうか」

「「はい、ご主人様」」

メイドさんに連れられて王城内を突き進む。歩くこと数分でひと際大きい扉のある所へと着いた。

メイドさんによると、ここが謁見の間らしい。

扉が開かれて中へと入っていく。宰相様に事前に教えてもらった通り、赤絨毯が続いている最後のところまで進んで跪く。

ルナとヨミは俺より一歩後ろに跪いている。

謁見の間を歩いている時に気づいたが、大人数の貴族が壁際にいるようだ。謁見の間にたくさんの貴族がいるのはなんとなく不思議な感じがしたけど、そういうものなのかもしれない。

よく見るとランドルフ辺境伯もいた。

「面をあげよ」

ここで顔を上げるものだと思っていたのだが、ここですぐに上げてはいけないらしい。

「よい、面をあげよ」

2回目でやっと顔を上げる。礼儀やマナーというのは難しいな。

初めて見る国王の顔は、一言で言えば威厳に満ちた顔だ。溢れ出るようなオーラを感じる。これが一国の王が持つ威厳とカリスマと言うものなのだろうか。自分がわずかに汗をかいているのがわかる。

「名をなんと申す」

基本的に、国王に話しかけられた時以外は自分から喋ってはいけない。

「アウルと申します。後ろの従者は右からルナとヨミです」

身分としては奴隷だが、２人は仲間だ。国王に伝えるには従者と言うのが正解な気がした。別に嘘ではないからね。

「其の方が王都内のホーンキマイラを撃破した本人で間違いないか？」

「相違ありません」

「そうか。スタンピードに騎士団を動員しておったゆえに、対処が遅れてしまった。しかし、其の方のおかげで事なきを得ることができた。誠、大儀であった」

「滅相もございません」

「其の方には褒美を取らす。なにか欲しいものはあるか？」

欲しいものはたくさんあるけれど、もどかしいものだな。

「陛下の御心のままに」

「うーむ。其の方は今、齢はいくつだ？」

「今年で10歳になりました」

「3女のエリザベスと同い年ではないか。ふむ、その年でホーンキマイラを倒すとは些か信じ難いが、優秀であるのは間違いない、か。出はどこなのだ？」

「はい。ランドルフ辺境伯領のオーネン村というところにございます」

「……平民の出と言うのは本当のようであるな。よしわかった。平民だと金に困ることも多かろう。褒美は白金貨３００枚とする」

「恐悦至極にございます」

「次に、スタンピードで活躍したという其の方らについてだが、その働きは著しく被害も最小限に抑えられたと聞き及んでいる。其の方らには白金貨100枚ずつを褒美とする。細かいことは宰相のフィーラルから聞くがよい」

そう言い残すと、玉座から立ち上がり国王は退出していった。

「では詳細について伝えるので、アウルは応接室で待つように」

宰相様が今後について話してくれるそうなので、近くの騎士に連れられて応接室まで戻った。

なんで騎士なのかと思っていたら、その騎士はイルリアさんだったのだ。

今更だけど、騎士がイルリアさんだと気づかないくらいには緊張していたようだ。

「……これで、アウル君……お金持ち、だね」

「あはは、そうですね。こんなにお金があっても使い道に困ってしまいそうです」

正直なところ、お金をこんなに貰っても使うタイミングがない。ただでさえレブラントさんのおかげで稼がせてもらっているというのに。

でも、これだけあれば村に帰る時にお土産が買えるな。

食べ物やお酒をたくさん買って帰ろう。

それでも使いきれない分はどうしよう……。

いずれ使うタイミングが来るかもしれないし、とりあえずは保留かな。

応接室に着くと、イルリアさんはどこか名残惜しそうな顔をしていたような気がしたので、クッキーを詰めた籠を渡したら嬉しそうな顔で行ってしまった。

そのまま応接室で紅茶を淹れて飲んでいると、20分くらいで宰相が入って来た。

「遅くなって済まないね。ちょっと用事を済ませていたら遅くなってしまった」

「いえ、私もゆっくりできましたから。何かあったんですか？」

「あぁいや、何でもないよ。ちょっといろいろと準備をね。君たちの泊まる部屋も手配済みだ」

「ありがとうございます」

そうだった。今日は王城に泊まるのだ。部屋割りがどうなるのか気になるな。

「さて、まずは褒美についてだけど、全部で白金貨500枚だったね。急いで用意させたけどそれなりに時間がかかってしまった。ちゃんと全額あるから安心してほしい」

宰相が騎士の人たちにお金を運ばせてきた。100枚入った袋が5個ある。褒美としてこんな大金を渡しても、国としては些細な金額なのだろうと思うと、国というのは凄いな。

「はい、ありがとうございます」

「次に明日の詳しい予定だけど……」

その後は、次の日の予定について聞かせてもらった。なんでも、俺以外にもスタンピードで活躍した冒険者たちを呼んで、スタンピード解決を盛大に祝うらしい。

確かによく考えたら、俺たちだけが呼ばれるほうが変だよな。

そこでは貴族たちが冒険者を私兵としてスカウトする場でもあるらしく、俺たちは間違いなくスカウトされまくるとのことだ。そもそも俺は冒険者じゃないんだけど。

今から憂鬱な気分になってきた……。

　あっ、もしかして謁見前に来たリステニア侯爵は、スカウトのフライングだったのか？　宰相様なら詳しいことを知っているかもしれない。

「宰相様、お聞きしたいことがあるのですがよろしいですか？」

「なにかな？」

「宰相様が謁見前に来て去られた後、リステニア侯爵と言うふくよかな体型の人が来たのですが、どういった人なのでしょうか？」

「なに？　彼が？　こう言ってはなんだが、リステニア侯爵とはあまり関わらないほうがいい」

　え、関わらないほうがいいってどういうこと？

「それはなぜですか？」

「詳細はまだ調査中だが、ここだけの話、彼には王国を転覆しようとしているんじゃないか、という噂があるんだ。アウル君は知らないかもしれないが、アダムズ公爵家とフィレル伯爵家以外にも君に接触しようと動いていた貴族がいた。それがリステニア侯爵家なんだ」

　まじか……。じゃあやっぱりここを訪れたのは俺を引き入れようとしてってことか。

「えっと、実はこのあと、そのリステニア侯爵様が俺の下を訪れると言っていたんですけど、どうにかなりませんか？」

「……なんだって？　わかった、私のほうで手をまわしておこう。アウル君は安心していいよ」

「お手数かけてすみません」

本当に宰相は良い人だな。お礼にクッキーでも渡せば喜ぶかな？

「おや、これはクッキーじゃないか。ありがとう。実は君のクッキーは私も大好物でね。仕事の合間にでもいただかせてもらうよ」

そう言って宰相は帰っていった。喜んでもらえてよかった。

そのあとすぐにメイドが来て泊まる部屋へと案内してくれた。


……えっと、なぜ部屋が一つしかないんだろう？

いや、２人は奴隷だし当たり前といえば当たり前なのかもしれないけどさ⁉

しかもベッドがキングサイズ１つってどゆこと⁉


「「…………」」

ほら、２人もさすがに唖然として……。

「ご主人様、ふ、不束者ですが、精いっぱいがんばりましゅ！」

「うふふ、初めてが王城だなんてなんだか変な気分ですわね！」

なかったぁーーーー⁉　むしろ、すでに受け入れているよね？

ルナに関しては顔真っ赤にしているし噛み噛みだよ。ヨミは完全にヤる気満々じゃないか‼

うん、俺の貞操が危ない。……仕方ない。今日はすぐ寝よう。言葉遣いが変だけどそれくらい危険なんだよ！

そんな不安をよそに、夜ご飯はかなり贅沢なものだった。さすがは王城の夕食。公爵家で食べた夕食よりも豪華だった。

　お風呂についてもさすがと言うべきか、とても豪華な大浴場だった。一日にいったいどれほどの水を使うのか気になるくらいには大きい。

　メイドの人たちが背中を流そうと入ってきそうになったけど、なんとか食い止めた。これだけでもぐっと疲れてしまった。

　ただ、ルナとヨミに知られたら厄介なことになりそうだからね。

　体も無事に温まった俺は、ぐっすり寝た。ヨミが襲ってきそうな気配があったので、初めて命令をした。

「ヨミ、ルナ、今日はもう寝ようね！　さすがに疲れたよ。これは命令だよ」

「か、かしこまりましたご主人様……！」

「そんな⁉　酷いです、ご主人様‼　ううぅ……」

　こいつらは王城に来ても変わらんな……。ある意味で大物だよ、本当に。

ep.2 黒幕の正体

王城のベッドは最高の寝心地だった。我が家のベッドもなかなかだけど、やはり比べてしまうと見劣りしてしまう。お金ならたくさん貰ったし、ワンランク上の寝具を買ってもいいかもしれないな……。

贅沢というのは毒だ。それも中毒性のある強力な。一度慣れてしまうとそれなしでは生きられなくなる。この点に関してはいつの世もどこの世界も一緒ってことだ。

朝ご飯も驚くほど豪華なものだった。見たことのない料理なので、なんていう名前なのかもわからないけど、前世でいうところの高級ホテルの朝ご飯が霞むくらいと言えばわかるだろうか。

その後、朝風呂に入ってから部屋で待っていると、メイドが数人来てルナとヨミを連れて行ってしまった。どうやらパーティーに向けておめかしをしてくれるようだ。俺がプレゼントしたドレスを持って行ったので、また見られると思うとちょっとドキドキするね。

……え？　俺も？　なんでメイドさんたちはギラギラした顔しているのかな？

「うわ!?　ちょ、どこ触って!?　嫌だぁぁぁぁぁぁ!!」

うっうっう……。グスッ……。こんなんじゃお嫁にいけない……。あ、お婿か。

かれこれ1時間近く着せ替え人形として遊ばれてしまった。……にしてもルナとヨミ遅いな？

いつになったら帰ってくるんだろう。

　そう考えていたらルナとヨミが入って来た。

　目の前に現れた2人はまるで天使のようだった。一度見たはずなのに、それでもまた見惚れてしまうほどに綺麗だった。

　そんな2人に見惚れていたせいで、思わず反応が遅れてしまった。

「2人ともとっても綺麗だ。また機会があれば新しいドレスを贈るね」

　最初に着てもらった時にもうっすら化粧はしていたけど、今は違う。プロによる化粧によって、2人の美しさは一段階レベルを上げているだろう。

「えっと、嬉しいです！」

「ふふふ、新しいドレスも楽しみです」

　俺たちが意図せずイチャついていると、メイドさんから声をかけられた。

「ンンン‼　皆さま、そろそろ会場のほうへ移動をお願いします」

　俺たちはメイドさんたちがいるのを完全に忘れていたようだ。我を忘れるとはこういうことを言うのかな。

　案内された大部屋には、見るからに高価そうな服を着た人が数人いる。辺境伯の姿は見えないので、ここにいるのは下級貴族なのかもしれない。

　貴族然とした人たち以外にも、冒険者らしき人がたくさんいる。我慢できないのかすでに料理を食いまくっている。まぁ、今まで見たことないような高級料理が目の前にあれば我慢するなと言うほうが無理か。見た感じ食べ放題みたいだしな。

目立つのも面白くないので、壁際に並べられていた椅子に腰を下ろしながらジュースを飲んで待っていると、司会らしき人の声が聞こえてきた。

「では今よりスタンピード撃退及び王都内の魔物討伐を祝うパーティーを始めます！　まずは国王陛下の登場です！」

こんなにも声が聞こえるのは、何かの魔法か魔道具だろうか？　戦場ではかなり役に立ちそうな気がする。

盛大に拍手されながら登場した国王だが、玉座の前に着いた途端、大広間がシーンと静まりかえった。これが威厳のなせる業というやつか。

「今日は忙しいところよく集まってくれた。突如発生したスタンピードも、被害は最小限に食い止められたと聞き及んでいる。これは諸君らの頑張りゆえのものだ。本当に感謝している。また今回のスタンピードで殉職してしまった者たちのためにも、今後もライヤード王国を発展させると誓う。加えて、フィレル元伯爵によって王都に持ち込まれたホーンキマイラを撃破した者についても、心から感謝する！　今日はささやかではあるが料理を多数用意した。たくさん飲んで食べてほしい！　では、乾杯！」

国王の音頭で盛大なパーティーが始まった。司会の進行によると、まずは歓談の時間とのことらしい。これが冒険者と貴族が知り合うための時間だな。

見ていると貴族同士で集まっていろいろ話している。もちろん、冒険者に話しかけたり、料理を楽しんでいる人もいる。ただ、冒険者から貴族に話しかけることはないみたいだ。

かく言う俺のところにも、アダムズ公爵とランドルフ辺境伯が来てくれた。というか、そのせいで一気に会場の貴族や冒険者に注目されたわけだが……。これぱっかりは仕方ない。

もともとルナとヨミが目立っていた節もあるから今更なんだけどね。

「やぁ、アウル君。久しぶりだね。アリスが君に会いたいと煩くて困っているよ」

「久しぶり、アウル君。うちのミュールも君といろいろと話したいと言っていたよ。まぁ、今はあそこの夫人たちに捕まってしまっているがね」

「お久しぶりです、アダムズ公爵様、ランドルフ辺境伯様。この騒動が落ち着きましたらアリスラート様の所には挨拶に行きますね。ミュール夫人には後で挨拶に伺いますよ」

2人に挨拶を返すと、明らかにルナとヨミを見ている。そう言えば、2人には紹介してなかったな。

「すみません、紹介が遅れましたが、ルナとヨミです」

「やはり。この2人がスタンピードで獅子奮迅の働きを見せたというのか。まだ若いのに相当の手練れなのだな。しかも2人とも貴族の令嬢と言われたら信じてしまうほどに美しい。こんな2人を連れているとはアウル君も隅に置けないな？　そうは思わないかね、ランドルフ卿」

「全くですな。いやしかし、このアウル君も素晴らしい。聞けばホーンキマイラを倒したのはアウル君らしいじゃないですか。我が領の領民として鼻が高い！」

2人がやや大きい声で話しかけてくるので、周囲で様子見していた貴族や冒険者たちに牽制をする形になっている。というか、それを狙ったのだろうな。

その後も雑談をしていると、ルナとヨミと話したそうな貴族がこちらをチラチラと窺っているのがわかる。しかし、公爵と辺境伯がいるせいか近寄っては来ない。

なので、あえて2人には離れて情報収集させよう。こんな時じゃないと集まらない情報もあるかもしれないしね。

「ルナ、ヨミ。それとなくここを離れて2人でご飯を食べてくるといい。貴族たちが2人と話したそうにしている。話すついでに情報収集をしてきてほしい。何かされそうになったらサッサとこっちに帰っておいで」

「「かしこまりました、ご主人様」」

2人が離れて料理を取り始めた途端に寄ってくる貴族たち。それも男たちばかり……だと思っていたんだけど、なぜか夫人も多くいるようだ。

なぜだ？　まぁ、後で聞けばわかるか。

「アウル君。君は本当に10歳かい……？　自分の連れをあえて離れさせて情報収集させるなんて、まるで貴族みたいだ。どうかな、アダムズ公爵家に仕官してみないかい？　もちろん家族も連れてくるといい。好待遇を約束するぞ」

「おっと公爵様、それは聞き捨てなりませんな。アウル君は我が領の領民です。であれば私に仕官するのが筋だと思いますが？」

さっきまで仲良さそうに見えていた2人だけど、2人もやはり貴族ということだ。油断していたらいつの間にか仕官することにされていそうだ。

「いやいや、うちの娘のアリスがアウル君を気に入っていてね。親心としては、友人は近くにいさせてあげたいのだよ」

「何を言いますか公爵様。それを言ったら妻のミュールもアウル君を気に入っておりますよ」

うーん、何やら雲行きが怪しいぞ。このままではどちらに仕官するのか聞かれそうだ。これは高等な心理誘導な気がするぞ。人間は選択肢を与えられたら、そのどちらかを思わず選んでしまうものだ。

まぁ、仕官する気はこれっぽっちもないんだけどね。

「あははは、ありがたいお話ですが私はまだ10歳です。それに来年からルイーナ魔術学院にも入学する予定ですので、仕官の話は受けられません」

この2人は俺によくしてくれたからな。この2人なら俺を強制的に仕官させることもできるはずだ。なのに、それをしないのはこの2人が人間のできた貴族だからだろう。

「うむぅ。そうか、わかった。だが、何かあったらいつでもアダムズ公爵家を頼ってほしい。君には私もアリスも世話になったからね」

「それは私もだ。アウル君は知らないかもしれないが、君のおかげで我が領はちょっとずつ発展し始めているのだ。本当に感謝する。いつでもランドルフ辺境伯家を頼ってくれ」

本当に俺は縁に恵まれているな。こんなに優しい貴族様と仲良くなれたんだから。何かあったら、遠慮なく頼らせてもらうとしよう。平民には限界なことだって多いからね。

その後、公爵と辺境伯は国王に挨拶があるからと行ってしまったが、その後も立ち替わり入れ替わりでいろんな貴族と話すことができた。

真っ先に来ると思っていたリステニア侯爵は来なかったけど、何かあったのかな？

貴族たちは俺が公爵と辺境伯と深い仲にあると勘違いしたのか、世間話ばかりで強引な勧誘などは一切してこなかった。

公爵と辺境伯が最初にここに来てくれたのは、結果的に露払いみたいな形になったらしい。あの2人のことだから、こうなるとわかっていたんだろう。

「ご主人様、私たちもそろそろ国王陛下の下に挨拶へ行ったほうがよろしいかと」

「あー、わかった。気は進まないけど行こうか」

いつの間にか戻ってきていたルナとヨミに促され、一緒に国王へと挨拶をしに行く。

国王へと挨拶する列に並んで待っていると、すぐに順番が回ってきた。玉座には国王が座っており、隣に宰相が控えていた。

「この度はこのような催事にお呼びいただき、恐悦至極にございます」

「よいよい。今日の主役はお前たちだ。もっと気を抜くがよい。それに、お主は平民の出であろう。そのように無理に畏まることもない」

「恐縮でございます。では、お言葉に甘えまして」

一応、失礼にならないようにしていたけど、慣れない言葉遣いがいつまでも続くのはしんどいからな。最低限の敬意を残しておくくらいで許していただきたい。

「ふむ、アウルと言ったな。改めて、此度は良くやってくれた。本当に感謝する。ここのところ体調を崩す者が多くてな。正直なところ、騎士団も万全ではなかったのだ。かくいう余も万全ではない。ここ最近体が怠いのは年には勝てんということなのかもしれん」

何歳なのかはわからないけど、確かに若いというほど若くはない。

「であれば、早くお休みになられたほうがいいのでは？　もしくはポーションを飲むのも一つの手かと思いますが」

ポーションで病は治せないのは、この世界の共通認識だ。しかし、体力が戻れば免疫が少しは回復するため、全く意味がないというわけではない。

病気を治そうと思ったら、上位の回復魔法を使うかエリクサー等の秘薬を使うほかない。

「……それは今でも毎日飲んでいるよ。しかし、効果は焼け石に水状態なのが現状だ」

回復魔法を使える治癒師は宗教国家ワイゼラスが片端から引き抜いているため、そもそもの数が少ないらしい。そのなかでさらに上位の回復魔法を使えるとなると、なかなか良い人材がいないのだろう。

高い金を出してワイゼラスの高位神官に回復魔法もかけてもらったらしいのだが、その時は良くなっても次の日にはまた体調が悪化しているという。まさに焼け石に水だ。

「……他言無用ですが、私も回復魔法を少々使えますので試してみましょう」

「ほう。回復魔法まで使えるのか。……いよいよお主をこのまま平民にしておくのはもったいないのう。まぁ、よい。藁をも掴む思いだ。ぜひ試してくれ」

「では失礼して。『ヒール』」

念のため、『ヒール』とは言ったものの、本当はパーフェクトヒールを発動してある。

宰相や国王は良い人だが、手札を見せすぎる必要もないだろう。能ある鷹はなんとやらだ。

体内部の病巣や悪い所を治癒するイメージでかけたので、少しは効果があるだろう。

「お……？　おお⁉　体調がかなり戻ったようだ。体が一気に軽くなった気がするぞ‼　まだ若干の気怠さはあるものの、さきほどまでとは比べるべくもない。アウルよ、感謝する！」

「いえ、私にできることはこれくらいですので。では、私はこれで」

うーん、パーフェクトヒールで病気を治せても体調はすぐには治らないのか。今まではうまくいっていた気がしたけど、人によって効き方が違うのかもしれないな。

「そう言えば2人とも、貴族から何か面白い話は聞けた？」

「そうですね……。勧誘や愛人の誘いが多かったですが、気になることが一つあります」

「もしかしたら、私もルナと同じことを考えているかもしれません」

人の従者を愛人にしようとするとか、貴族は油断も隙もないな。いや、相手が平民となればそういうものなのか。いずれにせよ、やはり貴族はろくでもないのが多いな。

「それはどんなこと？」

「では私から。実は…………………ということなんです」

「あら、やっぱり私と同じようね。私が聞いた話もそれです」

ルナとヨミから聞かされた内容には、いくつか思い当たる節があった。

待てよ……？

もしこの仮説が正しければ、犯人は別にいる可能性があるってことじゃないか。

これはフィレル元伯爵には確認しないといけないことがあるな。

いまだ推測の域を出ないけど、早く国王に伝えたほうがいいだろう。あそこには宰相もいたから話が早いしな。

挨拶は一通り終わり、宰相と話している陛下の下へと急ぐ。

「国王陛下、一つ聞いてほしいお話がございます」

「どうしたのだ？」

「今回のスタンピード及び王都内の魔物騒動は、もしかしたらフィレル元伯爵以外に真犯人がいるかもしれません」

「……なんだと？」

「アウル君、それは本当かい⁉」

2人ともさすがに驚きが隠せていない。

「それを確かめるためには、フィレル元伯爵と話さねばなりません。今どこにいますか？」

「あの者はいくら尋問しても、知らぬ存ぜぬの一点張りらしくてな。今はとりあえず地下牢に入れてあるが……」

「確認のためにも、私は地下牢へと参りたいと思います」

俺が行く必要はないのかもしれないけど、真犯人が誰かわからない現状では、情報規制はしたほうがいい。それに、この仮説はあくまで推測の域を出ていないからな。

「アウル君、私が先導しよう。さすがにアウル君だけだと地下牢へは入れないからね。国王はここでお待ちください」

確かにその通りだ。俺も焦りすぎてその辺が抜けていた。

「ルナとヨミは、ここでもう少し情報収集をしておいてくれ」

「「しかし‼」」

「俺なら大丈夫だ。頼んだよ」

「「……かしこまりました」」

宰相に連れられて地下牢へと急ぐ。地下牢へ行く最中にも宰相から面白い話が聞けた。

「これは衛兵から聞いた話なのだがね。ここ最近、リステニア侯爵がフィレル元伯爵の所に足を運んでいるという話を聞いたんだ。理由はわからないが……」

またしてもリステニア侯爵か。俺へのアプローチがあったのはなぜかわからないが、何か用があったのは間違いない。

「……そう言えば、パーティーでリステニア侯爵を見かけませんでした」

「言われてみれば、陛下に挨拶に来ていないな。彼は今どこにいるんだ？　パーティーに参加すると聞いていたが……」

嫌な予感がする。大量の虫が背中を這うような嫌悪感。

「宰相様、急ぎましょう。なんだか嫌な予感がします」

「奇遇だね、私もそう思っていたところだ」

急いで地下牢へと向かったが、なにか雰囲気がおかしい。

「あれ、地下牢の衛兵がいない？」

「おかしいな。常に2名の衛兵がいるはずなのだが……」

宰相が喋り終わる前に、その答えが見つかった。

地面に倒れ伏している衛兵が2人。どちらも目立った外傷はないように見える。

「なっ⁉　衛兵が2人とも死んでいるだと⁉　いったい誰が……」

衛兵にすかさず近寄って確認したけど、確かに死んでいた。念のためにヒールをかけるも効果はない。目立った外傷はないのに、脈は完全に止まっていた。まるで病死したと言われたら信じてしまいそうなほど綺麗なままだ。

「宰相様、フィレル元伯爵のところに急ぎましょう」

牢を開けるために、壁に掛けてある鍵を拝借する。

「フィレル元伯爵は一番奥だ！」

地下牢の中を進んでいくうちに気づいたけど、地下牢に捕らえられていた人たちが全員倒れているだけで、これと言った外傷は見られない。

そのまま地下牢を進んでいくと、そこには物言わぬ姿となったフィレル元伯爵がいた。

鍵で牢を開けて中に入って確認するものの、やはり完全にこと切れていた。

「一足遅かったか……。しかし、いったい誰がこんなことを……」

犯人はまだわからないが、直前にここを訪れていたというリステニア侯爵が何かを知っている可能性が高い。

そう言えば、宰相はリステニア侯爵が最近国家転覆を考えていると言っていたな。

「宰相様、昨日言っていたリステニア侯爵の件ですが、詳しく聞いてもよろしいですか？」

「ああ。実はリステニア侯爵と第2騎士団の一部が共謀して、国家転覆を企んでいるという話だ。第2騎士団は変わり者が多い騎士団だが、他にも貴族出身の無能な騎士が多いことでも有名なんだ。その騎士たちとフィレル伯爵家が、数年前から魔物を地方に送り込んでいるという疑惑があったんだ。アウル君は知っているかもしれないが、オーネン村で起きたスタンピードを発生させたのもフィレル伯爵らだと考えている。そしてリステニア侯爵が近ごろ一部の第2騎士団と接触しているという情報を得て独自に調査したところ、リステニア侯爵が数年前から各地で部下を使っていろいろな調査をしているということがわかった。そのことから、もしかしたら第2騎士団を通してリステニア侯爵とフィレル伯爵はずっと前から繋がっているのではないか？　という疑惑に辿り着いたんだよ」

……今の話が本当だとすれば、リステニア侯爵がここにいないのは、何か意味があると考えるのが妥当だろう。

「そのスタンピードは私も幼いながら覚えています。リステニア侯爵が会場にいなかったのには意味があるはずです。私はこれから侯爵を探します」

「まだ子供の君を頼るのは心苦しいが頼む。しかし、リステニア侯爵が何を考えているかはわからない。ホーンキマイラを倒すアウル君なら問題ないだろうが、十分気を付けてくれ。私はこのことを陛下に報告してくる」

宰相と別れて王都全域に全開の空間把握と気配察知を展開する。

すると、王都のはずれにリステニア侯爵とホーンキマイラを見つけた時に感じた気配を見つけることができた。

これはどうやらビンゴかもしれないな。

身体強化を全開で発動して現場へと急行すると、リステニア侯爵と数人の騎士が誰かを取り囲むように陣形をしいている。

「え……？」

そこで侯爵らが取り囲んでいたのは、オーネン村で出会ったフィレル伯爵家の執事であった。

「オーネン村で俺を攻撃してきた執事……生きていたのか」

かなり痛手を与えたと思っていたので、もしかしたら死んでいるかもと思っていた。

「アウル……またも我らの邪魔をしようというのか……‼」

「アウルとやら、お前はこの男を知っているというのか？」

まずいな。状況がこんがらがりすぎて、判断に迷うな。まず、侯爵はなんであの執事を捕縛しようとしているんだ？　あの執事のいう『我ら』とは誰のことだ？　くそ、情報が足りなすぎるか。

ひとまずは、当初の想定通り侯爵に話を聞いたほうがいいか。これだけ騎士が執事を取り囲んでいれば、いかに強くても逃げられるようなことはないだろう。

「リステニア侯爵、最近フィレルル元伯爵のところに訪れていたそうですが、なぜか聞かせてもらえないでしょうか！」

「今はそれどころではない‼　私はあの男を捕らえなければならないのだ‼」

聞く耳持たず、か。そもそも、侯爵と執事は仲間ではない？　仲間割れによる口封じという線も考えられるが、見る限りその線もないだろう。

いずれにせよ、この場を納めない限りなんともならんか。

「状況は良くわかりませんが、あの男を捕らえたら話を聞かせてもらいますよ！」

あの執事には、少なからず因縁もあるしな。俺の平穏のために捕縛させてもらおう。

しかし、執事は何かを覚悟したような顔をしており、その眼には強い意志が感じられた。

「あの時は不覚を取りましたが、今回もそうなるとは思わないでいただきたい」

執事が懐から虹色の液体が入った小瓶を取り出し、一気に飲み干した。見るからに体に悪そうな液体だったのに、飲んだ直後からありえないほどの魔力の奔流を感じる。

「……何を飲んだ？」

その問いに答えたのは意外にもリステニア侯爵だった。

「狂神水《きょうしんすい》だと……⁉」

狂神水。聞いたことがある。迷宮でごく稀にドロップするというレアアイテムで、飲めば一時的に超常的な力が手に入るが、30分後に必ず死ぬと言われている悪魔の水だ。

「アウル、貴様にここで会えたのは幸運だった。前回の借り、ここで返させてもらうぞ！」

ep.3 狂神水

この執事は村の収穫祭の時に襲ってきたやつだ。先に手を出してきたのは向こうだったし、仕方なく迎撃したとはいえ少しやりすぎたとは思っていたけど、生きていたとは思わなかった。

この感じからすると、あの執事がリステニア侯爵を裏切った……？　いや、それにしてはなにか違うような気がする。

確認しようにも、あの執事がそんな時間をくれるとは思えないし。とりあえず執事を無力化するしかない。けれど、狂神水がどれほどに効果があるのか知らないから油断はできない。

「リステニア侯爵様。あの執事は私に用がある様子。ここは任せてください」

「うるさい。時間がないのだ！　私の邪魔をするな！　お前たち、あの小僧と執事を捕らえろ！ただし、執事は狂神水を飲んでいる！　十分に気をつけろ！」

どうやらリステニア侯爵も切羽詰まっているようだな。手出ししないでほしいが、仕方ない。

数人の騎士が俺へと襲い掛かってくるが、それは失敗に終わった。

「アウル以外の外野は黙っていてもらおう」

執事から放たれる風の塊で騎士たちは全員吹き飛ばされてしまった。前回に比べて桁違いに強い魔法だったが、騎士たちの鎧も高性能なのか死に至るほどではなかった。

「ほう、狂神水を飲んだ私の魔法を耐えるか。なかなかの鎧のようだが、騎士自体は衝撃に耐えられなかったようだな」

周囲を確認すると、場にいた騎士たちはすべてが倒されていた。リステニア侯爵は護衛の騎士と一緒に吹き飛ばされて気絶しているみたいだし。

「おあつらえ向きに、邪魔者はいなくなったってわけね」

「そういうことだ。それにしても清々しい気分だな。たったひと時とはいえ、俺はお前よりも強い。この全能感にもう少し酔いしれたいところだが、そうはいかないのだ。ここでお前を殺さねばならないからな！　死ね」

執事がブレたと認識したと同時に、右から物凄い衝撃を受けた。

想像以上に速い‼

自動展開される障壁のおかげでダメージ自体はほとんどないが、障壁は3枚も突破されてしまった。衝撃を完全に殺しきれていないのか、内臓へのダメージがわずかにあるのがわかる。

さすがに拙《まず》いな……。厄介さで言えばホーンキマイラのほうが上だが、強さで言えばこの執事のほうがずっと上だ。というか、体術だけで言えば俺よりも速いぞ⁉

狂神水ってやつはこんなにもパワーアップするものなのか……。

時間制限付きと言っても、このままだとジリ貧だ。こちらも殺す気で行かせてもらうぞ。とはいえ無詠唱で魔法を展開するも、街の中ということもあって使用には制限がある。

使えるのは下位魔法くらいに限られるか。

ホーンキマイラの時もそうだったけど、好き勝手に魔法が使えないというのは存外ストレスだな。……というか、これが俺の弱点だな。魔法に頼りきりだったというのが露見したか。

魔法に制限がつくと途端に弱くなるとは、我ながら本当に情けない。

今は泣き言を言っていられないので、身体強化を全開で対応するけど、相手は民家などお構いなしに魔法をぶっ放してくるし、拳圧で家が崩れるほどに周囲を破壊している。

一応、対応できる範囲で障壁を張っているけど、想像以上に一発一発の威力が高くて、一層だとすぐに突破されてしまうのだ。

「執事のおっさん！　化け物級に強くなりすぎじゃないか⁉　それに街中で好き勝手に暴れるのはずるいぞ！」

「ふん。狂神水を飲んだ私にまだ付いてきているお前のほうが化け物じゃないか！　お前を倒すためなら多少の犠牲など関係ないわ！」

なんでここまで俺に執着するんだか。確かに前回は割かし本気でやり返したけど、あれは自業自得だろうに。

下位魔法の物量押しをしようにも、移動速度が異様に高いためにすべて避けられてしまう。

まだ5分でこれだと、この辺が更地になっちまうぞ……。

指輪の自動障壁も突破されるせいでちょっとずつダメージをくらっているし、30分経つころに立っているのは間違いなく俺じゃない。

どうしたもんか……。

そんな俺の思考など関係なしに執事は風魔法を連発してくる。次々と風の刃や竜巻を遠慮なしに放ってくる。もちろん範囲を大きくして周囲を巻き込むように魔法を放ってくるのだ。

防戦一方の俺めがけて体術を仕掛けてくるうえに、魔法に加えて絶妙に体術も混ぜ込んでくるので手に負えない。すでに速さに対応できないせいで面白いように、地面を転がされている。

最初は障壁が展開されていたけど、それもすでにほとんど意味をなしていない状況だ。

併用して拘束系の魔法も使っているのだが、あのスピードを捕らえることもできていない。ちょっとした嫌がらせ程度にもなっていないだろう。

◆◆◆

小僧との闘いは想像以上に時間がかかっている。狂神水を飲んだ今ならあの小僧にも余裕で勝てると思っていたのだが、現実は違った。あのお方のためにも、障害となりうるこの小僧は排除しておきたかったのだが、そうもいかないのだな。

ただ、殺せなくても消耗させることはできるし、時間稼ぎにはなる。

どちらにせよ、計画は最終段階に進んだのだ。

殺す気で仕掛けてはいるのだが、いかんせん自動展開される障壁が厄介で攻め切れていない。

それと同時に拘束系の魔法が絶妙に邪魔なのだ。

◆◆◆

闘うこと20分以上がすぎたころ、俺は満身創痍だった。回復魔法を使おうとすると即座に反応されて吹き飛ばされる。無詠唱をしようとしても、魔力の流れを読まれているのか、回復だけはさせてくれないのだ。狂神水とは能力すべてを引き上げる神薬なのだろう。

しかし、このままだとまずい。ルナかヨミがいればなんとかなったかもしれないが、２人は王城だし、呼ぼうと思っても時間がかかる。

迂闊に一人で動いたのが失敗だったか……。というより、強くなったと油断した自分が悪いな。まさか、神薬と言うべき狂神水を使うとは誰が思うだろう。ましてや、ただでさえ入手が困難だというのに。

度重なる攻防のせいで魔力もだいぶなくなってきた。街を守るためとはいえ、障壁を常時展開しているせいで魔力消費が尋常じゃない。

ちょっと本気でまずいぞ……。

「ふはははは、さすがの君でも今の私には勝てないようですね。策を講じるとは、こういうことを言うのですよ！　ひと思いに殺してあげます！」

執事の手にひと際強い魔力を感じた時、さすがに死を覚悟した。魔力が激減している今では、あれを完璧に防ぐことはできないだろう。

死を覚悟した時に思い出したのは、この世界に生まれてからのことばかりだ。家族のこと。故郷の村のこと。そして、ミレイちゃんやルナとヨミのこと。

執事の放つ巨大な風刃が目の前に差し迫った時、それは突然掻き消えた。まるで、何もなかったかのように一瞬で消えたのだ。

それと同時に、突如として目の前に見たことのない空間の揺らぎが現れた。次元の裂け目とでもいえる所から這い出てきたのは、一人の人間だった。

『やぁ、君が彼女たちのご主人様だね？　会いたかったよ。って、かなりギリギリみたいだね』

「あなたは!?　何しにここへ来た！」

こいつは誰だ？　というかこいつは男……なのか？　顔が中性的すぎてわからないな。ただ、わかることがあるとすれば、あの執事はこいつを知っているってことだ。

『およ？　セラスじゃないか。何しにって、この子に会いに来たんだ。スタンピードで出会ったお嬢さんたちのご主人様という人物に興味が湧いてね』

そうか、こいつがルナとヨミが言っていた浅黒くて軽薄なやつか……。

「その小僧は私の獲物です。邪魔立てするならあなたとて容赦しませんよ！」

『……誰が誰を容赦しないって？　狂神水を飲んだようだけど、たったそれっぽっちの力で僕をどうにかできるとでも？　僕も舐められたもんだね。……ちょっとだけ、不快だな』

色黒のこいつが手を翳した途端、執事が急に膝をついた。

「うぐぅっ……ま、まさか、これほどだったとは……！」

『ほらほら、どうしたの？　この程度の重力の檻すら破れない小物が僕をどうこうしようだなんて……粋がるんじゃないよ』

さきほどまで漂っていたふわふわとした雰囲気は、冷徹な雰囲気へと一変した。

というか、色黒の男が使ったのは重力魔法だったのか。……俺の使えない重力魔法。何もない空間から現れたことも考慮すると、こいつは空間魔法の使い手だ。それも相当手練れの。

『ふふふ、僕の玩具を取ろうとするやつは、たとえ神でも許さない。まぁ、君はもう幾ばくも時間が残されていないようだけど』

とうとう狂神水を飲んで30分が経過した。色黒男の乱入により九死に一生を得たが、これは完全なる俺の負けを意味している。

「がふっ……時間ですか……。ついていませんね。完全に、私の……勝ちだと確信……していました」

「……いや、あんたの勝ちだよ。これは俺の負けだ」

「ふふふ、私の勝ち……ですか。……勝ち逃げとは、実に気分がいい……ですね……」

その言葉を最後に、執事は糸が切れたように動かなくなった。邪魔が入ったうえに、俺を殺すことさえ叶わなかったというのに、この執事は良い顔で逝っていた。

『あーあ、死んじゃった。君も満身創痍みたいだし、今日の所は僕も帰るよ。……あっ、挨拶を忘れていたね。僕の名前はテンドだ。よろしくね』

この軽薄そうなやつはテンドというらしい。どこか掴みどころのないというか、マイペースな性格をしている印象を受ける。

「俺の名前はアウルだ。ひとつ聞きたいんだが、お前とあの執事はどういう関係なんだ？」

これだけは確認しておかないといけないだろう。この執事が何かを企んでいたのは間違いないし、スタンピードすら執事とテンドが関わっていた可能性があるのだから。

『あぁ、やっぱり気になるよね。でも勘違いしないで。僕たちは別にそういう関係じゃないから』

「いや、え？　そういうことを聞いているんじゃなくて……」

『ふふふ、冗談さ。一言で言えば、こいつらの元協力者という感じかな？』

こいつらの元協力者ってことは……。

ん？　こいつ『ら』？　ということは、まだ黒幕が別にいるということか……？

「じゃあ、お前は今回の事件の犯人の1人ってことか！　黒幕の正体を教えろ！」

『うーん、この騒動はまだ終わってないのに、答え合わせをしたんじゃあ興醒めだ。ふふっ、僕は遠くからじっくりと見させてもらうよ。だから、もっと僕を楽しませておくれよ、アウル。それと、僕は「お前」じゃない、テンドだ。じゃあ、また近いうちに会おうね』

言いたいことだけ言い残して、テンドは空間の歪みへと消えた。

「騒動はまだ終わってない、か。……とにかく、リステニア侯爵を起こさないと」

残り少ない魔力で回復魔法を自分にかけ一息つき、倒れている騎士たちも移動させて一ヵ所に集めた。

「エリアヒール」

魔力も少ないので一回で済ませた。

「リステニア侯爵様、起きてください」

「ん……ここは……あっ！　あの執事はどうした！」

「あの執事なら、もう……」

動かなくなった執事に向けて指をさした。

「なんだと……」

「なにか拙いことでも？」

「くそっ……！　あいつは私が今追っているこの国の裏切り者の可能性が高かったのだ！」

あれ？　裏切り者はリステニア侯爵じゃないのか？

「裏切り者とはなんですか？」

「……執事が死んだ今となっては隠す意味もないか。それにお前はなにやらこの件に無関係という感じでもなさそうだしな。実は、あの執事にはいろいろな疑惑が浮上していたのだ。各地に災害級の魔物を送り込んだり、国の要人を暗殺したりな。いろいろ調べていくうちに、各地に現れた災害級の魔物は意図的に送り込まれたものだと判明したんだ。要人の殺害も、何かしらの病に見せかけて殺された可能性が高いと断定した。ただ、その犯人がずっと特定できていなかった。毎度巧妙に痕跡を消されていたからな。しかし、今回の魔物騒動にフィレル伯爵が関与していることが明らかとなったために、好機とばかりに調査していたのだ」

「じゃ、じゃあフィレル伯爵のもとに最近訪れていたのは……」

「無論、あの化け物をどうやって入手したのか聞くためだ。しかし、話してみてやつは何も知らなかったことがわかった。なんなら、記憶さえ曖昧で明確には覚えていないという。そんなことはありえないと思っていたのだが、ここで私はある仮説を立てた」

「その仮説とは？」

「フィレル伯爵は操られていたのではないか？　とな。やつは心の強い人間ではなかったし、洗脳するのは簡単だっただろう。そこで、一番誰が怪しいかと考えた結果、あの執事が思い当たったのだ。しかし、その執事はオーネン村を最後に、消息を絶ったというではないか」

　あぁ、なるほど。この人が俺に話したかった内容はこれだったのだ。すっかりスカウトされるものだとばかり思っていた。

「じゃあ、謁見前に俺のところを訪れたのは執事についてなにか知っていることはないか、ということですね？」

「そういうことだ。まぁ、その前にあの執事を目撃したと報告があったせいで、それも後回しにせざるを得なかったのだがな」

「そうだったのですか……」

　リステニア侯爵は見た目こんなんだが、おそらく悪者じゃない。こんな見た目だけど。

　じゃあ、いったい誰がフィレル伯爵を殺したんだ？

「というか、君はなぜここに来たのだ？」

「王城で捕らえられていたフィレル伯爵が、地下牢で眠ったよう……に……」

……ちょっと待て。よく思い出せ。

あの時、あの人はなんであんなことを言ったんだ？　まだ知るはずもないのに。

「リステニア侯爵様、最近第２騎士団の誰かと接触していませんでしたか？」

「なぜそれを？」

「いったい何のために？」

「……君のことを調べるためだ」

「なぜか聞いても？」

「この際だから言ってしまうが、見ての通り私はふくよかな体型をしているだろう？　それは私が甘いものに目がないからなんだ。こう見えても昔は痩せていて、それなりにモテたんだぞ？」

まぁふくよかって言葉では生温いくらい太っているけどな。痩せていたとは思えないな。

「ちなみに、第２騎士団のイルリア副団長も甘いものに目がない人でな。彼女は第３王女のエリザベス様と仲が良いんだ。そしてエリザベス様はアダムズ公爵家のアリスラート嬢と仲が良い。アダムズ公爵家で行われたアリスラート嬢の誕生日には、いくつもの甘味が振舞われたというのは有名な話だ。……誠に悔しいが私は忙しくて行けなかったがな。そのことについて第２騎士団副団長のイルリアに、エリザベス様やアリスラート嬢から情報を収集できないかと頼んでいたのだ」

あぁ、この人もお菓子に目がないタイプの人だったか。こんなにもお菓子が好きな人がいるのなら、いよいよレシピとお菓子作成用の魔道具をなんとか作成して、レブラントさんに売ってしまうのもアリだな。

「オーネン村でお菓子が出回っているという噂を聞いて動こうと思っていたのだが、アダムズ公爵家が動いているという噂も聞いてな。動くに動けなかったのだ」

「そうだったのですね」

「……確認だが、君が奇跡の料理人か？」

この人は確信しているのだろう。今更隠してもバレた時が面倒臭くなるだろう。

「はぁ……。そうです。奇跡の料理人と呼ばれているのは俺です。不本意ですけどね。誰にも言わないでくださいよ？」

「そうかそうか！　もちろん誰にも言わんさ！　むしろ今度我が屋敷に招待させてもらうよ！」

今までの態度が嘘のように軟化し、敬意ある対応をしてくれるようになった気がする。なんというか、現金な人だというのは理解できた。

「あ、はい。じゃあ、とりあえずお近づきの印にクッキーをどうぞ」

また奇跡の料理人が俺だとバレてしまった。こういう時は口止め料にクッキーを渡せばなんとかなる。これが俺の経験から生まれた処世術だ。

……そう言えば、あの人にもクッキーを渡したけど、どうして作ったのが俺だって知っていたんだろう。

あの人には言ってないはずなのに。

よく考えると他にもおかしい所があるぞ。

そもそもだけど、俺みたいな子供がホーンキマイラを倒したって言われて普通信じるか？　いくら報告書を見たからって、そう簡単に信じられるとは思えない。あの時は信じてもらえたことが嬉しくて、全く疑問にも思わなかったけど、リステニア侯爵みたいに疑うのが普通じゃないか？

だけどあの人は違った。少しも疑うような素振りがなかった。……まるで、最初から俺がホーンキマイラを倒したと知っていたかのように。

「話が逸れたが、君はなぜここに来たんだ？」

「フィレル伯爵が地下牢で死んでいるのが発見されたのです。そして、リステニア侯爵様がフィレル伯爵と共謀して、国家転覆を企んでいるかもしれないと聞いたから、ですね」

「なに⁉　伯爵が死んだ⁉　それに、そんなことを言っていたのは誰だ！」

「…………様です」

「なんだと……？　しかし、あの方がなぜそのような嘘を……？」

確かに、なぜ俺にそんな国家機密を教えてくれたのだろうか。いくら俺がホーンキマイラを倒せるほどの実力を持っているとしても、普通ならリステニア侯爵の捜索は騎士団を動員しそうなものだが。

それなのに、あの人は俺を止めずに捜索をお願いしてきた。

それこそ、王城から俺を追い出すための口実のように。

「でも、そう考えればすべての疑問に説明がつく、か……」

……やっぱり、そういうことなのか。

気づきたくなかった。俺が尊敬した人だったから。こんな素晴らしい人がいる国に住めて幸運だとも思った。……俺は、信じたかったんだ。

「リステニア侯爵様、ここの後始末は任せます。俺は急いで王城に戻ります！」

「あ、ああ。何かわかったのか？」

「推測ですが、おそらくすべての黒幕はあの執事でもフィレル伯爵でもありません。すみません、時間がないので行きます！」

王城が危ない！

ep.4

すべての結末

SIDE：ルナ&ヨミ（ヨミ視点）

ご主人様がフィレル伯爵のいる地下牢へと行ってしまった。

私たちが他の貴族から集めた情報というのは、「フィレル伯爵が最近おかしい」というものだ。強欲で金に汚く、悪い意味で貴族の鑑みたいな人らしいのだが、稀に普通な時があるらしいのだ。まるで人格が変わったかのように。

その時のことを後日聞くと、何も覚えていないらしい。

このことから察するに、フィレル伯爵は何者かに洗脳、もしくはそれに準ずる方法で操られていた可能性がある。

ご主人様は一瞬でその可能性に気づいたから、国王に進言しに行ったのだろう。

しかし、気になることが一つある。国王に進言した本人だからといって、宰相がご主人様をフィレル伯爵の所に連れて行くだろうか？

騎士団か兵士を連れて行くならわかるが、なぜご主人様を同行させたのか。いくらホーンキマイラを倒せるほどの実力者だとしても、違和感が拭えない。

「……ねぇヨミ、なんだか息苦しくない？」

ルナに言われてふと考えてみると、若干ではあるが息苦しい気がする。

「確かに、そんな気がするかも？」

「それに、周囲の貴族たちも具合が悪そうなの。急にどうしたのかしら？」

周囲を観察してみると、半数近くの貴族たちが椅子に座ってふらふらしている。

まだ元気そうな貴族に介抱されている者すらいる状態だ。冒険者はまだ元気な者が多いように感じるけれど、それでも顔色が悪いように見える。

食中毒になるものでもあった……？　いや、食中毒で息苦しくなるとは思えない。

不思議に思い始めていると、宰相だけが戻って来た。

会場に入るや否や、国王の下へと走っていくので私たちもそれとなく付いていく。

「陛下、お伝えしたいことが。実は地下牢でフィレル伯爵が何者かに殺されていました」

「なんだと……!?　衛兵は何をしていた？　騎士団に調査はさせているのか!?」

「衛兵も何者かに殺されておりました。調査はすでに始めさせております」

「そうか……。何かわかったらすぐに報告せよ」

「もちろんです」

国王と宰相が話しているが、ご主人様の姿はない。宰相と国王の会話が終わったようなので、ご主人様の行方を聞かなければ。

「すみません、ご主人様はどこに？」

「あぁ、アウル君なら用事があるから少し席を外すと言っていた。すぐに戻るだろう」

「そうですか……」

……ご主人様が私たちに何も言わずにどこかへ行くだろうか。

なにか怪しい。

「ゴホッゴホッ」

それにしても、ルナが言う通り、さきほどから体調が悪い。なんだ？

おかしいと思って周囲を見ると、貴族たちが一人、また一人と床へ倒れ伏していた。

その瞬間、私は思い切り叫んでいた。

「国王陛下‼　なにか変です‼　貴族たちがみな倒れ始めています！」

「何事だっ……うぐっ…⁉　なんだ、急に息が……」

国王まで⁉　いったい何が起こっているというの⁉

会場にいた人間が次々と倒れていくなか、涼やかな声が聞こえてきた。

「おや？　この空間でまだ無事でいられるとは驚きましたね。並の人間ならば、意識を保つのも難しいというのに。さすがと言うべきでしょうか」

涼やかな声の主は、あろうことか『宰相』だった。

「宰相様……」

「ふふふ、喋れるほどとは君たちには本当に驚かされるな」

息苦しいせいでうまくは喋れないけど、一人だけ平気そうにしているこいつが犯人なのは間違いないようね。

「宰相……あなたがすべての黒幕だったのね」

「ええ、その通りです。この時をずっと待っておりました。やっとの思いで宰相の地位を勝ち取り、貴族の信頼を得て動きやすくするために、何年もかかりました。まぁ、一部の貴族は計画に気づいていろいろと探っていたみたいですが、私へと辿り着くことはなかったようですね。扱いやすくて馬鹿な貴族がいたおかげで、ちょうどいい目くらましになってくれました」

　こいつが本当の黒幕だったということは……ご主人様は⁉

「ご主人様は、どうした⁉」

　ルナも同じことを考えていたようね。でもご主人様がこんなやつに負けるとは思えない。

「アウル君なら今ころ、王都の郊外でも走り回っているんじゃないかな？　リステニア侯爵を探すためにね。まぁ、見つけたとしてもセラスが足止めをする手筈になっていますから、すぐには来られないでしょう」

　セラスとは誰でしょう……？　しかし、すぐには来ないとなると、少々まずいかもしれない。

　私たちの指輪にはパーフェクトヒールが込められているので回復することはできるだろうけど、それも一回しか使えない切り札だ。未だに私たちが無事でいられるのは、ご主人様がくれたイヤリングに付与されている状態異常耐性のおかげだろう。

　どこにいても私たちを守ってくれるのは、いつもご主人様だ。

　しかし、このままだとこいつに殺されてしまうかもしれない。さきほどから体が言うことをきかないせいで、戦うこともままならない。正直、立っているのがやっとの状態だ。

今の私たちにできるのは、ご主人様が来るための時間を稼ぐことだけだ。

「なぜ、こんなことを……？」

「ふふふ、冥土の土産に教えて差し上げましょう。倒れている貴族も国王も、あと1時間もせずに死んでしまうでしょうからね」

1時間⁉　思ったよりも時間がない……。

「私はね、この国が嫌いなのですよ」

「宰相が言う言葉とは、思えないわね」

「ふふふ、確かに。とある不運な少年の昔話をしましょうか。少年はある寒村の出身でした。その村は毎日を生きるのがやっとの村でした。領主や貴族たちは当たり前のように搾取し、村人たちを家畜のように扱っていたのです。それでも少年は両親と懸命に生き、少しの幸せを大切にしていたのです」

宰相が昔話を始めたけれど、これはおそらく宰相自身の話だろう。

「少年が10歳になった時、村に視察に来たという貴族が少年の母をいたく気に入ったらしく、妾になればこの村の税を減らしてやると言ったのです。もちろん父は抗議しましたが、不敬罪として殺され、村民たちは1人の命で村が助かるならと母を売りました。しかし、その後も税を減らすという約束は守られず、時間だけがすぎていきました。少年は村人も貴族も憎みました」

確かに同情してしまう。すべてを憎んでもおかしくない過去だ。

「このままでは飢え死ぬと、村長と一緒に領主のもとへ抗議しに行った時に領主の住む街で見たのは、広場で無惨にも首だけになった母の姿でした。私はこの不条理を嘆いた。貴族の何が偉いのかと。なぜ私ばかりこんな思いをしなければならないのかと」

今でこそ悪徳な貴族は減ったと聞いたことがあるけれど、もしかしたらその背景には宰相の頑張りがあったのかもしれない。

「私はそんな底辺貴族たちを亡き者にし、国を変えるためにいくつもの街を巡りながら勉強し、15歳になるころには誰にも負けないほどの知識を得ました。そして、その頭の良さを認められ今の侯爵家に養子として引き取られたのです。そこからも貴族としての振る舞いや考え方、知識などを吸収し、35年かけてここまできたのです。そしてこの国を変えようと模索している時、ある真相に辿り着いたのです」

「……それは？」

「私の恩恵は『病《やまい》の理《ことわり》』というものでした。私はこの恩恵を授かってからというもの、病気になったことがありません。そのせいで、私の恩恵は自分が病気にならないものだと思っていました。しかし、宰相という立場になった時、王族でしか知りえない情報を手に入れたのです」

病の理。聞いたことのない恩恵だ。そもそも恩恵というのは人それぞれで、暗黙のルールとして誰にも教えないというのが習わしだ。そのせいで、恩恵の本当の効果を断定できない人というのは意外と多いという。まぁ、ある程度のことは無意識的に理解するものだけど、それがすべてではない。

「それは進化の宝玉《オーブ》と呼ばれる存在です。これは恩恵を次のステージへと昇華させる秘宝だったのですよ。この国を変えようと頑張ってきましたが、私はこの国を変えるには貴族という人種のリセットが必要だと結論付けました。そして、私の恩恵の進化した能力は病を自由に操れるものではないかと推測を立てました。それからというもの、私は恩恵についての研究を始めて、たくさんの実験をしました。恩恵について実験していくうちに、進化せずともある程度なら病を操れることに気づいたのです」

　恩恵の進化……？　そんなの聞いたことも考えたこともなかった。しかし、恩恵の可能性か。

「実験のために、ある時は辺境の村の作物に病を流行らせたりもしました。最近、王都で体調を崩している人が多いのも私の実験の一環です。今頃、王都に住むほとんどの人が本格的に体調を崩し始めているでしょうが、実験に犠牲はつきもの。まぁ、それも今日で終わりです。王都にホーンキマイラを運び込んだ赫き翼も、今ごろは苦しんでいるでしょう。……おっと、そろそろあなた方も病にかかったようですね。あなた方に恨みはありませんが、ここで死んでください」

　宰相の言う通り、かなり具合が悪い。さすがにここで意識を失うわけにはいかないのだ。ルナに目配せをして、とっておきの切り札を使う。

「「パーフェクトヒール」」

「なにっ!?　最上級回復魔法だと！　お前らは聖属性魔法は使えなかったはず！」

「私にエンペラーダイナソーを運ばせたのもあなただったのね。聞いたことがあった貴族の名前は、フィレル伯爵じゃなくてフィーラル。……恥ずかしいけれど、似ていたから間違えてしまっていたわ。それに、最初にあなたを見た時、なんとなく違和感を覚えたのは私の勘違いじゃなかったということね」

「おや、懐かしい話ですね。ということは、あなたは交易都市シクススで雇ったゴミ共の生き残りですか。全員殺したと聞いていましたが、セラスも詰めが甘いですね。その回復魔法には驚かされましたが、なおさら2人を生かしておくわけにはいきませんよ！」

「くっ……！」

一度は治ったというのに、すぐに体が重くなった。パーフェクトヒールですら一時的にしか治せないほどの能力らしい。

集中がうまくいかないせいで、魔法が発動できないなんて……。

ご主人様、助けて……。

「敬意を表して、あなた方は私が直接殺して差し上げます！」

私とルナめがけてナイフが迫るが、うまく体が動かない。いつもなら簡単に避けられるようなナイフも、今では必殺の刃となり得る。これが恩恵の力というものか……。

ご主人様だったらなんとかしてしまうのだろうか。最後にもう一回声が聴きたかったな……。

『ルナ、ヨミ！　今王城に向かっているから、俺が行くまで絶対に死ぬな！』

突然聞こえたのは、死ぬ前にもう一度聞きたいと願ったご主人様の声。

しかし、無情にも凶刃が振り下ろされる。これにはさすがに死を覚悟した。

カキン！

障壁が自動展開され、当たり前のように攻撃を阻んだ。

…………。

流れる静寂と宰相の驚いた顔。頭が働いてなくて忘れていたけど、障壁が展開されるんだったわね。ふふふ、またもやご主人様に守られてしまった。

「自動障壁の魔道具だと⁉　なんて忌々しいものを！」

そういって宰相が手を翳《かざ》すと、黒い靄《もや》が私たちを包み、一気に具合が悪くなる。よく見ると皮膚が黒くなり始めているように見える。

「これは……まさか……！」

「その昔、一つの国を滅ぼしたと言われている黒腐病《こくふびょう》です。皮膚がどんどん黒く変色し、いずれは体すべてが腐り落ちる恐ろしい病気です。この病を止めるには私を倒すしかありません。自動障壁には驚きましたが、あなた方を殺す方法などいくらでもあるのですよ」

体が全く動かなくなってしまった。立っているのも辛く、とうとう膝をついてしまった。恩恵の進化がここまで恐ろしいとは思わなかった。ご主人様……早く来て……。

「おい。俺の大事な連れに何してるんだ？」

会場に響く、聞きなれた大好きな人の声。

「ごしゅ……じんさ、ま！」

「うふふ、遅い、ですよ……！」

ご主人様が来てくれた。けど、ご主人様も危ない！　この病気は本当に恐ろしいの！　なんと

か伝えなきゃ！

「あ……この……」

「大丈夫だ、ルナ、ヨミ。俺は負けないさ。すぐに倒すからちょっと待ってて」

違うの、ご主人様！　こいつの恩恵は恐ろしいの！

SIDE：アウル

俺は今、屋根の上を全力で駆け抜けている。

宰相が犯人だという目星はついた。

俺は犯人の目星がついた段階で、ルナとヨミのイヤリングに極秘で付けた機能を発動していた。魔力を込めると2人のイヤリングから周囲の音声を拾うことができるという優れものだ。

音声から判断すると、やはり宰相が犯人だった。

しかし、恩恵の進化とかさすがに反則だろ。病を操るとか魔法では考えられない芸当だ。

病の処方となると想定の範囲外のため、自動展開の障壁では防げないだろう。イヤリングの状態異常耐性が頼みの綱か。それでも、病は状態異常という扱いになればだが。

『敬意を表して、あなた方は私が直接殺して差し上げます！』

必死に走っていると、イヤリングからは剣呑《けんのん》とした雰囲気が伝わってくる。

即座に伝声の魔道具で2人に声をかける。

「ルナ、ヨミ！　今王城に向かっているから、俺が行くまで絶対に死ぬな！」

直後に聞こえてくる、何かを弾いた音。

なんだよ！　刃物で殺そうとしたのかよ！　驚かせるなよな！

よし、おかげで王城まではもうちょっとだ！

王城に入ると兵士が全員倒れており、今にも死にそうになっている。屋根伝いに来たからわからなかったけど、いつもの喧騒が聞こえないところから察するに、王都中に病が蔓延しているというのは本当のようだ。

そういえば、なんで俺は大丈夫なんだろう。レベルによる恩恵かな？

思考もまとまらないまま会場に辿り着くと、２人の皮膚が黒くなり始めていた。

「おい。俺の大事な連れに何してるんだ？」

「ごしゅ……じんさ、ま！」

「うふふ、遅い、ですよ……！」

こんなになってまで宰相を止めようとしてくれたのか。俺が宰相に騙されたばっかりに……。

「あ……この……」

「大丈夫だ、ルナ、ヨミ。俺は負けないさ。すぐに倒すからちょっと待ってて」

こいつだけは、絶対に許さない。

「お早い到着ですね。……セラスはどうしました？」

「満足そうな顔で逝ったよ」

「なんだと……？」

「狂神水を飲んだんだ。そのせいで俺もかなり時間食っちまったけどな」

「狂神水を……。全部あなたのせいです。あなたが私の計画を邪魔しなければ、この国はリセットできるはずだった。ホーンキマイラもスタンピードもレッドドラゴンも……すべて邪魔をしやがって‼　ここまで準備するのにどれだけ苦労したと思っている‼　10歳かそこらのガキが図に乗るな‼　お前も黒腐病で死ね！」

宰相が手を翳した途端、黒い靄が纏わりつこうと襲ってくるが、なんとかそれを身体強化で躱《かわ》す。直接的に影響できる範囲はそこまで広くないようだ。

魔法で焼き払おうにも、周囲には貴族や冒険者がたくさん倒れているし、残っている魔力を考えると身体強化を維持するのでギリギリだ。

「ちょこまかと鬱陶しい……早く死ね！」

しかし、体力的にも魔力的にも限界が近かったために、宰相の両手から発せられる黒い靄を躱しきれずに、とうとう食らってしまった。

「はははは！　これでお前も終わりだ！　魔法を使わないところを見ると、セラスとの戦いでかなり消耗したようだな！　これでこの国のリセットはっ⁉　お前、なぜ倒れていない……？」

毒々しいまでの黒い靄を食らったというのに、全くと言っていいほど体調が悪くならない。

この時、俺はある記憶がフラッシュバックした。

『……そうですか。では貴方には私の加護を授けましょう。どんな力が欲しいですか？　なんでもいいですよ？』

『いえ、過分な力は争いを呼び寄せるでしょう。ですので、私に特別な加護はいりません。強いて言うなら健康な体が欲しいですね。病気は嫌ですから』

『そう……ですか。そんなことを言うのは貴方が初めてです。わかりました。あとはこちらで適当に調整しておくので安心してください』


「なぜ病にかからない⁉　私の恩恵は進化した最強の恩恵だぞ⁉　神に選ばれた存在なんだ！」

宰相の恩恵が病を操るものだとしても、俺の体は女神様の特別製。恩恵が神に与えられたものだとすれば、俺の体は神に創られたものだ。そもそもの格が違う。

言わば、俺はこの世界で病にならないたった一人の『天敵』。

「悪いな、俺の体は創造神様の特別製なんだ」

「なにを⁉」

懲りずに黒い靄を飛ばしてくるが、効かないとわかっていれば避ける必要もない。

収納から杖を取り出して集中する。

《杖術《じょうじゅつ》　槍の型　心浸透《しんしんとう》》

これは高速で相手の心臓を打ち抜き、一時的に動きを止めて仮死状態にしてしまう技だ。人為的に心停止を起こしてしまう荒技である。

魔力も残り少ないため魔力を纏わない技での攻撃だったが、宰相は個人としてはそこまで強くなかったようで、全く反応できていない。

「馬鹿な……こんなはず、では……」

心停止した宰相は、ゆっくりと地面に崩れ落ちた。

仮死状態の宰相が本当に死なないように、魔力で薄くコーティングし、氷魔法で宰相を包み込んでおいた。

「ふぅ……これで一段落か」

宰相が仮死状態になったためか、２人の皮膚が元に戻り始めている。どうやら恩恵による病が解除されたようだ。

周囲の貴族や冒険者たちを確認しても、意識はないようだけど一定の呼吸音が聞こえてくるので、ひとまずは問題ないだろう。

「うぐっ……」

国王はギリギリ意識があるようだ。仕方がないので、なけなしの魔力を使って国王にヒールをかける。

「ヒール」

……あぁ、だめだ。頭がくらくらして気持ち悪い。完全に魔力がなくなったみたいだ。

「ルナ、ヨミ……。悪いけど、あとは頼んだ……」

そうして俺は意識を手放した。

ep.5 騒動のその後

……知らない天井だ。いや、昨日見た天井か。ここは俺が昨日泊まった王城の客室のようだ。

なんだか記憶が曖昧だけど、俺どうしたんだっけ。

……あぁそうだ。確か、国王にヒールをかけてそこで魔力が尽きて、気を失うように意識を手放したんだ。ちょっとずつ思い出してきたぞ。

周囲を見回しても、ルナとヨミの姿はなかった。体を起こしてボーッとしていると、5分くらい経過したころにルナが水差しとコップを持って入って来た。

「っ‼　ご主人様、目を覚まされたのですね！　お体は大丈夫ですか？　何かお変わりはありませんか？　お水は飲まれますか？　あとは、えっと、えっと……」

「ふふふ。ルナ、俺は大丈夫だから落ち着いて？」

心配してくれているのは嬉しいが、かなり顔が近い。一歩間違えればキスをしてしまいそうなほどだ。こうして近くで見ると、ルナの肌はツルツルでとても綺麗だ。唇は程よく赤づいていて、思わず自分の体温が上昇するのがわかる。

「……ルナ、顔が近いよ？」

ただし、そんな素振りを微塵も出さずに対応する。

「あっ！　す、すみません！　つい……。そうだ、ヨミを呼んで来ますか？」

「そういえば、ヨミは今何しているの？」

「ご主人様の故郷に魔物を運んだころの話を、リステニア侯爵に話しているはずです」

なるほど。リステニア侯爵は宰相がしたことの裏取りをしているのか。存外真面目なんだな。

そういや、俺が寝てからどれくらい経ったんだろう。

「ルナ、俺が寝てからどれくらい経った？」

「えっと……一日半くらいでしょうか。全く起きられないので心配したんですよ！」

そう言い残してルナは出て行ってしまった。それにしても、一日半か……。確かに疲れていたとはいえ、かなり寝てしまったようだ。そのおかげで頭の中はスッキリしているけど。

ルナが持って来てくれた水を飲みながら窓の外を見ると、雲ひとつない晴れ晴れとした青空が広がっていた。

「やっとすべて終わったんだな」

学院の入学試験まではだいぶ時間があるし、いったん家に帰ろうかな。帰ってやりたいこともいろいろとあるしね。

外を見ながら今後の予定を整理していると、ルナとヨミとリステニア侯爵が部屋へ入って来た。

「ご主人様、ご回復おめでとうございます。お待ちしておりました」

「ヨミにも心配かけてすまないね。もう大丈夫だよ」

ヨミと目が合い、自然と笑顔になる。２人でホワワンとした雰囲気を作っていると、リステニア侯爵とルナの視線が突き刺さってくるので、渋々やめておいた。

「アウル君も無事で何よりだ。改めて挨拶させてもらおう。私の名前はリステニア・フォン・ロンダーク。侯爵の位を拝命している。前回は無礼な態度を取って申し訳ない。少々時間がなかったために、態度が横柄になっていた。本当にすまない」

「いえ、もう気にしていません。それに、私は平民ですので。改めて、私はオーネン村のアウルと言います。……あのことは他言無用でお願いしますよ？」

　あのことというのは、もちろん奇跡の料理人云々のことである。

「それは当たり前である。すでに口止め料も貰っているのでな」

　そう言いながら空になった籠を返された。……言外に催促されている気がするので、前回とは違うジャムをのせたクッキーを籠に入れて渡してあげた。

「おお!?　なんだか催促したみたいで悪いな。そんなつもりはなかったのだが。はははは！」

　よく言うよ。そう言いながらも、ちゃっかり小さいポーチへと籠をしまっているじゃないか。小さいポーチはマジックバッグのようだけど、お菓子がたくさん詰まっていそうだ。

「ところで、ヨミからの聴取は終わりましたか？」

「ああ、それは全く問題ない。こちらでもある程度調査はしていたので、その確認だけだったからな。宰相の家を調べたら、今までの悪事の証拠が次々と出て来たのだ。真面目にすべてのことを記録していたようで、こちらとしては願ったり叶ったりだよ。私がアウル君に聞きたいのは、宰相についてだ」

　そういや宰相は仮死状態にしたんだっけ。まだ一日半なら大丈夫だろうか。もしかしたら本当に死んでいる可能性もあるけど、そろそろ仮死状態を解除したほうがいいかもしれない。

「宰相は多分まだ生きていますよ。仮死状態にしただけなので」

「なんだと……？　君にはいちいち驚かされるな。あの執事と対等に戦って倒した事といい、宰相を止めたことといい。いったい何者なんだ。いや、答える必要はないよ。ただ一つだけ確認させてくれ。……君は味方か？」

そうか。リステニア侯爵は途中で気を失ったから、テンドのことを知らないんだ。伝えたほうがいいのかもしれないけど、これ以上混乱を招くことを言うのもな……。

それに、あいつの今の目的はおそらく俺だ。

今のところはとりあえず黙っておこう。

「今はこの国の味方ですよ。俺はオーネン村が大好きですからね。ただ、オーネン村や村人を害そうとするやつは、たとえ誰であっても許す気はないです」

「今は、ね。ひとまずそれで問題ないよ。私も肝に銘じておくとしよう。下手に『オーネン村に手を出すな！』と言ってしまうと、逆に勘ぐる輩が出るかもしれないから、騒ぎ立てるようなことはしないでおこう」

「ご配慮ありがとうございます」

「時に、君の従者のヨミ君から聞いたが、ルイーナ魔術学院に入学するそうだね？　ということは来年から3年間は王都にいるのだろう？　我が屋敷へと招待させてもらうので、ぜひ時間のある時に訪れてくれ。もちろんその2人も連れて来てくれて構わない。どうかな？」

「はぁ……わかりましたよ。その時はお邪魔させてもらいます。その代わり、何か料理やお菓子を作る際はしっかりと対価を貰いますからね？」

「もちろんだとも！　なんでも言ってくれたまえ！　私でできることならなんでもしよう！　なんなら学院宛の紹介状でも書こうか？　それがあれば間違いなく入学できるぞ」

まぁ、ありがたい申し出だしちょっとは後ろ髪引かれるけど、そんな裏口入学みたいなことはしないほうがいいよな。裏口入学している子供は多いだろうけど、平民の俺がそれをするのはリスクが高すぎる。

ということで丁重に断っておいた。それに、ルナから聞いた学院の入試内容だったら俺が落ちる可能性はほぼゼロに近い。一応、１ヶ月前から勉強はするつもりだけど。

その後も、今回の事件についていろいろと話してから侯爵は帰って行った。なんでも、リステニア侯爵は陛下から密命を受けて、国内の不穏分子を摘発する仕事を代々やっているらしい。

……そんなこと俺に教えていいのか？　と思ったが、秘密の共有だそうだ。これでお互いに信頼できるだろう？　とのことだ。見た目はなかなか迫力のある人だが、意外と実直な人だ。意外だけど。

……体の管理もしっかりやればいいのに、と思うのは仕方ない。

あと、俺の体調が戻ったら国王との謁見が決まっているらしい。ただし、今回は非公式のものらしく、参加するのはごく限られた貴族だけだそうだ。

体調は戻っているけど、大事を見て今日いっぱいは休む予定だ。なので、明日の朝一に国王と謁見することになった。

ぐぅ〜。

部屋で外を見ながらのんびりしていると、盛大にお腹がなった。……ルナの。

「うふふ。ルナもお腹が空いているようですし、時間もお昼ですからご飯にしましょうか。メイドさんにお昼の用意をお願いして来ますね」

ルナも恥ずかしいのか、顔を真っ赤にしながら無言でヨミについて行ってしまった。

そういや俺もお腹すいたな。家に帰ったら久しぶりにパスタでも作ろうかな。村にお土産も買って帰らなきゃ。

確か、迷宮の森エリアに果実がなっているところがあったはずだから、たくさん収穫して行こう。肉はたくさんあるから燻製も作っておかなきゃ。炭も大量に作っておこう。

せっかくなら炭団《たどん》でも作るか？　海に行けばフノリや角叉《つのまた》が手に入るだろうし。やりたいことが多すぎて困ってしまうな。まぁ、村での暇つぶし用に材料だけは確保しておこう。

……うーん、今はまだ学院に行かないからいいけど、学院が始まったら時間がなくなるな。ルナとヨミに頼んでもいいけど、２人には冒険者稼業をやってもらうつもりだしなぁ。

商会を立ち上げて人を集めるか？　いや、商売のいろはを知らないから大変だろうし、無闇に人に頼んでも情報漏洩が怖いか。やっぱりレブラントさんにレシピの販売をするのが無難かな。いろいろと迷惑かけているけど、儲けも出ているだろうからいいよね？

そうと決まれば今度話しに行こう。善は急げって言うし。大部分をレブラントさんに任せちゃって、俺たちしかできない部分だけをこっちでやろう。材料の確保とかね。

今となっては、ルナとヨミだけでサンダーイーグルの羽毛を集められるほどに成長した。炭は俺も使いたいから週末に一気に作ってしまおう。

肉串のおっちゃんにも炭を卸さないとだし、肉はルナとヨミに任せちゃおう。これも冒険者稼業の一環だ。

冒険者のランクを2人が上げていてくれれば、俺がもし冒険者ギルドに入りたいと思ったら、有利に立ち回れるかもしれない。……まぁ、入るかどうかは未定だけど。というか、入る可能性は限りなく低いんだけどね。

部屋で大人しく待っていると、ルナとヨミが台車にご飯を載せて持って来てくれた。お腹に優しいようにと、メニューは麦粥と干し野菜のスープだった。質素だけどこれくらいがちょうどいい。

実家でもこれくらいのご飯が普通だったからね。

ルナは明らかに物足りなそうだったので、焼いて収納しておいた炭火焼き鳥を出してあげたら、喜んで食べていた。ヨミも足りなかったのか、2人して嬉しそうにパクパク食べている。

うちの子たちは読んで字のごとく肉食系だ。

そのあとも、ランドルフ辺境伯や第2王子がお見舞いに来てくれたが、他愛のない世間話をして帰って行った。

第2王子はそれとなく勧誘して来たけど、素知らぬふりでスルーしておいた。掴みどころのない人だけど、どこか憎めない人でもある。いつの間にか懐柔されそうな気がするので、今後も要注意人物として意識しておこう。

さすがに夜は同じベッドで寝ようとは言ってこなかったので、また1人でぐっすりと寝ることができた。2人は夕方からいなくなったのでどうしたのかと思っていたら、どうやら王城のメイド長がメイドとしてのなんたるかを教えているらしい。

昼夜問わずビシバシと鍛えられたそうだ。その成果が楽しみなところだ。

朝目覚めると、体調も完璧でさすが王城のベッドだと感心した。きっとマットレスが違うんだろうな。俺も掛け布団はサンダーイーグルの羽毛を使用した最高級なものを使っているけど、マットレスは市販のものだ。

これは早急にマットレスの開発が必要だろう。せっかくだから魔物の素材を使った特別なものを開発したい。なんというか、これは俺の趣味だな。

まだ太陽は昇っていなかったので、日課の魔力の鍛錬と杖術の型の練習をすることにしよう。日課となっている鍛錬のおかげで、着々と杖術の勘を取り戻しつつある。全盛期に比べるとまだまだだけどね。

レベルによる恩恵に振り回されている感じもあるから、村に帰る前に数日迷宮に篭ろうかな。そうすれば体の使い方を少しは思い出すだろう。迷宮でやることがまた増えたな。

炭作って、炭団作って、果物を収穫して、鈍った体を慣らして、マットレスの素材になりそうな魔物も探して……。あれ？　全然ゆっくりできないじゃん。いや、村に帰ったら絶対のんびりしよう。そのための事前投資だと思えば、うん。頑張ろう。

「「おはようございます、ご主人様」」

鍛錬を一通り終えて体をタオルで拭いていると、２人がノックをして入って来た。

俺も何気なく入っていいと言ってしまったけど、上半身が裸だった。別に見られて困るような体ではないと思うけど、ルナが顔を少し赤らめている。

「わっ……」

そんな反応されるとこっちも恥ずかしいんだけど⁉　ヨミ、舌舐めずりはやめておけ。ただの変態にしか見えないぞ。

朝ごはんは白パンとサラダ、炙りベーコンと干し野菜のスープだ。王城でも当たり前のようにベーコンが出てくるけど、やはり冬ということもあって新鮮な肉は多くないらしい。

俺たちは、迷宮で魔物から嫌というほど確保しているもんなぁ。

そう考えると、肉串のおっちゃんの屋台が流行っているのは、そういうのも関係しているのかもしれない。新鮮なお肉ってだけで美味いもんね。

ベーコンは干し肉よりは断然美味しいから、王城でも食べられるのは理解できる。でも、ここまで販路が確保されているのなら、燻製の絶対量は足りていないだろうに。

レブラントさんへのレシピの販売は急務かな。燻製は楽しい趣味だったけど、そろそろ新しい趣味も見つけたいし、ここらへんが潮時かな。試したいフレーバーチップが見つかったら、個人的に試してみればいいだけだし。

ピタパンに次いで、クッキーや燻製のレシピも売っちゃおう。10歳にして不労所得があるっていうのは素晴らしいけど、これで胡座をかいちゃったらつまらない。

せっかくだし、稼いだお金を使って村を発展させてみようかな？　魔法で一気にやってしまうこともできるけど、村長にお金を渡して公共事業みたいな感じで村を整備しよう。人の出入りが増えればそれだけ村が発展しやすくもなるだろう。

そうすれば経済も回るし村もよりよくなる。人の手で発展させれば、愛着も湧きやすいしね。

治安が悪化する可能性も考えられるから、やっぱりゴーレムの研究も進めないと。俺が常に村にいれるわけじゃないし、守護者的な存在は必須だ。

村の防備と治安維持をゴーレムに手伝わせることができたらかなり安心できる。村全体を守護するためにも、数体は自重なしで凄いのを作ってもいいだろう。

……作れればだけど。

そういえば、やっとオーブに魔力が溜まった。これを活用するためにも、もう一度迷宮に入ったらゴーレム部品と技術の回収を再開しよう。

……またやることが増えたな。俺は馬鹿かもしれない。

「ご主人様、なんだか楽しそうです。何かいいことでもありましたか？」

「うふふ、にやけているご主人様も素敵です」

おっと、いつの間にかにやけていたようだ。早く村に帰りたいなぁ。

ご飯を食べ終えた後は、メイドさんたちが入って来て謁見の準備をしてくれた。2人も着替えることになったのだが、新しいドレスを用意してくれたようだ。

　しかも、そのドレスはプレゼントしてくれるらしい。とても高価そうなのに、くれるとはさすが王族。もちろん貰えるものは貰っておこう。

　俺がプレゼントしたドレスとは違い、いかにも貴族然とした雰囲気の服装だ。とてもよく似合っていたので、しばらくの間見惚れてしまっていた。

　２人のドレス姿を堪能したので、前回通った道を歩きながら謁見の間へと進む。騎士さんが扉を開けてくれたので、中を進んで前回と同じように跪いた。後ろには２人が控えている。

　歩いている時に気配を確認したけど、周りにいるのはアダムズ公爵、ランドルフ辺境伯、リステニア侯爵がいた。

　どうやら俺と関わりのある貴族を招集したらしい。アダムズ公爵様が俺にウインクしてくれたところを見ると、あの人が手を回してくれたようだ。確かにこの面子なら緊張もあまりしなくて済むというものだ。

　あとでお礼を言いに行かないといけないな。

「アウルよ、此度も誠によくやってくれた。お主のおかげで、余も他の貴族も誰も死なずに済んだ。未だに事態を把握できていない貴族も多いが、今回は事情を知っている者には緘口令を敷かせてもらった。これ以上騒ぎが大きくなると、大勢の貴族がお主に接触しようと手を回す可能性があったのでな」

　それは勘弁願いたいな。本当に。

「陛下のご配慮に感謝致します。しかし僭越ながら、私や私の従者、故郷に手を出そうとする者がいる場合はちょっとだけ仕返しをするだけですので問題ありません」

そう、ちょっとだけ仕返しするのだ。財産がごっそりなくなったり、屋敷がなくなったりする程度だ。命までは取らないから安心してほしい。……まぁ、命を狙われない限りだけど。

「ふっ、それでは余が困るのだ。これ以上貴族たちに何かあっては国が立ち行かなくなってしまうわい。少しの間に、伯爵と宰相がいなくなったのだぞ？　これ以上何かあっては、他国から侵略を受ける可能性だって出てくる。国内だけでも、宰相の座を得ようと画策する貴族が多いのだ。これ以上、余を働かせないでくれ。それはそうとアウルよ。今回のお前の功績はあまりにも大きい。何せ国を救った英雄なのだからな。そこでだがお主、貴族になるつもりはないか？」

「貴族ですか」

これは少し予想していたことだ。ここまでの功績や能力を見せて、国王が俺を野放しにするとは思えなかった。俺に爵位を叙爵して国に取り込もうとしているのだろう。

確かに貴族というのは面倒な分、旨味も大きいのは理解できる。

「もちろん、今すぐにというわけではないぞ？　学院を受験予定と聞いたので、早くても学院を卒業してからになる。それまでに考えてくれれば良い。なんなら、うちのエリザベスを貰ってくれても良いのだぞ？」

ニヤニヤとしながら話してくる国王は、どうやら俺の反応を見て楽しんでいるらしい。

しかし、やられっぱなしというのは性に合わないな……。

「そうですね、貴族になるかどうかは『前向きに』検討させてもらいます」

「くはは。前向きに、か。アウルはその辺の貴族よりも貴族らしいな！　まぁ、期待して待つとしようかのう」

くそっ、国王なだけあって文字通りの言葉で受け取りやがったな。皮肉のつもりで言ったのに。

ちなみに、第３王女の件についいては華麗にスルーしておいた。

「あとは今回の功績に対する褒賞だが、何か欲しいものはあるか？」

「そうですね……。お金は前回の褒賞でたくさん貰いましたし、特に欲しいものはありませんので、貸しを一つ。ということにさせてもらいます」

「………………は？」

国王はさすがにそんな返しが来るとは思わなかったのか、ぽかんとした顔をしている。これは一本とれたかな？

「わはははははは‼　そうかそうか！　国王である余に貸し一つか！　これは一本取られたな！よしわかった。今回の件は貸し一つということでよかろう。それにしても、ずいぶんと大きい借りを作ってしまったものだな」

一歩間違えれば不敬罪だが、この場にいた人たちは俺と仲のいい貴族だけで助かった。

「はい。何かあった際は遠慮なく頼らせてもらうこととします」

「なかなか肝の据わった子供だ。本当に10歳とは思えんよ。これからも何かと縁のありそうな気がするわ。ではこれで謁見は終了とする！」

なんとか無事に謁見を終えることができた。そして今は国王が手配してくれた馬車に乗って、王都の家へと帰っているところだ。

「なんだか久しぶりの我が家な気がするよ〜」

「おかえりなさいませ、ご主人様」

「うふふ、私たちはお家のお掃除をしますので、ゆっくりと休んでいてくださいね」

2人も疲れているだろうに掃除をしてくれるそうだ。お昼ももうすぐなので、今日のお昼は俺が作ろうかな。

気分的にはパスタを食べたかったので、山盛りのパスタを茹でることにした。牛乳と生クリームはまだあるし、卵もある。ベーコンもたっぷりあるので今日はカルボナーラにしよう。

お昼の献立は、カルボナーラ、ポトフ、茄子の唐揚げ、アプルジュースだ。やっぱり茄子は美味い。早く冬が終わらないかな。王都にも畑を作らないと。

というかビニールに替わる何かを見つけられないかな？　温室さえあればいつでも野菜が作れるし、オーネン村で流行らせれば村民たちがもっと美味しいものを食べられるようになる。

うまくいったらレブラントさんに売れば国中に広まるだろう。

よし、今後の目標はゴーレムと温室の研究、あとは村の発展とワインの作成、レシピを売るための準備と、テンドに対抗するためのレベリングか。

何回考えてもやること多いな。帰省のための炭作りと炭団作りもあるし……。

多趣味って恐ろしいな！

「ご主人様、お家の掃除が終わりました」

「うふふ、久しぶりのご主人様の手料理です」

「いただきます」

「「いただきます」」

「2人とも、明日からはいろいろやることがあるけど手伝ってくれるかい？」

「もちろんです！」

「私たちに任せてください！」

何かを頼まれるのが嬉しいのか、2人とも生き生きとしている。

「それと、用事が全部済めば俺の故郷に一度帰ろうと思うんだけど、2人はどうする？」

「えっと、どうする？　というのは？」

「うふふ、ご両親に私たちを紹介してもらえるということですか？」

単純に辺境には行きたくないとか、冒険者稼業をやりたいかと思ったんだけど、意外と俺の村に行くのは嫌じゃないのかな？

「えっと、まぁそんな感じかな。もし王都にいたければここで待っていてもいいよ？」

「私も行きます‼」

「ぜひ紹介してほしいです！　……ふふ、これはお土産を買ったほうがいいかもしれないわね」

「そうですね、今度たくさん買いに行きましょう」

「あとは何が必要かしら？」

「うーん……でも……」

おっと、2人の変なスイッチが入ったみたいだぞ。俺をそっちのけで盛り上がってしまっている。でも、2人とも行くって言っているし、ちゃんと紹介しよう。

……あっ。ミレイちゃんにはなんて言おう……。

………………。

まぁ、なるようになるか!

うん、いざとなったらケーキで誤魔化そう! それに特にやましいことはない……はず。

ミレイちゃんに紹介する際にまたひと騒動あったのだが、このころの俺はまだ知る由もない。

ep.6 迷宮攻略④

自分の家のベッドで起きて改めて思ったけど、マットレスの作製は急務だ。別に今のマットレスも悪いとは言わないが、上を知ってしまうと我慢ができない。

気分的には優先順位1位だ。早く迷宮に行きたいな。

窓の外を見るとまだ太陽は出勤していない。毎度のことだけど、別に毎日早く起きる必要はないのだ。だが、慣れというのはなかなか抜けないものだ。

魔力鍛錬と型の練習が終わるころには、太陽が出勤してくる。雲一つない空は、太陽の調子が良いことを教えてくれる。

今日もまた、一日が始まろうとしている。

汗を拭きながらリビングへ行くと、クインが専用のミニベッドで丸くなって気持ちよさそうに寝ている。あれだけ見ればまるで猫のようだ。

『……？　ふるふる！』

起こすまいとそっと動いても、いつも気づかれてしまう。嬉しそうに飛んでくるクインを抱きとめて、もふもふを堪能した。

ひとしきりクインを愛でたら、朝ご飯を作る準備を始めるのが最近の日課だ。なんだか朝ご飯を作るのはいつの間にか俺の担当になっているな。

「まだ時間はあるし、久しぶりに市場に行ってみようかな？」

ちなみに、市場へは買い物籠を持って行くのがマナーとなっている。朝早いというのに、すでに大通りにはたくさんの人が行き交っており、市場は盛況だ。冬でもこれだけの食品が売られているのは、さすがは王都だ。

とは言っても、新鮮な果物は多くないし、日持ちしそうな品や迷宮産の食材が主力らしい。

市場を散策していると、卵を扱っている屋台を見つけた。

「おば……お姉さん！　その卵ってなんの卵？」

「あら坊や、口がうまいねぇ？　朝早いのにお遣いとは偉いねぇ。これはワイルドクックという魔物の卵だよ」

魔物の卵か。最近あんまり食べてないから、久しぶりに食べたいな。

「いくらですか？」

「１つ銅貨５枚だよ」

「じゃあ20個ください！」

１つ銅貨５枚とは決して安い金額ではない。

「ずいぶんたくさん買うんだねぇ。えーっと……金貨１枚だけど、ちゃんと持ってるのかい？」

「はい！」

ピカピカの金貨１枚を渡すと少し驚いた顔をして、すぐに笑顔になって卵を籠に入れてくれた。個数を数えると21個ある。

「1つおまけだよ！　またお姉さんのところに買いに来てね！」

どうやらお姉さんと言われたのが存外嬉しかったようだ。こういうところは、田舎も都会も一緒なんだな。

ワイルドクックの卵は、地球の鶏卵よりも二回りくらい大きい。鶏卵が1つ500円と考えると超高級だけど、かなり大きいし魔物の卵ってことを考えると相場はそれくらいなのかな？

そのあとも、いろいろと回って迷宮産の野菜や果物を買うことができた。市場の人たちといろいろ話したら、「スリード」という砂漠の街に野菜や果物が取れる迷宮があるらしい。

あと鉄のインゴットも見つけたので10本買った。

他にも「港町ニネン」では、たくさんの魚介類が買えるらしいので、ぜひ行ってみたいところだ。新鮮な海鮮丼とか食べたい。

買い物は全部で1時間以上かかったので、さすがに2人は起きているかと思ったけど、家の中は静かなままだ。

どうやらまだ寝ているらしい。……疲れてるんだな、きっと。メイド長がスパルタだったんだろう。

「今日くらいはゆっくり寝かせておくか」

新鮮な卵が手に入ったので、卵料理を作りたい。本当は卵かけご飯とかしたいけど、お米はまだ見たことがないので諦めるしかない。

あとは何があるかな？　オムレツ、目玉焼き、卵焼き、卵とじ……うーん。

「あっ、あれ作ってみよう」

　ボウルに卵黄と卵白を分けて入れ、お菓子作り用の泡立て器で卵白を一気に攪拌《かくはん》する。ちんたらやっていても終わらないので、身体強化を全開で攪拌したら一瞬でメレンゲが完成した。

　次に、卵黄に牛乳・砂糖・塩を混ぜ、それにメレンゲに加えて軽く攪拌する。

　熱したフライパンにバターとオリーブオイルを加え、そこに卵液を流し込む。形を整えて蓋をして中火で3分待つ。その間に別のフライパンでベーコンを焼き、サラダも用意しておく。

　3分したら焼けた卵を半分に折り曲げて皿に移す。別個に作るとしぼんでしまうので、これで3人分の巨大スフレオムレツの完成である。

　完成したと同時くらいに匂いに釣られたのか、2人が起きてきた。

「おはようございます、ご主人様。たくさん寝てしまって、申し訳、ありま、せん……zzZZ」

「もう、ルナ起きなさい。ご主人様が美味しそうなご飯を作ってくれているのですから、早く食べましょう?」

　寝ぼけているルナを起こし、顔と歯を洗った2人と一緒に朝ごはんを食べる。

　クインにはすでに焼いたお肉を与えてある。今更だけどクインって肉食なんだな。

「っ‼　すごいです、ご主人様！　新食感です！　美味しいです！」

「うふふ、朝からこんなに素晴らしいものを食べられるなんて、とっても幸せです」

　どうやら口にあったみたいだ。俺も一口食べてみると、ジュワッと口の中でとろけてなくなるスフレオムレツ。

濃厚な卵の風味とコクが口いっぱいに広がってめちゃくちゃ美味しい！

３人で一つの皿をつっついて食べるのも悪くない。ちゃんと皿に取っているけど、なんか同じ釜の飯って感じでいいな。

「今日は休日にしようと思う。ちょっとやりたいこともあるし、いろいろあったからここらで羽を伸ばして来てほしい」

「またお休みがいただけるのですか？　ありがとうございます」

「なんだか平民の方よりいい暮らしをしている気がします」

それはそうかもしれない。平民には休日という概念はほとんどないから、どちらかというと冒険者みたいな生活なのかな？

まぁ、２人は資格を持っているのだからその通りか。俺は……早起きしているし、農家だな。

「あ、それと。明日から数日くらい迷宮に潜るから、よろしくね」

「……上げて落とすとはこのことを言うのですね」

「迷宮ですか……。嬉しいです……」

あからさまに嫌そうな雰囲気が伝わってくる。気にしないけど。

「まぁまぁ。今回はレベル上げというより、食材や素材の調達がメインで大変なことはしない予定だから安心してよ」

「ルナはそれを聞いて安心しました！」

「うふふ、ご両親へのお土産を探しましょう」

確かに。果物は収穫しようと思っていたけど、他にもお土産になりそうなものを確保しよう。

お肉とかキノコとかかな？　あ、サンダーイーグルの羽毛で作った掛け布団なんかいいかも。

あとはシアにも何か用意しないと。

２人は休日ということで、ウキウキで着替えて出かけて行った。外が寒いのでコートを買えるようにお金を渡そうかとも思ったけど、まだスタンピードのお金があるというので断られてしまった。

……なんて頼もしいのだろうか。

「さて、俺も頑張ろうかな」

とりあえずはレブラントさんにレシピを売る準備だ。この世界には綺麗な紙がないので、羊皮紙にレシピを記していく。クッキーやスコーンなどの数種類の簡単なお菓子のレシピを用意した。

お菓子を作るのに必要な器具の作り方や、実物を木材で削って作ろうかな。泡立て器は仕方ないので、鉄のインゴットで魔力にものを言わせて作り上げる。これも錬金術の応用だ。

……気づけば魔力にものを言わせて金属を加工するのが得意になっているな。簡単な加工だったらお手の物だ。アクセサリーとか作れれば、これだけで食っていけそうだ。

錬金術は奥が深そうだし、今度新しい錬金術の本を買いに行こう。

「うん、即席で作ったにしてはまぁまぁかな？」

本当は鉄で作ると鉄臭さが食材に移ってしまうので嫌なのだが、あくまで見た目を伝えるためのサンプルだから問題ない。

他にも、燻製の作り方や必要な施設を記した羊皮紙を用意した。気づけばお昼をすぎていたので適当に肉を焼いて済ませた。

「ふう。レブラントさんには今度これを買ってもらおう。あとは……砂糖を抽出するための魔道具か。でも砂糖は甜菜《てんさい》がないと意味ないしなぁ。甜菜はほとんど帝国で独占されているらしいし、どうしようか」

あっ、もしかしたら野菜や果物が取れるっていう迷宮に、砂糖が取れる野菜や果物があるかもしれないし、今度行ってみよう。

あとは抽出を付与した魔道具を作るっていうことだよね。少しもったいないけどミスリル使うか。

高ランクの魔石を網状のミスリルで包むように縁取る。錬金術と魔法を駆使して抽出を付与してみたけど、思い通りに付与ができない。俺の錬金術レベルが低いのか素材が悪いのか。

……神銀使うしかないか。

さっきの魔石とミスリルに、神銀の小さな塊を取り付けて再度付与してみると、うまく付与ができたのでこれで完成だ。

試しに果物を絞ってそれに抽出を使ってみると、微量だが砂糖が作れた。さらに副産物として果物のペーストみたいなのができた。ドライフルーツペースト的な感じか？

……甘味はないな。水分はどこかにいってしまったけど、ご愛嬌ということで。

この魔道具は便利だったので、追加で4つほど作っておいた。

「もう昼過ぎか……。ゴーレムの研究をしたいけど時間が微妙だな。うーん、仕方ない。今日は諦めるか」

結局、そのあとはお菓子を作ったり、収納の中を整理したりで時間を潰した。収納を整理してわかったけど、収納の中には数え切れないほどの魔石があった。

必要量以外は、２人にギルドで売ってきてもらおう。

時間が余ったので夜ご飯も作ることにした。最近同じようなご飯ばかり食べている気がするし、ここらで新しいご飯でも作ってみよう。

ということで、収納からいろんな野菜やキノコ、お肉などを出して卵と小麦粉と水を混ぜた衣に浸す。熱した油に入れて揚げる。野菜のかき揚げやきのこ・肉の天ぷらを作った。

天つゆはないので味付けは塩だけだ。もちろん、天ぷらだけでは物足りないのでサンダーイーグルの炭火焼、味噌汁、あとは押し麦を炊いた。少し水が多かったのか少しお粥っぽいかな？

作り終えたご飯を収納してクインと遊んでいると２人が帰ってきた。

「「ただいま帰りました、ご主人様！」」

「おかえ……り？」

……えっと、なんで２人は大量の雑貨や食材を持っているのか聞きたいけど、聞いたらいけない気がするのであえてスルーしよう。

「夜ご飯は作ってあるから、みんなで食べようか」

「すみません！　ありがとうございます！」

「うふふ。きっと作ってくれていると思って、お腹を空かせておきました」

2人がどんどん逞しくなっているな。ヨミに至っては確信犯か。やるな。

初めて見る天ぷらに、2人がワイワイ騒ぎながら食べている。俺も久しぶりの天ぷらに舌鼓を打ちながら次々と食べ進めるけど、キノコの天ぷらが断トツに美味い。

これは迷宮で大量に確保せねばなるまい。村で食べていた森イノシシのキノコと同じくらい美味い。このキノコなら迷宮にたくさん生えていたから、取り放題だ。

食後のあとはもちろんお風呂の時間だ。これだけは欠かせない。

お風呂に入っていると当たり前のように入ってくる2人。少し慣れつつある自分が怖いよ。強いていうなら眼福でした。

ルナはまた少し大きくなった気がする。恩恵は「真面目」なのに、けしからん体をしているというね。うん。素晴らしいです。はい。

ヨミは腰のくびれがより一層際立った気がします。恩恵「色気」に違わぬ妖艶さでした。思わず見惚れてしまったのは内緒です。きっと気づかれていないはず。

次の日、目覚めると窓の外ではチラチラと雪が降っていた。今日から迷宮に潜るので関係ないけど、やっぱり雪だと家から出たくないな。

挫けそうになる心を奮い立たせて布団から出た。

今日は迷宮に行くので、朝の鍛錬はやめて簡単に朝ご飯を作ることにした。

スクランブルエッグ、炙りベーコン、野菜のポトフ、パンケーキ、果実ジュースだ。これくらいなら20分もあれば作れてしまう。朝ご飯を作るのも手馴れたものだ。

匂いにつられて起きてきた2人と朝ごはんを食べて迷宮へと向かう。実は国王には迷宮へ入る許可をこっそり貰っているので、冒険者ギルドに所属していなくても入れるのだ。

前回は36階層でゴーレムを乱獲していたので、40階層には辿り着けていない。

今日も35階層に転移して36階層の古代都市のゴーレムを乱獲しようと思ったのだが……。

「ご主人様、ゴーレムがあまりいないようです」

「前回から時間が経っているのになぜでしょうか？」

「うーん……」

考えられる理由はいくつかあるが……例えば、もともとここは魔物がいない階層だったんじゃないだろうか？　休憩用の階層的な。

そして、そこに目を付けた古代人が都市を築いた。

「……っていうのは考えられないかな？」

「可能性はありますね。その古代人の遺産がゴーレム、ってことですね」

「だとすると、古代人の文明はかなり進んでいたかもしれません」

現段階ではこれ以上の理由を考えるのは無意味だ。とりあえず、もう少しこの階層を調べてみる必要がありそうだな。

「俺はもう少しこの階層について調べてみるから、2人は残っているゴーレムを確保してきてもらえるかな？」

「かしこまりました、ご主人様」

「ふふ、どっちが多く捕まえられるか勝負よ、ルナ！」

「負けないいんだから！」

2人は本当に仲良しだな。

さてさて、とは言ったものの。この階層はかなり広いぞ……。調べるにしても骨だな。

3時間後。

「ご主人様、この階層のゴーレムはすべて確保しました」

「残念なことに6匹ずつだったので、引き分けでした」

彼女たちが確保してきたのは全部で12体。いずれもそのまま素材が残ったそうだ。やはり魔物とは別と考えるべきだな。

前回87体捕まえているので、合計で99体。……なんだろう、偶然かもしれないけど、もう一体どこかにいる気がする。

「俺は何個か面白そうな魔道具を見つけたよ。ゴーレム作成のヒントになりそうな設計図もね」

設計図はかなり状態が悪くて、読み解けない部分もありそうだけど、ヒントくらいにはなるだろう。文字も読めそうだったし、時間を見つけて研究しよう。

「というか、もう1体ゴーレムがいると思うのは俺だけかな？」

「それは私も思っていました」

「実は最後の1体は見つけてあります」

「え、それは本当？　ちなみにどこで？」

「……えっと、あれです」

ヨミが指差す方向を見ると、全長３ｍはありそうな機械製のドラゴンが鎮座していた。

「……あいつどうしたんだ？　心なしかこっちを見てるようだけど」

「……すみません。ドラゴン型のモニュメントかと思って触ったら、急に動き出して付いて来ちゃいました」

来ちゃいましたって……そんなことあるか？

しかもすごく懐いてるように見えるんだけど。超スリスリしてるんだけど⁉

「ヨミに物凄く懐いてるね」

興味本位でドラゴンに触ろうとしたら、めちゃくちゃ威嚇されたし、手を噛まれそうになった。

なにこの対応の差は。俺にだけ懐いてくれない感じのやつ？

ルナにはスリスリしているのに……。許せん。

もう一度触ろうと手を伸ばしたら、尻尾で思い切り攻撃された。障壁が展開されたからよかったものの、もし当たっていたら大怪我だぞ。

「ねぇ、ヨミ。こいつ解体して素材にしていい？　いいよね？」

「うふふ、嫉妬ですか？　でも悪い子じゃないみたいなので、見逃してあげませんか？」

「そうですよ、ご主人様！　解体するのはかわいそうです！」

「……２人がそこまで言うなら仕方ない」

ヨミがドラゴンに言い聞かせているようだ。

ちっ、仕方ないから今回は見逃してやるか。ほら、あっち行け。しっしっ。

ドラゴンと別れて次の階層へと進む。

37階層に入ると、一面に水と砂浜が広がっていた。磯の香りが鼻腔をくすぐるので、おそらく海だ。

「海だ～～～～～～～～～！」

「これが海ですか。初めて見ましたが綺麗ですね」

「私も初めて見ましたが、こんな綺麗な景色が毎日見られたら幸せですね」

確かにこんな景色が見られる別荘があれば最高かもしれない。

……作るか？

木材もたくさんあるし、ログハウスの別荘を作っちゃおうかな。

もともといつかはログハウスを作る予定だったし、2人に手伝ってもらえれば1日で作ってしまえる気がする。拠点にすることができるだろうし、この階層まで踏破できる冒険者はほとんどいないだろうから、たとえ置きっぱなしにしても安全だろう。

せっかくなら持ち運びできるように基礎をしっかり作れば、野営の時にも使えるんじゃないか？　例えば帰省する時とか。うん、悪くないな。

「拠点用に別荘を作ろうかと思うけど、どうかな？」

「お手伝い致します！」

「うふふ、それはとてもいいですね」

結局、この日は周囲の探索と家の間取りを決めて終わってしまった。

周囲に魔物の気配はなく、この階層の魔物は海の中にいるものと思われる。

翌日に丸1日かけてログハウスを作った。作ってしまった。もちろん、いざという時に持ち運びできるように基礎もしっかり作ってある。我ながら会心の力作だ。

2人がご飯を作ってくれているので、バルコニーでのんびりと海を眺めてみる。

バルコニーから見える海はとても綺麗に輝いていて、絵の具を塗ったように青づいている。

……太陽がないのに青く見えるとは、なかなかファンタジーな世界だ。

そのままぼーっと海を眺めていると、魚が跳ねた。この海には魔物だけではなく、普通の魚も泳いでいるらしい。危険と隣り合わせとはいえ、魚介類が手に入るなら死ぬ気で漁をしますとも。

飛び跳ねる魚の群れを見ながらほのぼのしていたら、そのさらに奥のほうで細長い魚が飛び跳ねた。とてつもなく大きいのがわかる。誇張なしに小島くらいありそうなほど大きいんだけど。

魚といったけど撤回する。あれは魚ではなくて蛇だ。

「……シーサーペントってやつかな……」

圧倒的な存在感を放つ魔物を見て、俺は思考を停止させたのだった。

ep.7 ゴーレムと帰省準備

迷宮攻略3日目は海の中の探索をしようということになった。そこで問題になるのは水中での呼吸だ。

「水中での呼吸か……半円形の水膜を作ればいけるか？」

イメージとしては海中トンネルに近い気がする。試しに水魔法で周囲に半円形の水膜を作ってみたら、空気を内包したドームを作ることに成功した。本当に俺の魔法センスというか魔力操作は規格外だな。毎日の鍛錬もあるだろうけど、女神さまには感謝しかない。

強すぎる力はいらないと最初に言ってしまったけど、今となっては耳が痛いな。

ちなみに、この技はアクアカーテンと命名した。

2人にもイメージを伝えたら15分程度で習得してしまったので2人は本当に凄い。俺なんかよりも相当に規格外だと思う今日このごろです。

水中での呼吸もひとまず可能になったので、満を持して海中へと探索を進めた。

しかし、そう簡単には探索は進まなかった。海中の魔物は地上の魔物に比べてかなり強いうえに、水中で戦った経験が少ないということもあり、かなりしんどい闘いになったからだ。

さらに水中のせいで弱い火魔法や風魔法、土魔法だと発動自体難しかった。発動したとしても威力はほぼゼロである。

水魔法なら容易に発動したのだが、海中の魔物は水魔法の耐性があるせいで効果が薄い。

それなら強力な魔法を使って魔物を討伐しようとすると、ぞろぞろと魔物がひっきりなしに寄ってくるので、ジリ貧になってしまった。魔力を使いすぎるとすぐに探索ができなくなる。

そしてなによりも一番厄介なのは、魔物一体一体がとてつもなく大きいことだ。大きさゆえにタフなのか強力な魔法を何発も発動しないと討伐できないのだ。

これは海中のせいで魔法の威力を低減されているからだろうな。

有名な話かもしれないけど、海に雷が落ちたとしても魚は感電したりしない。海に雷が落ちるとあっという間に分散してしまうためだ。魔法で指向性をもたせた雷撃を発動したとしても、アクアカーテンを抜けて海中に入ると分散してしまい、結果的に攻撃として使えないのだ。

なので、ヨミがアクアカーテンを広範囲に展開し、アクアカーテン内に入ってきた魔物をルナが雷魔法で攻撃、俺が武器で物理的に攻撃するというチームプレーでなんとか魔物を倒すことができるが、２人の魔力にも限界がある。

「水中に雷が伝わればもっと楽なんだけどな……」

しかし、良い発見もあった。クラゲの魔物からぷよぷよとした質感の素材が採れたのだ。

クラゲの魔物は魔物図鑑にも載っていない種類だったので、万が一の事態に備えて慎重に戦ったが、特に苦戦することなく討伐ができた。触手に毒がありそうだったけど、距離を置いて戦えば特に問題はなかった。

ぷよぷよぷよぷよぷよぷよ。

「……これ、すごく気持ちいいな」

全長5mくらいあるクラゲからは、最高にぷるぷるなゼリー状の素材が確保できる。

この時、俺は思いついてしまった。

「疑似ウォーターベッドを作ろう」

「ウォーターベッド、ですか？」

「初めて聞きました」

ウォーターベッドとは、従来のマットレスと違って水の浮力で体を支える構造だ。

単純に言えば、重力に対し『浮力』を利用して、より人の体を柔らかくしっかりと支え、快眠を作り出すことができる頭のいいベッドということだ。

そしてこのクラゲから採れる素材は、それを可能にするほどの可能性を秘めている。

諸説あるが、クラゲの体は95％が水でできているらしい。これはもう水と言ってしまってもいいのではないか？

この素材を耐水性の高い革で隙間なく包むことができれば、最高に気持ちのいいウォーターベッドが完成する。……気がする。

「ルナ、ヨミ。今日は海でレベル上げだ！　クラゲ以外にも良さそうな素材を持つ魔物がいたらどんどん確保だ！」

「「かしこまりました！」」

ちなみに、クラゲの魔物はウォータークラゲと名付けた。

その後もみんなで力を合わせて、少しずつではあるが海の魔物を倒していった。

一番の強敵はやはりシーサーペントだった。全長はおそらく20mを超えていただろう。というか大きすぎて正確な大きさはわからなかった。

亜竜とも呼ばれるシーサーペントはとても強く、一体倒すのに30分以上かかっただろう。亜竜というだけあって、巨体から繰り出される尾の振り回しは尋常じゃない攻撃力を誇っていた。

一撃で障壁を3枚破られた時は、かなり焦った。やっぱり質量差が大きすぎるのだろう。

その分、頑張った甲斐あってシーサーペントの素材はそれなりに手に入った。鱗や牙などまずまずな量だ。もっと時間をかけて素材を確保してもいいのだが、単純に疲れてしまった。

しかし、迷宮の魔物は外界の魔物とは違うせいで完全な素材の確保には至らないため、なんだか損した気分である。努力に見合っていない気がしてならない。

そのあと、ログハウスで休憩を取りながらも海でレベル上げや素材確保をすること、3日で今回の迷宮探索を終えることにした。

素材も集まったし海に飽きたのだ。まぁ、一番は早く村に帰りたいという理由からだ。

村人に配るための魚もたくさん捕まえてあるので、村人たちに海の魚を振舞える。迷宮の海に普通の魚がたくさん泳いでいて本当に良かった。

マグロに似た魚やカツオに似た魚がいたのには感動してしまった。

魔物は倒すと魔石になるが、普通の魚は普通に捕れるので本当に便利である。どうせなら魔物も素材が残ればいいのにな。

海では炭団作りに必要な布海苔も確保できた。

炭団の作り方は至極簡単で、木炭の粉に布海苔を接着剤として混ぜ固めたものだ。炭団は火力が弱い反面、長時間の燃焼が可能なためこたつや火鉢などで暖をとるのに向いているのだ。これがあれば薪を節約できるので、村の人たちも余裕をもって冬を越せるだろう。

俺が大量に炭を作った際に出た木炭の粉から大量の炭団を作ってある。せっかくだから、魚と一緒に配ろう。

ちなみに、夜はログハウスで寝泊まりしつつ、ゴーレムの研究をしていた。

魔力をため続けたオーブに神銀で緻密な魔法陣を描いていく。

この魔法陣は古代都市で拾った設計図に載っていた魔法陣と、ゴーレムから確保した核にある魔法陣が一緒だったから試している。

確保したゴーレムの魔法陣にはミスリルが使われていたので、ミスリルでも作ることは可能なのだろう。しかし、せっかくということで神銀を使うことにしたのだ。

ゴーレムの核はオーブだと思われるけど、古代人の技術なのか核が何でできているか正確には理解できていない。ロストテクノロジーというやつになるのかな。

一番重要な核は、用意したオーブで行ける気がするので、試作しているという感じだ。

核となるオーブに神銀で魔法陣を描いたら、次は本体の作成だ。確保したゴーレムたちを分解し、パーツごとに分類していく。

人型や獣型、果ては昆虫型のゴーレムがいたのでいろいろな種類のパーツがある。これだけでもワクワクが止まらないのに、さらにこれを組み立てていけるというのだから最高だ。

骨格となる部分のパーツを組んでみたけど、イメージは騎士を想定してある。我ながら安直だとは思うが、一体目だしイメージしやすいタイプがよかったのだ。

確保したゴーレムの中でも騎士タイプのやつを軸にパーツを組み上げた。

正直な話、ゴーレムの素材は何でできているかはわからない。見たことのない金属でできており、とにかく硬くて丈夫だということだけわかる。

核部分の頭部を簡単に取り外せたので確保には困らなかったが、普通に戦ったらと考えるとかなり厄介な敵だっただろう。

何はともあれゴーレムの体はできた。あとは核となる特製のオーブを頭部に組み込んで、魔力を込めれば完成するはずだ。

設計図にそんなことが書いてあったからね。

「じゃあ、魔力込めるけどいい？」

「問題ありません」

「うまくいくといいですね」

やや緊張しながらも、徐々にゴーレムへと魔力を込めていく。

一定の魔力量を込めると、ゴーレムから綺麗な音声が聞こえてきた。

『起動シークエンスを確認しました。魔力の登録を実行。マスターの名前を教えてください』

マスターっていうのは、俺のことでいいんだよな？

「アウル」

『マスターアウルの登録を実行。次に個体名の登録をお願いします』

ゴーレムの名前か。なにがいいかな？

「このゴーレムに名前をつけたいんだけど、なにかいい案はある？」

「名前ですか……ゴーちゃんはどうでしょうか」

「うふふ、聖騎士《パラディン》にちなんで『ディン』なんてどうでしょう」

よし。とりあえず、ルナに命名センスが皆無だというのはわかった。

ヨミの案は悪くないんじゃないか？　見た目は歴戦の騎士って感じだし。

今度武器に槍と大剣を買ってやろう。

「うん、ディンか。いいんじゃないかな。お前の名前は『ディン』だ」

『個体名ディンを登録。……以上で起動シークエンスを終了します。以降よろしくお願いします、マスター』

今更だけど、ディンの声は女性のものだ。見た目はわりと厳つい騎士なのに、声は可愛らしい。物凄くギャップを感じるな。

問題はこの子を普段どうするかだけど……。でかいな。俺の倍はある。

「ひとまず仕舞っておくとしよう」

常に出しておくわけにもいかないので、収納に仕舞っておくことにした。生物じゃないから収納できるのがゴーレムのいい点だね。

それに、一個しかなかったオーブと神銀を贅沢に使ったので、ゴーレムの人格とも言える人工知能はかなり高性能そうだった。時間を見て『ディン』の性能を試してみよう。

当初の目的であるゴーレムは完成したが、ウォータークラゲを包むための魔物の皮が、手持ちの素材になかったのでウォーターベッドは完成しなかった。

適当なもので試作してもよかったのだが、試作とはいえ半端なことはあまりしたくない。

耐水性と耐久性のある素材を探して、早急に作ると決意した。

ちなみに、温室に使えそうな素材も見つからなかった。これはちょっとレブラントさんに聞いたりして調べたほうがいいかもしれない。さすがに思い付きがすぎたようだ。もしかしたら、国には似たようなものがあるかもしれないしね。

「じゃあ、今回の迷宮攻略はここまでにしようか。今度来るまでに、どうやって海エリアを攻略するか考えるのが課題だね」

「私ももっと強くなれるように頑張ります！」

「ルナに負けずに、私も頑張ります！」

「うん。みんなで強くなろう」

とは言ったものの、何か具体的な解決方法を考えないといけないな。レベルを上げるにしても、脳筋戦略では進めなくなる場合もこの先出てくるかもしれないからね。

ちなみに、今回の迷宮攻略での成果はこんな感じだ。

◇◆◇◆◇◆◇◆
人族／♂／アウル／10歳／Lv.96
体力：9800
魔力：42000
筋力：420
敏捷：430
精神：600
幸運：88
恩恵：器用貧乏
◇◆◇◆◇◆◇◆

◇◆◇◆◇◆◇◆
人族／♀／ルナ／15歳／Lv.67
体力：6600
魔力：8300
筋力：230
敏捷：240
精神：390

幸運：20
恩恵：真面目
◇◆◇◆◇◆◇◆

◇◆◇◆◇◆◇◆
人族／♀／ヨミ／16歳／Lv.67
体力：5600
魔力：7800
筋力：250
敏捷：290
精神：330
幸運：45
恩恵：色気
◇◆◇◆◇◆◇◆

なかなか強くなってきているみたいで安心した。

けど、これだけ強くなったとしてもテンドには遠く及ばない。あれはある種の化け物だ。

自衛のためにも、もっと力をつけないと……。

結局、数日かけても37階層は突破できなかったけど、ある程度のレベリングはできたので次回に持ち越しとなった。ただ、この辺のレベルになってくるとなかなか上がらなくなってきたという実感もある。

本来、36階層に休憩エリアとなる階層があったのは、37階層から急激に難易度があがるからかもしれない。あの魔物たち相手に余裕をもって戦えるようになるのが、当面の目標だ。

後は帰るだけなのだが、帰り際に16階層に寄ってクインを放してあげた。クインが他の蜂たちの様子を見に行っている隙に、20階層でサンダーイーグルから羽毛と肉を回収。

まぁ、俺はほとんど見ているだけで2人が頑張ってくれたんだけどね。俺はというと、ボス部屋の壁を採掘していました。

採掘をしていて、雷属性の魔力を吸収した鉄鉱石が出てきた時は本当に感動した。これで武器を作ったら雷属性の剣を作ることができそうだ。

……ちょっとカッコよくない？

素材確保のためにボス戦を5周し、クインの支配下にある巣から蜂蜜を分けてもらって、今回の迷宮攻略の全工程を終えた。これでやっと帰宅できる。

「ただいま、我が家～」

「やはり我が家はいいですね」

「うふふ、ログハウスも悪くなかったですが、やっぱりこっちのほうが落ち着きますね」

確かにログハウスも悪くなかったけど、家は落ち着く。実家ならもっと落ち着くんだろうな。

「じゃあ、俺はレブラントさんの所に顔を出してくるから、家の掃除をお願いね」

「「かしこまりました、ご主人様」」

レブラントさんにはレシピ関係を売るつもりだ。あとは耐水性の高い魔物の皮があれば大量に買うつもりだ。

「レブラントさん、いますか〜？」

「おや、アウル君。ちょうど良かった。今帰ってきたところだよ。どうかしたかい？」

ちょうど行商から帰って来たところのようだ。疲れているところ悪いけど、すれ違いにならずに済んで助かったな。

「実は来年度にルイーナ魔術学院の入学試験を受けるのですが、もし合格すれば今よりも忙しくなってしまうので、今のうちにお菓子や燻製のレシピをレブラントさんに買ってもらおうかと思いまして」

俺の提案に少しは驚くかと思ったけど、そんな心配は杞憂だった。

「なるほど……そういうことならぜひ力になるよ‼」

そこからは詳細について話し合い、ピタパン同様に純利益の５％を継続的に報酬として貰うという契約になった。本当はもっと割合が高くてもいいと言われたのだが、何事も程々がいいのだ。下手にお金を持ってしまったら、狙われたり要らぬ争いを生む。

それに、５％だけでも相当な利益になることが目に見えているからね。レブラントさんはとても感謝していたので、なにかあった際は思う存分頼らせてもらうとしよう。

「いやぁ、今回もいい商売ができて嬉しいよ‼　アウル君には足を向けて寝られないね‼」

「いえ、俺もお世話になっているので。あ、そうだ。耐水性と耐久性の高い皮なんて扱ってないですか？」

「ちょうどいいのがあるよ。王国内にセベン湿地という場所があるんだけど、そこで討伐されたアクアパンサーという魔物の皮だ」

アクアパンサーは魔物図鑑にも載っていた気がする。レブラントさんが言うには、耐水性と耐久性に優れていて、なにより伸縮性が高く肌触りがいいらしい。

高級なブーツやレインコートなんかに使われるそうだ。

全長３ｍほどの魔物らしいので、ウォーターベッド一つ作るのに４枚もあれば足りるだろう。念のために12枚ほど貰っておこうかな。

「じゃあその皮を12枚ください」

「まいどあり！　……ちなみにこの革を何に使うか聞いてもいいかな？」

レブラントさんが皮を用意しながら用途を探ってきた。儲け話の匂いでも嗅ぎつけたのだろうか？

「あははは、レブラントさんには敵いませんね」

結局、ウォーターベッドを作ろうとしている旨を伝えると、どんどん目がギラギラしていくレブラントさん。その目は獲物を目の前にした猛獣のそれだ。

「アウル君、君はやはり天才だ。そのベッドは貴族たちがこぞって買うだろう。うん、絶対に売れるよ、アウル君！　どうかな、うちで試験的にでも販売させてくれないか⁉」

子供のころからお世話になっているということもあり、ベッド2つ分のウォータークラゲ素材を売ってあげた。

「ちなみに、この素材はどこから入手したんだい？」

「あぁ、ナンバー4迷宮の37階層ですよ」

ホクホク顔のレブラントさんが何気なく聞いてきたので、俺も何気なく答えてあげた。

「へぇ～、37階層の……え？」

37階層の魔物の素材だと伝えると、表情が固まるレブラントさん。目線が俺と素材を行ったり来たりしている。まるで壊れた玩具のようだ。

ややあって再起動したレブラントさんが、素材一つを白金貨3枚で買ってくれた。

37階層の素材ともなると、かなり希少な素材らしい。あと30個くらいあるのだが、言わないほうがいいだろうな。

レブラントさんのほうでもいろいろと試行錯誤してみるとのことなので、もしかしたら俺よりも早くウォーターベッドを完成させてしまうかもしれない。

まだやることはあるけど、とりあえずは完了だ。

今日は帰省する準備を済ませ、出発予定は明日だ。馬車を使ってもいいんだけど、俺たちだけの場合は走ったほうが速いので、走って帰る予定だ。……2人には言い忘れちゃったな。

まぁ、大丈夫だろう。

迷宮で作ったログハウスは持ってきているし、野営に困ることもない。

「よし、帰省の準備は概ね終わったし、夜ご飯にしようかな！」

実家に帰る前ということもあり、夕飯は豪勢にしてしまった。迷宮の海で魚介類がたくさん手に入っているので海鮮尽くしだ。

海鮮パスタ、カツオのたたき、白身魚のアクアパッツァ、潮汁。野菜が少ないけど、たまには偏ったご飯というのも悪くない。

「あちちっ……!!　とってもおいひいでふ！」

「これはまた……癖になりそうなほど美味しいです」

初めて食べる新鮮な海の幸に、2人とも大満足のようだ。

俺も食べてみたけど確かに美味い。迷宮産のためかわからないが、魚介類に雑味がほとんど感じられないのだ。

魚本来の美味さに加え、新鮮な脂が口いっぱいに広がっていく。脂はのっているのに全然しつこくない。これだったらいくらでも食べられそうだ。

「これは想像以上に美味しいな」

「ぜひともまた行きましょう！」

ルナはアクアパッツァが気に入ったようだ。さきほどから、食べる手の残像が見える速さで食べている。焦らなくてもたくさん作ったのにな。本当に食いしん坊だ。

俺としてはカツオのたたきが良い感じだと思う。ちゃんと藁で表面を炙ったので本格的だ。

……というか、この魚でカツオ節つくれないかな？

ちなみに、カツオ節の作り方は、大まかに分けると10工程くらいだ。
①生切り②籠立て③煮熟④骨抜き⑤培乾⑥修繕⑦間歇焙乾《かんけつばいかん》⑧削り⑨カビ付け⑩日乾の工程だ。
間歇培乾までを手作業でやって、最後の仕上げに魔法で水分を抜けば、『荒節』くらいは作れるかもしれない。カビ付けはできそうにないので、『本節』と呼ばれる完成品は作れないだろう。

しかし、培乾だけ実施した状態を指す『荒節』はできるはずだ。培乾さえ終わっていればある程度の日持ちはするはずだし、カツオの旨味もそれなりに凝縮されていると思う。

実家には燻製小屋があるし、それを少し改造すればできるんじゃないか？

「うん、行ける気がしてきた」

またやりたいことが増えたけど、やるなら今のうちだよね。学院に行ったら忙しいだろうし。

本気で移動すれば2日もあれば実家に着くだろうけど、4日くらいかけて帰るつもりだ。せっかく作ったログハウスも野営で使ってみたいし、旅をしているみたいで楽しそうだ。

◆◆◆

次の日、天気は雲一つないほどの晴天で、帰省するにはうってつけの天気だった。

ただ気温は低いのでコートは必須であるが。

ちなみに移動用のコートは、四つ腕熊《クワトロアームベア》の毛皮を加工してガルさんに作ってもらってある。ランクBの魔物だけあって、高品質のコートに仕上がっている。

2人は自分でおしゃれなコートを買っていたけど、今回は性能重視でこっちを使ってもらうとしよう。というか、せっかく作ったから使ってほしい。

「さて、準備は良いかな？」

「はい、問題ありません。戸締りも完璧です！」

「うふふ、ご主人様のご両親への挨拶は緊張してしまいますね」

ヨミが不穏なことを言っているが、とにかく出発だ！

ep.8 書下ろし 帰省の道中

帰省は至って順調だ。走って移動しているとはいえ、全速力で走っているというわけではなくて、馬車よりも速い程度。つまりは馬に乗って移動している速度と同等で走り続けている。馬車がおおよそ1日に50㎞進めるとすると、馬は80～90ｋｍくらい進むと言えばイメージが湧きやすいだろう。

もちろん随時休憩は取っているし、夜はログハウスでしっかりと睡眠をとるつもりだ。障壁を展開しておけば魔物に襲われる恐れもないしね。

他愛ないことを話しながら街道沿いを移動していると、少し離れたところで少し強い魔物の気配を感じた。それも複数だ。

「2人とも、もう気づいているかもしれないけど、ここから森に入って少し行ったところに魔物がいるよ」

「はい、さきほど気づきました」

「うふふ、さすがご主人様です。私たちよりも気づくのが早いです」

まぁ、それはたまたまかもしれないけどね。俺は冒険者としては素人だし、ただ魔物との戦闘経験が多いというだけだ。執事のセラスと戦って思ったけど、対人戦の経験が少なすぎて実力を出し切れないような気がする。

これは追々訓練するとしよう。まぁ、人と戦う機会なんて農家には要らないんだけどね。畑に害のある魔物を排除できるくらいに強ければいいのだ。

「これは……多分だけど、オークの集落かな？　強い気配のほかに夥しい数の気配がある。これは……ちょっと、見過ごせない数だ」

ざっと数えただけでも200を超えている。強い気配が5つと、その外にもひと際強い気配が2つ感じ取れる。この一番強い気配は、普通の冒険者では対処が厳しいほどじゃないか？

ただ、2人にとってはちょうどいい鍛錬になるかもしれないな。近くに町や村はなかったはずだし、強めの魔法もそれなりに使って大丈夫だろう。

「ご主人様。ここは私たちに任せてください」

「そうですね。ここは冒険者である私たちに任せてください」

おお。2人が頼もしい。じゃあお言葉に……!?

「気のせいだったらいいんだけど、そのオークたちのところに人の気配がある」

これが意味するところは、想像に難くない。オークが人を殺さずに生かしている意味など考えられるのはたった一つしかないのだから。

「「急ぎましょう！」」

ルナとヨミが先行して走っていった。俺は念のために周囲に気を配りながら、偵察等に出ていたオークたちを排除してから進む。ここで倒しておかなければまた同じことが起こる可能性があるからね。

少し遅れて追いつくと、木陰から集落の様子を窺っているところだった。なんの考えもなしに突っ込むような愚行はしていないようで安心した。

忘れてしまうけど、2人は冒険者としてはかなり有名だ。スタンピードを撃退したのもそうだし、実力もあるからファンも多いという。

ただ、集落はやはりあった。それも、ただのオークではなくハイオークの集落だ。街道からそこそこ離れているとはいえ、こんなところにあるハイオークの集落をギルドや騎士団が見逃しているというのは職務怠慢だな。

「……ご主人様の言う通り、女性が数名運ばれていくのを見ました」

「絶対に助けるからね。今はなんとか我慢して……」

やはりさきほど感じた気配は連れて来られた人のものだったか。我ながらぶっ飛んだ気配察知能力だけど、それのおかげで気づくことができた。

それでひと際強い気配を放っていたのは、集落の中央に置かれている玉座に座っている魔物だろう。魔物図鑑で見たことがあるけど、あれはハイオークロードに間違いない。その一体だけで街を破壊しつくせるほどの戦闘力を誇る化け物だ。

そのハイオークロードの周りには、強そうな剣を持ったハイオーク。杖や弓、槍、盾を持ったハイオークもいる。ハイオークナイト、ハイオークメイジ、ハイオークアーチャー、ハイオークランサー、ハイオークガーディアンと上級のハイオークが陣取っている。

あと、玉座の真横にいるのはおそらくハイオークジェネラルだろう。普通のハイオークならば迷宮でも戦ったことはあるが、これほどの数を相手にしたことはない。さらに言えば、迷宮外の魔物は迷宮内の魔物よりも強いことがある。それを考慮すると、一気に相手にするのは少々骨の折れる作業ともいえる。

負けることはないだろうが、囚われている女性を人質にされては手が出せなくなる。ここは慎重に進めないとまずいのだが、あまり悠長にしていると女性たちが危険になる。ジレンマだな。

「2人はどうやって攻める？　さすがにこの数は脅威だ。ハイオークロードも強そうだ」

正面から戦っても負けるようなことはないだろうが、人質が死んでしまっては勝ちとは言えない。これは冒険者としての2人のお手並み拝見といくしかない。いざとなれば、囚われている女性たちを障壁で守りながら魔法で殲滅することは可能か。

この案を提案してもいいんだけど、2人はすでに話し終えて方針を決めたようだった。何をするのかと思っていると、唐突にルナから迸るように魔力が溢れ始めた。今にも魔法を使おうとしているのが、ハイオークたちにも伝わるくらいの魔力の奔流だ。

「ちょ、ちょっとルナ⁉　そんなことしたからバレちゃったよ！　ヨミもルナを止めて……あれ？」

さきほどまで隣にいたヨミは、いつの間にか姿を消していた。まるで、最初からそこにいなかったのではと思うほどの隠密能力だ。

ここで俺はピンときた。簡単に言えばルナが陽動で、ヨミがその隙に女性たちを救う算段なのだろう。それを理解した時、ルナが良い笑顔でこう言った。

「ご主人様、私と一緒に戦場で踊りませんか？」

「とても物騒なダンスの申し出だね。でも、いいよ。踊ろうか」

ダンスの経験なんてない。でも、連携をとった戦闘ならば、呼吸をするようにできるだろう。ルナがどう戦うかなど、ダンジョンで嫌というほど見てきたからね。

「ふふ、楽しみです。——雷魔法『纏雷《てんらい》』」

ルナが愛用の大剣を構え、雷魔法を展開していく。そして、驚くことにその雷魔法を体に取り込んだのだ。初めて見る魔法に、思わずギョッとしてしまった。

「えへへ、ご主人様なら付いてきてくれると信じていますよ？」

とてもいい笑顔でそう言うのだ。試されるような物言いに、全力で応えたくなってしまう。

あとから聞いたが、ルナの雷を取り込んだ魔法は『纏雷』と言って、雷を纏うことで体の限界値を一段階引き上げる魔法らしい。まだ完成には至っていないそうだけど、実用段階には至ったとのことだ。理論としては《杖術　太刀の型　紫電》に似ている。

……素直にかっこいい。俺もそういう魔法を研究しておけばよかったと後悔した。武器だけじゃなくて、自身に纏わせるとは思いつかなかったな。

「もちろん、ルナこそ遅れるなよ？」

せめてもの強がりを言っておいた。ただ、こちらは全力で身体強化を発動し、感覚強化などを発動する。もともとのレベルによる恩恵もあり、なんとかついていくことは可能だった。ルナのレベルが上がった時のことを考えると、少々ぞっとするな。早いこと何か考えておかないと。

それからというもの、女性たちはヨミに任せて暴れまくった。纏雷で縦横無尽に動くルナに対

し、俺は魔法を多重展開して広範囲殲滅を試みている。もちろんハイオークの肉は美味なので、素材が傷まないように考慮しながら魔法を使っている。

我ながら、化け物じみた魔力操作だ。それにしても、ルナの纏雷は恐ろしい。動きはやや直線的ではあるものの、攻撃を認識した時には大剣で切られているので、反応しようとしたらそれ相応の経験やスキルがないと厳しいだろう。

俺もなんとか対応できるだろうけど、下手をすれば一撃もらってしまうだろう。

「残るはハイオークジェネラルとハイオークロードだね」

「……私がハイオークジェネラルを担当します。ですので、その……」

「うん、俺がロードを担当するよ」

「すみません、ありがとうございます」

ルナは俺との共闘が相当嬉しかったのか、纏雷に魔力を使いすぎてかなり消耗しているみたいだ。いつも冷静なルナが魔力配分をミスるとはなかなか珍しい。

ここは俺も格好いいところを見せつけるとしますか。ヨミも女性たちの救助を終えたみたいだし、さっさと終わらせるとしよう。収納からガルさんから買った一本の刀を取り出す。

「身体強化・脚」

ルナの纏雷を参考に、今考えた魔法だ。いつもは全身にかけている身体強化を、足に集約してみたのだ。うまくいくか不安だったけど――

――キィン‼

「あれ、この速さに反応するとはさすがロード。一筋縄ではいかないか」

結果としてはうまくいったけど、その速度すら反応されてしまった。初めて使う魔法だったので全力で動いていないとはいえ、まさか反応するとは思わなかった。残像が残るくらいには速かったのに。

それなら、もう少し速く動くだけだ。

BUMOOOOOOOOOOO!?

「浅いか！　予想以上に脂肪が厚いな」

ハイオークロードがかろうじて反応してきたせいで、中途半端にガードされてしまった。敵ながら天晴と言わざるを得ないな。

「おっと!?」

悠長にハイオークロードに感心していたら、ロードにふさわしい迫力のある剣を振りかざしていた。その巨体からは想像できないほどに俊敏な攻撃に驚きながらも、身体強化・脚で余裕をもって躱す。

チラリとルナを見ると、俺を真似したのか纏雷を脚にだけ発動して魔力の消費を抑えていた。即座に魔法を改良するのは本当に見事だ。やはり才能というやつなのだろうか。

「っと、もうルナのほうは終わりそうだな」

とすれば、こちらも早々にケリをつけなければ。

「恨みはないが人に手を出したお前を放っておけないんでね。さよならだ」

即座に刀を構える。ホーンキマイラすらも倒した技だ。

《杖術　太刀の型　獅子王閃》

本当なら杖でやりたいところだが、耐えられる杖が見つかるまでは我慢だからな。早々に高品質の杖を見つけたいところだ。

ＢＵＭＯ……？

ズルリと音を立てながらハイオークロードの首と武器がずれた。それなりに質の良さそうな剣だったけど、２人が使っているのはガルさん謹製の武器だ。ハイオークロードの武器など今更いらないだろう。

「お見事です。最後の一撃は見失いかけるほどに速かったです！」

見失ってはいないってことか。どんな動体視力をしているんだ。これもレベルの恩恵なのか？

「さて、ひとまずハイオークたちは収納しておくから、ヨミのところに行ってあげて」

「お任せください！」

さて、収納したら俺はご飯を作るとしよう。きっと、連れ去られてきたみんなは、お腹を空かせているだろうし、こんなに怖い思いをしたんだ。少しくらい良いことがあって然るべきだ。

ご飯にはパン粥、オーク肉の塩焼き、果実盛り合わせ、潮汁、サラダにした。野菜よりも肉多めにしたのは、そのほうが嬉しいかと思ってのことだ。

その予想は的中して、みんな肉と潮汁をめちゃくちゃ食べていた。これだけ食べられるなら心配はいらなそうだ。ヨミが言うには、襲われた女性がいなかったそうなので、これは不幸中の幸いだ。これならば日常生活に戻ることができるだろう。

聞けば、ここから少し離れたところに村があるそうだ。俺が知らないだけで、意外と小規模の村は多いらしい。

村まで送ると、村人総出で喜ばれた。たまたま女性たちが川で洗濯している時に襲われたとのことで、死傷者もおらず被害はそれこそ洗濯していた服だけだそうだ。一安心だな。

村長さんが宴を開こうとしていたけど、季節は冬で余裕はないはずなので遠慮しておいた。お見舞いというわけではないけど、ハイオークの肉を20体分置いておいた。あれだけあれば冬を越すのが少しは楽になるだろう。

「ふふふ、助けてあげたうえにお肉を分けてあげるなんて、ご主人様はお優しいのですね」

「さすがはご主人様です！　ルナはとても感動しました！」

２人が嬉しそうなので問題ないだろう。迷宮でも苦労してハイオークの肉を集めたというのに、一気に増えてしまった。20体譲ったとしても、１８０体以上が追加となった。これは帰省したら全部ベーコンとかに加工してしまおう。村人にお裾分けするのもアリだな。

それにしても気になることが一つある。

「あの規模のハイオークの集落を見逃していたというのはちょっとおかしくない？」

「それは私も思っていました」

「何か原因があるのでしょうか？」

うーん、悩んでも仕方ないか。２人が王都に戻ったらギルドに報告してもらうとしよう。

ep.9 修羅場

帰省は順調である。今のところ特に大雪が降ったり、盗賊が出たりはしていない。強いて言うなら、ハイオークの集落があったくらいだ。気になることはあるけど、今気にしてもしょうがないもんね。

それ以降は川で魚を捕ったり、ログハウスで休んだりと、かなり快適な帰省ができている。

ランドルフ辺境伯に挨拶していこうかとも考えたが、何となくすぐには帰れなくなりそうなので今回は見送った。

そう言えば、大量の魔石をギルドに売りに行ってもらうのを忘れていた。……まぁ、今度でいいか。ハイオークの集落の件もついでに報告してもらえばちょうどいいね。

休憩がてら歩いていると、ルナがキョロキョロと周りを見ていた。

「ご主人様の故郷まではあとどれくらいなのでしょうか?」

目の前にはアザレ霊山が近くに見えているから、かなり近いはずだ。

「おそらくだけど、何事もなければ今日中に着くんじゃないかな?」

「うふふ、ご主人様のご両親に会うのが楽しみです」

ルナとヨミのテンションが高いのが伝わってくる。

言わなきゃ言わなきゃとは思っているんだけど、怖くてミレイちゃんのことはまだ言えていない。いや、言おうとは思っていたんだけどね？

自惚れすぎかもしれないけど、ミレイちゃんと2人が会ったら修羅場になるんじゃないだろうかと思って、言うに言えていないのだ。

いや、でもミレイちゃんは優しい子だし、わかってくれるかな？

変に母さんの影響を受けていなければだけど……。

雪がちらつき始めたので、急いで走ること2時間でオーネン村の入り口が見えてきた。

遠目でもわかる。少しの間だったけど、オーネン村は全く変わってない。

「2人とも着いたよ。ここが俺の故郷のオーネン村だ」

「ここがご主人様の村なのですね。静かで良い所です」

「うふふ、自然豊かで良いですね」

お世辞かもしれないけど、2人とも気に入ってくれたようで良かった。

王都の騒がしい感じも悪くないけど、やっぱり故郷が一番だな。村のどこにいても周囲の景色が雪化粧をしているのが見えて、とても幻想的なのだ。

実家に帰る前に村長の所に挨拶しに行こう。きっと俺のことが気になっているだろうからね。

「村長ただいま！　中にいる～？」

扉の外で待っていると、すぐに村長が出てきてくれた。

「おお！　この声はやっぱりアウル君だったか！　良く帰って来た！　私のせいで貴族様と一緒に行かせてしまって本当に申し訳なかった！」

　やっぱりまだ気にしていたみたいだ。でも村長のこういう村人思いの所は素直に好感が持てる。

「村長、全然大丈夫だから安心して。今後同じような失敗をしないようにしてくれればいいから！」

「ははは、アウル君には敵わないな。……おや？　後ろの別嬪《べっぴん》さん2人はどちらさんかな？」

　まぁ、気になるよね。

「王都でできた仲間のルナとヨミだよ。2人も挨拶して？」

　奴隷と言うのも外聞が悪い気がしたので、仲間という言い回しをさせてもらった。

「ご主人様の『筆頭奴隷』のルナと申します。よろしくお願いします」

「うふふ、ご主人様の『一番奴隷』のヨミです。よろしくしてくださいね」

　………あっれー⁉

　俺がわざわざ濁したのに、自ら晒していく感じなのね？　これじゃあ、俺がむっつりみたいになるじゃないか。

　そもそも、筆頭奴隷と一番奴隷ってなにが違うの？　って、聞くのは墓穴を掘りそうなのでここは華麗にスルーしておこう。触らぬ神に祟りなしだ。

「は、ははは……。アウル君も男の子だったんだねぇ……。うん、いいと思うよ」

　村長の顔が引きつっているのがわかる。というか、10歳の子供が美人な奴隷を2人も連れて帰って来たらそりゃこうなるよな。俺も都会に染まってしまったということだろうか。

「あははは……王都でもいろいろやっていたら、予想以上に人手が足りなくなっちゃって」

なんとか言い訳をしていると、村長がここぞとばかりに爆弾を投げ込んでくる。

「こんな別嬪さんを２人も買うということは、ミレイちゃんとはうまくいかなかったのかい？」

「えっ……⁉」

おい村長！　なぜそれを今言うんだ！　せっかく村長を庇って王都に行ったというのに、恩を仇で返しやがったな！　人でなし！

「はっ⁉」

背後からホーンキマイラも真っ青なほどの殺気⁉

おそるおそる振り返ってみるけど、いつも通りの素晴らしい笑顔の２人。

……あれ、気のせいだったか？

安心して村長に視線を戻すけど、明らかに俺の背後を見て顔を引き攣らせている。

バッと振り向くが、やはり笑顔な２人。

「んん？」

なんだか良くわからんな。

「あ、そうだ村長。お土産に大量の魚介類とかいろいろと持ってきたから、みんなに配ってあげてよ。心配しなくても全員に行き渡るくらいはあると思うからさ」

そう言って大量のお土産を収納から取り出した。

「おお、すまないね。これだけの量だとかなり高かったんじゃないかい？」

「いや、これはお金かかってないから安心してよ。長持ちしない物も多いから早めに配ってね。

それじゃ、あとは頼んだよ！」

季節は冬だしすぐに傷むこともないだろうけど、生ものも多いからね。早いほうがいい。

そのあと2人を案内がてら家に向かいながら村を歩いていると、痺れを切らしたのかとうとう2人がさっきのことを聞いてきた。

「……ご主人様。ミレイちゃんとは、誰でしょうか？」

「うふふ、まさかとは思いますが、彼女だったりするのですか？」

やっぱり気になりますよね。そうですよね……。

でも、ミレイちゃんとの関係か。

……うーん。ミレイちゃんとは、明確には付き合っているわけではない。母さんの手紙にはいろいろ書いてあったし、出発前に本人からも花嫁修業云々と言われたけど……。

「普通に幼馴染だよ。家が近くで、年も近いからよく一緒に遊んだんだ。別段、付き合っているというわけではないよ」

まぁ、ミレイちゃんが好意を持ってくれているのは知っているし、俺も別に嫌いではない。

正直なところ、大人になったらミレイちゃんと結婚して農家をやると思っていた。ただ、結婚するにしても、もう少し時間をかけて決めたい。気持ちも整理してから向き合いたいしね。

「そうなのですか！　幼馴染さんなのですね！」

「うふふふ、いろいろと楽しみです」

「というか、両親には2人は仲間だって紹介するからね。2人も両親に奴隷って言わないこと」

「任せてください！」

「うふふ、もちろんです」

2人が楽しそうなのは良いんだけど、嫌な予感しかない。本当に大丈夫かな。

今更だけど家に帰りたくなってきた……。しかし、そんなわけにもいかない。

だって、もう家に着いてしまったから……。

冬は畑にも出られないので、両親はきっと家の中だろう。

ふぅ～……よし。

深く深呼吸をして覚悟を決めた。

「ただいま～！　帰って来たよ～！」

扉を開けて最初に出迎えてくれたのは母さんだった。

「おかえりなさい、アウル。意外と早かったのね。……って、あらあらぁ？」

俺の後ろにいる2人を見て何かを察した母は、かつてないほどにニヤニヤしている。なにかを企んでいるようで本当に怖い。あれほど実家に帰りたかったのに、今すぐ王都に帰りたい……。

「ただいま、母さん」

「おかえりなさい、アウル。早速で悪いんだけど、そちらのお嬢さんを紹介してもらえるかしら？」

まぁ、そうなるよね。わかっていたけどさ。

「右からルナとヨミだよ。王都でいろいろと助けてもらっている、俺の大事な仲間だよ」

2人とも、頼むから余計なことは言わないでくれよ？

「私は王都で『ご主人様』のお世話をさせていただいています、ルナと申します。不束者ですが末永くよろしくお願いいいたします」

「私も王都で『ご主人様』のお世話をさせていただいている、ヨミと申します。どうぞよろしくお願いします、御義母様《おかあさま》」

なんか変なニュアンスの自己紹介じゃない？　奴隷とは一言も言ってないけど、ほぼそういう感じで伝わってるよね⁉　あからさまにご主人様って言っていたし。

それにルナもヨミも、なんで嫁いできた嫁です、みたいなスタンスなのかな⁉

いや、別に嫌じゃないけど、先制パンチが凄すぎる‼　初っ端からノックアウト寸前だよ。

「あらあらまぁ。アウルの母のエムリアです。いつも息子がお世話になってます。……ふふふ、急に可愛い義娘《むすめ》ができちゃったかしら？」

ほら真に受けた。ある意味さすがだよ、母さん。もうどうにでもなれだ。

「アウル、中でお父さんとシアが待っているから、早く顔を見せてあげなさい。ルナちゃんとヨミちゃんはこちらにいらっしゃい」

「……わかったよ」

母さんには勝てないよ……。ルナとヨミは母さんに連れられてどこかへ行ってしまった。

それにしても、シアはどれくらい成長したかな？　そこまで時間は経ってないけど楽しみだ。

「ただいま、父さん、シア」

居間に行くと、父さんがシアを抱いていた。シアはちょうど寝ているらしい。

「おかえり、アウル。シアはちょうどさっき寝たところだ。残念だったな」

「そうみたいだね。でもちょっと大きくなったかな？　髪も少し伸びたみたいだし」

シアの綺麗な銀髪が少し伸びていた。そういや、ルナも銀髪だったな。身近に銀髪が2人もいるなんて珍しい。

父さんと王都での話に花を咲かせていると、母さんが2人を連れて居間に戻ってきた。

……何を話していたのか気になるところだが、後で聞くことにしよう。

父さんにも2人を紹介したけど、母さんに自己紹介したような内容とほぼ一緒だった。

父さんの驚いた顔が忘れられないよ……。なにか言おうとした父さんを、眼力だけで黙殺した母さんの横顔もね……。

もうすぐ夕方になるということで、母さんがご飯支度を始めたので、ルナとヨミは手伝うと言って行ってしまった。母さんはなぜかシアも連れて行った。

これは父さんと話すことがあるなら今のうちに話しておけ、という母さんなりの気遣いだろう。

「えっと、父さんも元気そうでなによりだよ」

「あぁ、おかげさまでな。お前のおかげで金にはあまり困ってないから、シアにもエムリアにも貧しい思いはさせないで済んでいるよ。本当にありがとうな」

それはよかった。シアは将来絶対美人になるので、いっぱい食べて健康に育ってほしい。

「いや、俺こそ家の手伝いをしてあげられなくてごめんね」

「気にするな。冬ということもあってそこまで忙しくないからな。……ところでアウル。お前にこれだけは聞いておかなければならないことがあるんだ」

父さんがとても真剣な目をしている。ここからが本題ということか。いったいどんな内容を話そうとしているんだろうか。何か重要なことを──

「──本命は、どっちなんだ？」

「……え？」

とても真剣そうな顔をしていると思ったら……。

「父さんからすると、ヨミちゃんが色気もあって惹かれてしまうが、ルナちゃんも真面目そうでいい子だ。真逆のタイプで甲乙つけがたいところだが……まさか、両方か⁉」

俺も一言物申したいところではあるが、その役目は俺ではなさそうだ。

「父さん……楽しそうなところ悪いけど、後ろ」

「ん？　後ろに何が──ひっ⁉　エ、エムリア……さん？　ど、どこから聞いてました……？」

「そうねぇ……『父さんからすると～』のあたりからかしら」

そう。母さんはなぜか戻ってきていたのだ。俺は気配でわかっていたけど、父さんは全く気づいていなかった。……父よ、安らかに眠ってくれ。

「こ、これはだな、エムリア。アウルの──」

「ふふふ、あなたにはあとで『おはなし』があります。覚えておくように」

一言言い残して母さんは台所へと戻っていった。久しぶりに母さんが怒っているところを見たけど、背後にレッドドラゴンが見えたよ……。まさかあれが母さんの恩恵か？

「……時にアウル。最近の我が家ではな、夜にミレイちゃんが遊びに来るんだ。シアの面倒を見てくれたり、エムリアに料理を習ったりな。……多分だが、もうそろそろ来るぞ」

急に立ち直ったと思ったら、父さんがここにきて爆発寸前の重要な案件をぶち込んできた。

くそっ、異世界には報連相という思想はないのか！

「なんだって⁉　なんでそれを早く教えてくれなかったの⁉」

「……覚えているか？　エムリアに俺を売ったあの日のことを……いや、それは今もだったな」

いや、今のことに関しては完全に自爆だと思うんだけど。しかし、俺が父さんを売った？

大好きな父さんを俺が売るわけ――

「……あ」

――あったわ。売ったこと。

父さんがランドルフ辺境伯の獣人メイドさんにメロメロだった時のことだ。でもあれは父さんが俺をミュール夫人に売ったから、それについて仕返ししただけだ。

「そんな前のことまだ根に持っていたの⁉　おとなげないよ！」

父さんの目は完全に俺を嘲笑っている。親としてあるまじき目だ。

「ふふふ、アウルも痛い目を見るといい。最近のミレイちゃんは魔法の練習も頑張っていてなぁ。それはもう本当に凄いんだぞ？　勉強も頑張っているみたいだし、花嫁修業も順調だ。エムリアの影響もあって、一段と逞しくなってきたしな！　ありゃあ将来、姐さん女房になるタイプだ」

まじか……。まぁ、魔法を教えたのは俺だし、それなりに使えるだろうけど。それにしても、母さんの影響とか少し怖いな。背後にレッドドラゴンなんて出てこられたら、俺はもう頷くことしかできないぞ。

しかし、無情にも聞きたくなかった音が聞こえてくる。

コンコン！

「エムリアさーん！　おじさーん！　シアちゃーん！　今日も遊びに来ましたー！」

来ちゃった。特にやましいことはないはずなのに、なんで俺は追い詰められているんだ⁉

そうだ……。俺は別にやましいことなんてない。変に謝るほうが男として駄目な気がする。

ここは堂々としていればいいんだよ。よし！

ということで、ミレイちゃんを玄関まで迎えに行くか。堂々とだぞ、俺！

「ミミミ、ミレイちゃん久しぶり」

うおおおお、噛みっ噛みだ！

「あれ、アウルっ！　帰ってきてたの⁉　お帰りなさい！」

と言って、躊躇なく抱き着いてくるミレイちゃん。……少し見ない間にいろいろと成長していたようだ。何がとは言わないが。

きっと、ご飯をたくさん食べているのだろう。

抱き着かれた時、ふわっと香ってきた女の子特有のいい匂いに、思わずドキッとさせられた。

改めて見ても、ミレイちゃんは美少女だ。貴族の子息も気に入ったくらいなのだから。こんな

可愛い幼馴染がいるなんて、とても幸せな人生なんだろう。

　というか、ミレイちゃんは急に抱き着いてくるような大胆な子だったたっけ？　もしかして、これは母さんの入れ知恵か？　だとしたら母さんグッジョブ！

「……ところでアウル」

「なに？」

　ミレイちゃんがやや甘えたような声で話しかけてくる。

「さっきからアウルの後ろに控えている美人な女性はどちら様？」

「え⁉」

　い、いつの間に⁉　いくら動揺していたとはいえ、俺に気づかれないように背後を取るとは……２人の成長を感じるな。って、成長を感じている場合じゃないでしょうが！

「ご主人様、この綺麗な方が『幼馴染』のミレイ様でしょうか？」

「うふふ、私たちも『幼馴染』のミレイ様に自己紹介していいですか？　いいですよね」

　こ、怖い……‼　３人とも笑顔なのに滅茶苦茶怖い‼　ルナとヨミはなんであからさまに幼馴染の部分を強調させてるのさ。それと、ミレイちゃんはいい加減俺から離れなさい。

「えっと、この子はミレイちゃん。俺のおさな――」

「初めまして。私がアウルの『許嫁』のミレイよ」

　かぶせてこないでよ……しかも許嫁って。

「私はご主人様の『筆頭奴隷』で、王都で毎日お世話をさせていただいている、ルナと申します」

「私はご主人様の『一番奴隷』で、お背中を流したりいろいろとお世話をしている、ヨミと申します」

ええ⁉　なんで奴隷ってことを言っちゃうの⁉　別に悪いことではないし、本当のことではあるんだけど、さっき言わないでって……あ、両親にって言ったんだっけ。くそ！　ぬかった！

しかも、2人とも少し間違っているよ。むしろ朝ご飯作ったり、夜ご飯作ったりしているのはだいたい俺だから、世話をしているのはどちらかというと俺だし、毎日背中は流してないから‼

本当に数えるくらいの回数だけだからね⁉

「改めて、私は『エムリアさん公認の許嫁』のミレイです。アウルとはずーっと小さいころから一緒にいました」

バチバチバチッ‼

……笑顔の睨み合いが逆に怖いよ。今火花が散ってなかった？

「ほらほら！　自己紹介も済んだことだし、夜ご飯にしましょう？」

この凍てついた空気を壊したのは母さんだ。

助かったよ、母さん！　頼りになる‼

感動していると、俺に近づいて来た母さんがこっそりと俺の耳元で囁く。

「貸し1つよ。甘くて美味しいお菓子で手を打つわ。ケーキというお菓子があるんでしょ？　それでいいわよ」

……ほんとさすがだよ。その抜け目のなさは上級貴族も青ざめるよ。

久しぶりの実家の食事だというのに、夜ご飯の時も3人は笑顔のままお互いに牽制しあっていて、冷や冷やしすぎて全く味がわからないほど気まずかった。

話す内容も他愛のない世間話や最近あったこと、俺にまつわるエピソードなどだ。

そんなに牽制しあっているというのに、3人の矛先が俺に向かないのが余計に怖い。

「ちょ、ちょっと風呂に入ってくるね！　みんなはゆっくりご飯食べてて！」

もうこの場から逃げたいという一心で、風呂へと逃亡を図ったのだが――

「うふふ、『いつものように』お背中お流ししますね」

「ご主人様、私もお背中お流しします！」

――ヨミは勝ち誇ったような顔で、ルナは少し顔を赤くしながら言い切った。

しかし、ここだけは譲れない。

「いや、今日は！　一人で入る！」

こう言ってしまえばルナとヨミは入ってこられないだろう。

「あらあら。『今日は』ね？」

あっ⁉　他意はないのに！　母さんやめて！　俺のライフはもうゼロよ⁉

「じゃあ、そういうことで！」

ふぅ～。なにはともあれやっと1人になれた。……やっぱり修羅場な感じになっちゃったなぁ。

本当は俺がしっかりしないといけないのに……。傍から見たら今の俺って、すごい屑じゃん。

「ちゃんとしないとなぁ……でも3人とも圧がすごいんだよな……」

本当は1ヶ月くらい実家でのんびりするつもりだったけど、どうしようかな。

やることだけやって王都に戻るか？　一応、王女様にも呼ばれているし、侯爵と公爵のところに挨拶もしたほうがいいだろう。

というか、平民の俺がそこまでする必要はあるのか？　という疑問はある。

……のんびりしたいなぁ。

結局、悩みすぎて1時間近く風呂に入ってしまった。風呂から上がったらまたあの修羅場かと思うと気が重くなる。

よし決めた。居間に戻ったらちゃんとしよう！

しかし、決意して居間に戻ると、さっきとは打って変わって和やかなムードになっていた。

「ご主人様！　私たちはミレイさんと一緒にお風呂に入ってきますね！」

「うふふ、女子会というやつです」

「アウル、2人を借りるわね！」

そう言ってキャッキャしながら3人は行ってしまった。

何があったんだ？

「母さん、3人が急に仲良さそうにしてるんだけど、なにがあったの？」

「ん～？　乙女の秘密よ。とりあえず仲良くなったんだし良かったじゃない」

はぐらかされてしまったが、さっきまでの刺々しい雰囲気はなくなったので良しとしよう。

幸いなことに心配事もなくなったし、やることをさっさとやって、絶対にゴロゴロするぞ‼

次の日からというもの、俺は精力的に働いた。そりゃもう、自分でも驚くほど頑張った。

不安だった村の防備のために堀を掘ったり、迷宮産の立派な木で囲いを作ったりした。土壁を作ることも考えたが、何事もやりすぎは良くない。

それと、最近のオーネン村は人口増加傾向にあるらしいので、治安維持のためにゴーレムを10体作成した。もちろん古代都市で確保したゴーレム素材を流用している。

基本的に騎士型にしたが、内2体は獣型にした。モデルはライオンとスコーピオンだ。古代都市で確保する時に手強かったので、仲間としてなら頼もしい限りである。

ちなみに、どちらも人間より一回りくらい大きいので、迫力は折り紙付きだ。

騎士には俺が魔力にものを言わせて作った大剣を持たせてある。

鉄剣は軸にアダマンタイトを少量使っているので、物としては悪くないだろう。切るというよりは、叩き潰すように使うことになるかもしれないが。

ただし、内1体はアザレ霊山でジェネラルオークを倒した時に入手した、特殊なサーベルを持たせてみた。あのサーベルを持った時の厄介さは身に染みて知っているので、これが仲間だと思うとこれまた心強い。

実際にゴーレムたちに森の魔物を狩らせてみたけど、かなり強い。治安維持や街の防備には十分すぎるほどだろう。

あとはやったことと言えば、実家をリフォームした。隙間風が凄かったし、人が多いのに家が狭かったので、新たに2階を作ってしまった。

実際にはほとんど建て直しだったが、何回か家や小屋を作った経験もあったし、前世の記憶を総動員したのでなんとか完成した。

「我ながら良くできたほうじゃないか？」

綺麗になった我が家を見た村人たちが羨ましがり、言外にやってほしいというオーラを漂わせてきたので、仕方なくやってあげることにした。

もちろん、リフォームを望んだ本人たちにもたっぷりと手伝ってもらった。これくらいは許されるよね。

冬ということもあって、暇だった村の男衆も手伝ってくれたので、思ったより早く終わったのが救いだな。

そんな忙しい日々の裏側で、密かにウォーターベッドを作成してみた。

……あれは素晴らしいものだ。もう普通のベッドでは寝られない。今までの睡眠とは一線を画す世紀の大発明と言える。というか、地球のウォーターベッドより高性能かもしれない。

あのなんとも言えないプルプル触感は、異世界ならではだろう。

これは、王都に帰ったらレブラントさんにクラゲ素材の確保をお願いされる気がするぞ。

あとは……ミレイちゃんのレベリングもしたな。

アザレ霊山に行って魔物を討伐しまくった。最初は魔物を殺すことに躊躇していたみたいだけど、途中からは嬉々として狩っていたので、俺は何かを目覚めさせてしまったかもしれない。

ミレイちゃんの魔法は久しぶりに見たけど、かなり練習しているのか精度がいい。洗練されているとさえ言えるだろう。

下手をすれば俺よりも精度が良いかもしれない。いつの間に……？

一通りレベリングを終えてステータスを見てみると、辺境の村娘とは思えないほどに強くなっていた。ちょっとやりすぎたかもしれない。

◇◆◇◆◇◆◇◆

人族／♀／ミレイ／11歳／Lv.33

体力：１８００

魔力：３８００

筋力：80

敏捷：１２０

精神：１４０

幸運：60

恩恵：効率化

◇◆◇◆◇◆◇◆

恩恵は効率化、か。

ミレイちゃんの魔法が洗練されているのは、練習の末に効率化された結果なのかもしれない。

もちろん、本人の努力があったうえでの話だけれど。

他にも村人に炭団を配ったり、カツオ節を試作してみたりと、やりたいことを自由にやっているうちに、気づけば2ヶ月が経過していた。

カビ付けをせずに作った鰹節は、前世の物に比べて味が違った。これはこれで美味いんだが、やっぱり味に深みがない。なかなか納得のいくものを作るのは難しそうだ。

その2ヶ月間でなぜかミレイちゃんとルナとヨミは親友の如く仲良くなってしまっている。

仲が悪いよりはいいんだけど、なんか怪しいんだよね。注意だけはしておこう。

俺はシアとたくさん遊べたから満足だ。

今更だけど、収穫祭で獲得した牛2頭はオスとメスだった。

オスが『モーム』でメスが『うし子』と名付けられた。

ちなみに、うし子と名付けたのは俺だ。なかなかセンスがあると思うんだが、みんなの俺を哀れむような目が気になるな。

牛たちの面倒は村人全員で見ることにしたらしい。村の共有の財産ということにして、みんなでその恩恵に与ろうというわけだ。

入学試験まではあと1ヶ月半弱。そろそろ王都に戻ろうと思う。雪も溶け始めたし暖かい日も増えてきた。やりたいこともほとんどできたので、俺としては満足かな。もう少しゴロゴロしたかったけど、そうも言ってはいられない。

「じゃあ、そろそろ王都に行くよ。おそらく大丈夫だと思うけど試験頑張ってくるね！」

「おう、俺の息子なんだ。王都でもぶちかましてこい！」

「何が起こるかわからないんだから油断しないでね？　ルナちゃんとヨミちゃんもアウルをよろしく頼むわね」

「任せてください、御義母様《おかあさま》」

「うふふ、しっかりサポートしますので安心してください、御義母様《おかあさま》」

　２人はすっかり御義母様と呼ぶようになってしまった。もはやツッコむ気力もない。

「ミレイちゃんもまたね」

「うん、私もいろいろ頑張るから、アウルも頑張ってね！　２人に変なことしたら駄目だからね⁉」

　と言って見送ってくれた。ルナとヨミにはハグまでしている。最初はどうなるかと思ったけど、なんとかなって良かったたぁ。終わりよければすべてよしだ。

　歩きながらオーネン村の入り口へ向かうと、村長も見送りに来てくれていた。

　皆に手を振り、歩みを進める。振り返れば皆がまだ手を振ってくれていた。

　村の入り口には屈強なゴーレムが２体配置されている。それに立派になった囲いと堀。他のゴーレムたちは見回りや他の門にいるはずだ。

　時間的にも今できるのはこれくらいだったが、もっともっと良い村にしたい。それこそ、辺境一番の村にね。

村人たちの家も少し立派になり、村と言うよりは町と言っても遜色ないな。次は道を整備したりするのもいいかもしれない。

いろいろやりたいことはあるが、次回に持ち越しだ。

村にいる間はあまりゴロゴロできなかったから、王都に戻ったら絶対ゴロゴロするぞ！

王都への帰り道も、帰省と一緒で4日くらいかけてゆっくりと移動した。ハイオークの集落をみつけるようなことはなく、至って平和な旅路となった。

「はぁ〜、やっと王都だ。勉強もしないとだけど、数日はゆっくりと休もうか」

しかし、王都に着くや否やどこから情報を仕入れたかは知らないが、ニコニコ顔のレブラントさんが訪ねてきた。

クラゲ材の確保をお願いしてきたせいでゴロゴロできなかったのは言うまでもない。

ep.10 すき焼き

『ルイーナ魔術学院』

王国や帝国といった大国、近隣の中小国家なども含めて10歳を迎えた子供たちがこぞって通いたがる名門の魔術学院。身分問わずに誰でも入学可能なのが特徴だ。

なぜ魔法学院ではないかと言うと、その昔に魔法が魔術と呼ばれていた時期があり、そのころからある由緒ある学院だからだそうだ。詳しいことは知らないが。

その他にも理由があるらしいが、当時の名残がそのまま残っているという要因が大きいらしい。

ルイーナ魔術学院は３年制で、ストレートに卒業できる人は５割で、残りの５割は授業についていけずに退学や留年することが多いという。また、年に２〜３人の割合で魔物と戦う実地試験で亡くなる人もいるとかいないとか。さすがに死人は出ないだろうけど、怪我人は大勢いそうだ。

これだけ聞けばかなりしんどそうだが、学院を無事に卒業することができれば、輝かしい未来が約束されると言っても過言ではないらしい。

学費は年に白金貨５枚。日本円にして年間５００万かかるので、最短で卒業しても白金貨15枚、つまり１５００万円かかる計算になる。……私立の医大でも一番高い大学にも匹敵する金額だけど、それで余りある将来が約束されるというのならば、そんなものなのかな？

ちなみに言っておくが、あくまでこれは学費のみのお金だ。他にも魔法用の触媒であったり、教材費、装備費等は別途かかる仕組みである。

かなりお手頃な価格で食べられる学食はあるが、決してタダではないため食費も必要だ。

よって、身分問わずにと言ってはいるが、基本的には貴族や豪商の子供に限られてくるのは、至極当然とも言える。

一応、推薦平民枠と言って領主や貴族に優秀と認められた平民が無料で入学でき、返さなくてよい奨学金を貰える制度も整備されている。

推薦平民枠では毎年10～20人程度の平民が入学するが、入学する全生徒は例年200～300人ほどいるため、生徒のほとんどが貴族や豪商の子息女というのが現状だ。

いろいろと整理したが、俺は平民のくせに自前で金を用意して入学するという、ある意味では異端児なのだが、今の俺だと白金貨15枚は払えない額ではない。

……今更ながら、貧乏農家とは思えない財力である。さらに国王陛下にまで貸しがあるという、もはや貧乏農家の小倅というには甚だしい経歴だ。自分でも俄かに信じられないな。

ただ金を稼いではいるもののたいして使う予定はないし、基本的には自給自足が性に合っているので、ぱーっと使うこともほとんどないだろう。

お金は貯めるものと思っているのは日本人のころの癖かもしれないし、貧乏農家ゆえかもしれない。いずれにせよ、俺は貴族様のようにはなれそうにない。

そんな俺は今、迷宮の37階層でクラゲを狩っていた。

「ご主人様……私、当分クラゲは見たくないです……」

「ルナ……私もよ。ご主人様、これだけ集まればもうよろしいのでは……？」

村から帰ってきて早々にレブラントさんが家に押しかけて来た。

その内容はもちろんクラゲ材の確保依頼だ。

俺が村に帰省しているころに、俺と同じくウォーターベッドを完成させ、ある貴族に試験的に売ってみたらしい。

そしたら貴族の間で噂が噂を呼び、あっという間に人気に火が付いてしまったらしい。

値段は破格の白金貨10枚。1000万もする超高級ベッドなのだが、留まることを知らずに予約が入っているそうだ。……試験的に販売しただけなのにもかかわらず、だ。

つい最近だと、王国に限らず近隣の国や帝国からも注文が入る始末だという。

要は手に負えない事態に発展したというわけだ。

そういうわけで、レブラントさんに泣きつかれる形でクラゲ材を確保している最中だ。

ルナとヨミもそうだが、数が数だけにやる気が出ないのが問題だ。

頼まれた数は今後の分も含めて200個。予約ですでに150近い数の注文が来ているらしい。

なんとも景気のいい話だ。

クラゲ材が1つ白金貨3枚で売れるとして、白金貨600枚の計算になる。さすがのレブラントさんもそんな大金は一度に用意できないらしいので、売れてからちょっとずつ支払うとのことだ。……使いきれないお金がどんどん貯まっていく。さすがに貯めすぎかな。

まぁ、素材の確保は修業にもなるし、自分で蒔いた種でもあるので引き受けた。まぁ、ここらでレブラントさんに貸しを作っておくのも悪くないし、学院に入学したら忙しくなるしね。

一週間頑張った甲斐あって、クラゲ材を220個確保した。20個多いのは念のためである。副次的な効果ではあるが、37階層にもだいぶ慣れたおかげで、海での探索もだいぶ様になってきている。今度38階層に挑戦するために探索範囲を広げようと思う。

「……これで終わりにしようか。それもこれも、俺が安易にレブラントさんにクラゲ材売っちゃったからだ。2人も辛いことに巻き込んでごめんね」

「いえ、問題ありません。……クラゲは当分見たくありませんが」

「うふふ、早くご主人様と一緒にお風呂に入って癒されたいです」

「俺もクラゲはしばらく見たくないよ……。じゃあ、帰ってご飯食べたらお風呂に入ってぐっすり寝ようか。風呂は一人で入るけどね」

「ご飯は私たちに任せてください」

「ぶぅー……」

ヨミが可愛くむくれているが、疲れているのでスルーだ。

地上に戻ったら、ルナとヨミがご飯を作ってくれている間にレブラントさんの所へ行き、クラゲ材を全部卸した。一度に卸したのは、ちょっとした意趣返しだ。

「レブラントさん、ちょっとこれから学院試験の準備で忙しいので、あまり素材確保はできそうにないです。もし用がある場合は2人に指名依頼を出してあげてください」

「本当にありがとう、わかったよ。とりあえずウォーターベッドは予約の受付も停止してあるから大丈夫だと思うよ。断り切れなかった時用の予備も貰えたしね」

「それでは、疲れたので今日は帰ります」

クラゲ材の他にも、羽毛も数ヶ月分確保して卸してある。

もはやいくら貰えるかを勘定する気にもならない。とにかくたくさん貰えるというのはわかる。

帰り際に店内をいろいろと物色したら、冬の間にいろいろと試作したのか、渡したレシピで作った燻製などの商品が店頭に並んでいた。この行動力は素直に凄いと思う。

家へと帰る道中、肉串のおっちゃんと会ったので雑談して肉や炭やらを卸しておいた。娘さんや奥さんと頑張ったおかげでお金が溜まり、家兼用の店舗を買うことに決めたらしい。

実際、露店の規模では限界があるし、毎日売り切れるほど人気らしいのでいい機会だろう。

奥さんも俺に感謝してくれたし、おっちゃんの娘とは思えないほどに可愛い娘さんも感謝してくれた。こういう出会いや関係は今後も大切にしていきたいと思う。

「そういや、近くの肉屋で四ツ目暴れ牛の肉が入荷したらしいぞ」

「えぇっ⁉　今すぐ行きます。どこですか？」

「ここをまっすぐ行って、６番目の建物を右に曲がってすぐにある肉屋だ。俺の紹介だと言えば少しはサービスしてくれるはずだぞ」

「ありがとう、おっちゃん！」

俺の大好きな四ツ目暴れ牛の肉だと？　買わないわけがない‼

これは、肉を買ったらすき焼きもいいかもしれないな。

割り下は、みりん・醤油・砂糖・水でできたはずだ。みりんはないので蜂蜜と酒を混ぜたもので代用だ。

あとは迷宮産キノコや野菜、ワイルドクックの卵でそれっぽいものができるだろう。

ふふふふ、明日の夜は豪華なすき焼きパーティーになりそうだ。

「つと、ここか。肉串のおっちゃんの紹介で来ました！　四ツ目暴れ牛のお肉ってありますか？」

「おや坊主、あいつの知り合いか？　なら特別に希少な部位も切り出してやろう。量はどれくらいほしいんだ？」

「えっと、おすすめの部位を５kgずつで、合計30kgください！」

「おお、そんなに買ってくれるのか。よーし、任せておけ！」

待つこと15分で肉屋のおじさんが大量のお肉を持ってきてくれた。

「ちょっと量が多いから、肉を入れる籠はサービスだ。部位ごとに包んであるからな」

「ありがとう！　それでいくらですか？」

「金貨30枚でいいぞ」

１kg金貨１枚と考えると少し高いような気もするが、この肉はかなり美味いので仕方ない。

可能なら飼育して繁殖させたいけど、気性が荒いゆえに家畜には向かないらしい。

まぁ、名前が暴れ牛って言うくらいだからな。

「おう、確かに金貨30枚だな。毎度あり！　次はサービスするからまた来てくれよな！」

「うん！　絶対来る！」

四ツ目暴れ牛が入荷したら絶対に買いにこよう。

籠の中身はいろいろな部位の詰め合わせだ。これは食べ比べせねばなるまい！

この肉は一日置いて熟成させるとして、サプライズのために今日は隠しておこう。

結局この日は2人が作ってくれたご飯を食べて、お風呂に入ってぐっすりと寝た。無論、俺は一人で風呂に入った。ヨミが侵入してこようとしたので、全力で妨害させてもらった。

彼女の主人として、簡単には負けられない。

そして次の日の夕方、待ちに待ったすき焼きパーティーである！

この日は朝からウキウキすぎて、いろいろと手に着かなかった。

学院で使う魔法の触媒に目立たない指輪を作成するつもりだったのだが、気が散ってなにも思いつかずに一日がすぎてしまったのだ。

四ツ目暴れ牛のすき焼きなど、考えただけで涎が出る。流れること滝の如しだ。……汚いな。

肉のレベルとしてはサンダーイーグルのほうが上なのかもしれないが、個人的にやはり牛肉が好きなのだ。あの癖のある脂がたまらない。

皿に綺麗に肉を盛り付け、割り下をたっぷりと用意した。野菜も各種取り揃えて笊《ざる》に準備済み。

もはや、これ以上完璧な布陣はないだろう。

あとは食べるだけ！　というところで、無情にもドアがノックされた。

……こんな時間に誰だ？　俺のすき焼きを邪魔する者は許さんぞ。

「ルナ、悪いけどお願い。忙しいから帰ってもらって。今日はパーティーだから！」

「かしこまりました」

いったい誰かわからないが、俺のすき焼きを邪魔するとは度し難いやつだ。

目の前には煌々と輝くお肉。その輝きは俺の村での日々を刺激してくる。美味いのもさることながら、四ツ目暴れ牛は俺の思い出の味なのだ。

……無意識のうちに涎が垂れそうになる。ご飯を目の前に、待てをされる犬はこういう心境なのかもしれないな。

前世で子供のころに犬を飼っていたけど、当たり前のように待てをさせていた。

今更だけどごめん、モモ。モモは飼っていた犬の名前だ。雑種だったけど可愛かったな。待てをさせすぎると、怒って俺に鼻を押し付けてくるのだ。まぁ、それが可愛くて待てをさせていた節もあるが。

「……それにしても遅いな」

お客さんの対応を任せたルナが一向に帰ってこない。というか今更気づいたけど、家を取り囲むように気配がある。一つ一つの気配が薄いことから、相当の手練れだとわかる。

もしかして来客って……。嫌な予感がしてきた。

恐る恐るルナの様子を見に玄関へ行くと、案の定というべき状況だった。

「ですから、本日はご主人様は誰にもお会いになられません」

「なんでよ⁉　アリスとエリザベスが来たと伝えてもらえれば絶対大丈夫なはずよ！」

やっぱり第3王女様か。アリスとアルバスさんもいるな。ただ、アリスの絶対大丈夫だというその自信はどこから来るのか、一度問いただしてみたい。いや、平民相手なら当たり前か。というか、ルナはこれを当然のように断っていたのか。お願いした手前あれだけど、不敬罪で罰されてもおかしくないレベルだな。されないだろうけど。

ルナは俺の言いつけをきっちり守っただけだろうが、ちょっと真面目すぎる節があるな。それもルナの魅力の一つではあると思うけど。

そろそろ俺が行かないと収拾がつかなくなりそうだな。

「こんばんは。こんな時間にどうしたの？　……それにアルバスさんも」

暗にアルバスさんはなんで止めなかったのかと伝えてみたけど、アルバスさんはどこ吹く風。全く気にした素振りがない。やれやれだな。

幸いなのは、王女様付のうるさいおばさん侍女がいないことか。

「あっ‼　アウル、このメイドさんったら融通が利かないのよ～！」

「いや、それは俺が頼んだことだからルナは悪くないよ。それで、こんな夜に何しに来たの？」

もちろん、すき焼きを邪魔されてやや不機嫌な俺は、小さい抵抗として皮肉を込めて質問を返すのだが、ここで会話に入って来たのは第３王女様だ。

「何しにって、あなたを王城に呼ぼうと思ってレブラント商会に問い合わせても、家にいないからよ。帰って来たと情報が入ったと思ったらまた家にいないし。だから、夜ならいるだろうと思ってこちらから来たのよ」

あぁ、そう言えばそんな約束もしていたな。村を出るまでは覚えていたんだけど。クラゲ材の確保に追われてすっかり忘れていたよ。

「他にもいろいろ言いたいことはあるけど、その前に。王都を、いえ王国を救ってくれてありがとう。実は私も病に侵されていたようだったみたいなの。父上から聞いたけど、あなたが助けてくれたんですってね。……本当にありがとう」

今思えば、前回会った時には確かに咳き込んでいたな。風邪かと思っていたけど、あれも宰相の仕業だったのか。王城にいる分、影響を受けやすかったのかな？

「私も。息ができないくらい苦しくなって、死んじゃうかもって思っていたわ。アウルのおかげで助かったわ。ありがとう」

「ほっほっほ、この老いぼれもなんとか死なずに済みました。ありがとう、アウル君」

この人たちは事件の概要を全部知ってるみたいだな。なら、変に隠す必要はないか。

「いえ、みんなが助かったのはルナとヨミが頑張って時間を稼いでくれたからですよ」

これは本心だ。２人が頑張ってくれたおかげで俺が間に合った。ある意味では一番の功労者と言ってもいいくらいだと俺は思っている。

「ふふ、そういうことにしておくわね。それでアウル、王城に来てくれるって約束だけど、いつ来てくれるの？」

うーん、今日じゃなければいつでも行くことはできる。

「わかった、準備もあるから2日後に王城に行かせてもらうよ」

「ふふふ、約束よ？　アリスもいるからそのつもりでね！」

「やっとお菓子が食べられるわね、エリー！」

「ふふ、そうね！　散々待った甲斐があったわ！」

まぁ、アリスに関してはある程度のレシピを譲ったのだが、それはあくまで公爵家のみで使用するように契約してある。しかも、お菓子に関して言えば、決して全部を公開したわけではない。これはレブラントさんに対しても同じだ。だから、俺しか作れないお菓子というのは確かにある。

「じゃあ、そういうことで。おやすみなさい」

一刻も早くすき焼きが食べたい俺は、さっさと帰ってもらおうと話を締め括ったのだが、そうは問屋が卸さなかった。いや、まじで今日だけでも卸させてくれよ……。

「ふふふ、そう焦らないでよ、アウル。私たちの仲じゃない。さっきから凄く美味しそうな匂いがしているけど、これから夕飯かしら？」

げっ……。この王女意外と鼻がいいな。かすかな割り下の匂いを嗅ぎつけるとは。まさに犬並みの嗅覚だな。

「……ええ、まぁ。でもそんな大した料理じゃないですよ。それこそ貴族様や王族の方が食べるようなもの、では……」

じっ。

王女とアリスの視線が凄い。……って、後ろに控えていたアルバスさんはすでに3人分の皿とフォークを用意して待機していた。

俺がまだ何も言ってないのに食器を準備しているのはさすがだし、ちゃっかり自分も食べようとしている。というか、その食器はどこから出したんですかね。

……はぁ。お肉はたくさんあるし、皆で食べたほうが美味しいか。

それに、いろいろと待たせてしまったからな。

「……良かったら食べていくか？」

「いいの⁉　アウル大好き！」

「なんだか催促したみたいで悪いわね！」

公爵令嬢が簡単に大好きとか言うんじゃありません。それと、王女様に関しては完全に催促していましたけどね。これくらい面の皮が厚くないと王族はできないのかもな。

結局このあとルナとヨミも含めて、6人で食卓を囲んだ。

奴隷も執事も関係なく、みんなで食卓を囲むというのは高貴な身分としてはどうなんだろう？と思う所はあったが、俺は嫌いじゃない。むしろ好感が持てるくらいだ。こんな人たちだからこそ、仲良くしようと思うわけだが。

「ねぇアウル。この黒っぽいタレはなんなの？　香ばしくていい匂いだけど、初めて見たわ」

まぁ、王女様は初見だろうしそりゃわからないか。

「これは割り下って言って、お肉や野菜をこれで煮立てて、溶き卵につけて食べるんだ」

俺の説明を受けて、恐る恐るだけど肉を割り下で味付けし、軽く火が通ったところで卵に潜らせ、大きめの一口で食べてもらった。

「こ、こうね……おいひいっ‼　なにほれ⁉」

王女がその美味しさに感動している。やはりわかってしまうか。この素晴らしさを。

王女が食べたことを皮切りに、各々が思い思いに肉を育て始めた。

「では俺も一口」

……めちゃくちゃ美味しい。やっぱり四ツ目暴れ牛は最高だ。半生に煮た肉はジューシーな肉汁とともに胃の中へと流れ込んでいく。まるで口から溶けるように消えたと錯覚するほどだ。

肉串で食べるのも最高だったけど、こう言った食べ方も素晴らしい。

「ほっほっほ、こんなに美味しいものは人生で初めて食べましたな。しかも、卵を生で食べるとは初めての経験です」

この世界では生卵を食べる文化がないらしい。最初に恐る恐るだったのは、そういうわけだろう。それなのに食べてくれたのは、俺のことを信用してくれているからなのかな？

「……って、出しといた肉もうないんだけど⁉」

「早く食べないからだよ、アウル～。ところで、追加のお肉まだ？」

最初に５kg出しといたのが、一瞬で消えた。俺なんてまだ一枚しか食べてなかったのに。アリスめ……。仕方ない、追加で５kg出すか。

そんな一幕があったけど、みんなでワイワイ食べたからか一層美味しく感じたのは内緒だ。そんなことを言ったら調子に乗られるだけだからね。

ただ、買ったお肉は半分近く食べてしまった。……また買いに行かないと。

「アウル、とても美味しかったわ。お詫びに、面白い情報を教えてあげる。聞きたい？」

「え？　あ、うん。聞きたい」

「もっと聞きたそうにしなさいよ～！　もう……、アウル含め、私たちはもうすぐ学院の入学試験を受けるわよね？　それの受付がすでに開始されているのだけど、今年の学院の受け入れ人数は例年より遥かに多い500人だそうよ」

　あれ、前聞いた話だと2～300人らしいから倍近いな。でもなんでだ？

「どうやらスタンピードを退けたり、Sランク魔物が出たのに損害なしで倒したりという話に尾ひれがついて各国に出回ったみたいなの。それの影響もあって、現段階ですでに受験者が400人を超えたそうよ」

「なんでスタンピードや魔物討伐が関係してるの？」

　考えようによっては、それだけ危険な国だと思われてもおかしくないのに。俺だったら、スタンピードが発生するような国に行きたいとは思わないけどな。

「理由はいくつかあるでしょうけど、王都がかなり安全な所だと思われたと言うのと、王都の学院に通えばそれだけの力が付くのではないか？　という噂が出回ったのよ。そんなわけもあって今回は受け入れ人数を増やすらしいわ。今頃、他の魔法学校は受験者数が減って大慌てでしょうね！」

　……なるほど。そういう考え方もあるのか。自分の子供を通わせるなら、より安全でより優れた所がいいと思うのは当たり前か。それで強くなれるなら一石二鳥だ。

「でも、それのなにが面白い話なんだ？」

「ふふふ、やっと興味を持ったようね。でもこれ以上は内緒よ。無事に試験を通過したら教えてあげるわ。まぁ、アウルなら大丈夫でしょうけどね」

くそ〜、さっき素直に興味あるふりをしておけばよかった。

でも500人か。それだけ人がいたらいろいろな人がいるんだろうな。面倒ごとに巻き込まれないことを今のうちから祈っておくとしよう。

「……そういや、俺まだ申し込みしてないぞ。今更だけどどうやって申し込めばいいんだ？」

「ほっほっほ、それなら私のほうでやっておきましたぞ」

さすがはできる執事。アルバスさんには頭が上がらないな。

「そうだったんですね。ありがとうございます」

「なんのなんの。詳細については2日後に王城でお教えしますよ」

なるほど。しかし、これで完璧に逃げられなくなったな。王城に行くしかないってわけか。

「じゃあ、私たちは帰るわね」

「アウルまたね！　アルバス、馬車の用意をお願いね」

「かしこまりました、お嬢様。ではアウル君、また」

帰り際にアルバスさんが俺に硬貨の入った革袋をくれた。今日の食費とのことだ。金貨が20枚も入っていたけど、これは貰いすぎだな。2日後に作るお菓子は少し気合い入れてみるか。

馬車に乗る3人を見送ると、ずっと家の近くにあったいくつかの気配が消えた。

……こんな夜まで陰で護衛とは、ご苦労様でした。明後日王城……やっぱり面倒くさいな。

ep.11

入学試験①

昨日、王女様に招待されて王城へ行ってきた。

お菓子はいくつか用意しておいたが、一番人気だったのはやはりケーキだろう。

中でも迷宮産の果物をふんだんに使ったフルーツタルトは絶品だったらしい。

個人的にはみたらし団子が一番美味しいと思うのだが、彼女たちは紅茶に合うケーキのほうが良かったみたいだ。まぁ、みたらし団子ももちろん好評だったけど。

途中、王妃様がお茶会に乱入してきて大変な騒ぎとなったが、この話は割愛させてほしい。

……あまり思い出したくないからな。

王女様と言っても、友達の家に遊びに来たくらいの感覚だったが、対価としてちゃんと報酬をくれるということなので、なにか考えておいてと言われてしまった。

特にこれと言って欲しいものはないのだが……。

たとえあっても自分で作ったり買ったりできる身としては悩ましい。以前は対価を貰うと言ったけど、あまり高いものを貰ってしまったら、またお菓子を作りにいかねばならなくなる。

ジレンマだな。ただ、なにか欲しくなったら王女様に言えば買ってくれるらしい。関わりたくないけど、なぜか王妃様も買ってくれるらしい……。絶対頼まないけど。

その後は特に目立ったイベントもなく、平和な日々が戻って来た。

試験日までは勉強しなきゃということで、コツコツしていたのだが、クインが迷宮へ行きたいと言う。仕方ないのでクインの支配する階層へ行くと、ふらふらと森へ飛んで行った。長い間空けていたので、様子が見たかったのだろう。個人的にも、蜂蜜が貰えるならば、メリットしかないからかね。

クインが支配するこの階層で襲われることが滅多にないので、ログハウスを出してここで勉強することにした。降りてくる冒険者も多くないので、問題はないだろう。

静かな空間だからか勉強が捗る。外ではクインが指揮をしているのか、蜂たちが慌ただしく動き回っていて、見ていても飽きない。

ちなみに、ルナとヨミには試験日までの長期休暇を出した。

最初は「側を離れません！」と言って聞かなかったが、「この休暇に冒険者業でもしたら？」と提案し、２人が話し合った結果、休暇を受け入れてくれた。

夜には帰ってくるのだが、朝ご飯を食べるとすぐに出かけていく。

わざわざ迷宮に設置したログハウスに帰ってこなくてもいいのに、とは思っていても言えない。

きっと毎日冒険者稼業を頑張っているのだろう。……休暇がメインだったのにな。

クインも数日すると戻ってきてログハウスの中で寛いでいる。どうやら視察は終わったようだ。

気分転換に森を歩くとクインが蜂の巣へと案内してくれて、蜂蜜を分けてくれる。

しかも、よく見ると蜂の巣ごとに蜂蜜の種類が違うようなのだ。採取する花の種類を変えているのだとすると、かなり芸が細かい。俺としてはありがたいんだけどね。

「ありがとうクイン。いつも助かるよ」

ふるふる‼

俺にしがみついて嬉しそうに頬ずりしてくる様は、小さい女の子みたいだ。

……そういえばクインは女の子か。

森エリアにはハイオークなどがいたはずなのだが、あまり見かけることがない。なぜかと思ってみていると、ハイオークはクインの部下にやられているらしい。

お肉が欲しくなったら、ハイオークを殺さないでくれるだろうし、多分問題ない。

「ふぅ、これで一通り勉強はしたかな？」

ルイーナ魔術学院の入学試験は『国語』『算数』『武術』『魔法』の4科目。歴史とかは入学してから学ぶ内容だというので、最低限の読み書き計算の確認。あとは個人としての力だ。

国語は簡単な言葉の言い回しや文字が書けるかというレベル。算数も小学校高学年レベルなので俺にとっては問題ない。

筆記の勉強が終わってからは、杖術と魔法を練習している。もちろん、刀の練習もしているものの、やはり杖術が一番しっくりくる。

杖術はだいぶ勘を取り戻してきたし、あとは体の成長を待つだけだろう。

ただ、一番悩んだのは魔法だ。魔力操作や魔力増幅のための鍛錬はしているのだが、俺の魔法はこの世界のものとはやや異なる。

……下手をすれば一発で危険人物扱いされかねない、と思う。

俺のことを知っているのはアリスと王女様だけ。誉められるのは不本意だけど、目立つのも面倒だから、少し成績がいいくらいに留めておこう。

「よし、試験の魔法はその場の状況を見ながら調整しよう。武術もある程度抑えて戦って、適度な結果を出そう」

自分で言うのもおこがましいかもしれないけど、そこらの子供に負けるほど甘い鍛え方はしているつもりはない。すべては俺の快適なスクールライフのために。

試験用の鍛錬をしつつ素材集め、ゴロゴロしたりしているうちに、あっという間に試験前日となった。

この日はさすがにマイホームに戻って過ごすことにした。2人もこの日だけは1日中家にいて家事をしてくれた。これだけゆっくりしたのは久しぶりだな。

「ご主人様、明日はとうとう入学試験ですね。お体は大丈夫ですか?」

「ふふ、心配しなくてもご主人様なら大丈夫よ、ルナ」

「ありがとう2人とも。体調なら心配ないよ。まぁ、目立たないように適度にやってくるさ」

「ご主人様、あそこの学院は生徒の身分は関係ないと公表していますが、実際はそんなことはありません。ですので、その……大丈夫だとは思いますが、くれぐれも注意してください」

なるほどね。平民だと因縁を付けられる可能性が高いというわけか。

「推薦枠の平民ならばマシかもしれませんが、一般枠の平民となると想像ができません」

確かにルナの言う通りだ。推薦した貴族のメンツもあるから、推薦枠にはあまり表立って攻撃しないということか。

でも俺は一般枠の平民。思っていたよりも面倒臭そうな学院生活になりそうな気がするな。

「まぁ、入学前にそんなことを考えても仕方ない。今日は豪華にしたからご飯を食べよう！」

今日のご飯は、海エリアで採れたジュエルクラブのカニ鍋だ。

ジュエルクラブは名の通り、殻に宝石を精製する蟹だ。これを見た時はさすがに嬉しすぎて震えたね。気づけば乱獲していたが後悔はしていない。

大きさは大きいものだと２ｍくらいになると魔物図鑑に書いてあった。ただ、その昔に乱獲しすぎて外界のジュエルクラブは絶滅したという。

殺さないように捕獲し、丁寧に宝石を取ってから蟹足をもいだので、ルビーやサファイヤと言った宝石がたくさん取れた。売ってもいいし装飾品にしてもいいかもな。

ただ、ジュエルクラブ自体も少ないのか全部で５体しか出会えていない。捕獲できたジュエルクラブは一様に１ｍくらいの個体だった。もっと下層にいけば大きいのがいるのかな？

ただ蟹味噌がなかったのは残念だが、蟹足だけでも相当な量になったのでそれで我慢だ。

「「「………………」」」

蟹を食べる時に静かになるのはどこの世界も一緒のようだ。かく言う俺も、夢中になって食べたのだが。

ジュエルクラブは美味しく、身もぎっしり詰まっていた。味も繊細でプリッとした食感が最高に堪らなかった。

「ごちそうさま。今日は風呂に入ったらすぐ寝るね。悪いけど片づけは任せるよ」

「かしこまりました」

「すぐに片付けてお背中流しますね‼」

ヨミが来る前に風呂を出ようと思ったが、魔法を駆使したのか予想以上に来るのが早かった。

……優秀すぎるのも考え物だな。

背中を洗ってもらう際に当たる胸に心をかき回されながらも、なんとか無事に風呂場を脱出した。あれは絶対にわざとやっているのだろうが、俺も男だ。反応してしまうのは仕方ない……。

最近気づいたけど、俺は押しに弱いのかもしれない。いいようにされないように注意しないと。

朝起きると仄かにいい匂いがする。今日は２人が早起きして朝ご飯を作ってくれたらしい。

「おはよう〜」

「「おはようございます」」

身支度を整え、２人が作ってくれた朝ご飯を食べるために椅子に座った。

今日の朝ご飯はハイオークのカツサンドだった。あとはキノコスープと果物が少し。

「ゲンを担いでみました。試験に勝つということで！」

「ふふふ、ルナったら朝から頑張ったんですよ。寝ぼけながらも健気に料理する姿が本当に可愛かったです」

「ありがとう２人とも。とても美味しいよ」

俺はつくづく人に恵まれるな。期待に応えられるように俺も頑張ろう。

「ご主人様、今日は冒険者ギルドから指名依頼が来ていますので、申し訳ないのですが先に失礼します」

「すみません。本当は試験会場までお送りしたかったのですが、どうしても断れない依頼だったもので」

もう指名依頼なんて来ているのか。この1ヶ月の間に指名依頼が来るまでになっていたとは知らなかった。

実績を考えれば当たり前のような気もするが、それにしても凄いな。ご褒美に何か買ってあげなきゃ。

一応、2人が稼いだお金については好きに使っていいと言っているけど、それとは別に俺が何か買ってあげたい。

「そうなんだ。無茶だけしないように！　あと、貴族様に何か言われたら俺の名前を出していいからね。本当に困ったら国王に泣きつくか、……物理的に黙らせるから」

「はい！　かしこまりました！」

「うふふ、ご主人様は心配性ですね。でも心配しなくても大丈夫ですよ？」

「そう？　ならいいけど。じゃあ、その依頼が終わったらお祝いでもしようか！」

「「はい！」」

お祝いに何か買ってあげたら2人は喜ぶかな？

というか、買わなくても俺がまた何か作るのでも喜んでくれそうだ。ジュエルクラブから宝石も手に入ったし、何か考えようかな。

グランツァールに鉱石を貰いに行ったら何か良い物をくれるかもしれない。対価には美味しいご飯でも用意してあげたらいいだろう。

「発動体の指輪は持ったし、服も動きやすいやつを着た。杖と筆記用具も持ったな」

一足先に出発した2人を見送った後、準備を済ませて俺も出発した。

学院までは徒歩で30分だけど、ウォーミングアップがてら気配遮断しつつ身体強化を使って移動した。

軽く流しただけだけど、わずか10分で到着できた。

まだ集合時間じゃないというのに、学院にはたくさんの人がいる。王女様やアリスが言っていた話は本当だったんだな。別に疑っていたわけではないけれど。

空間把握でざっと数えただけでもすでに４００人はいる。時間になるまでに何人になるのか楽しみだな。

着いて早々に受付を済ませたので、やることがなくなってしまった。

というわけで、空間把握と気配察知でとりわけ強そうなやつを探してみよう。

自惚れじゃないが、自分はこの世界では強いほうだと思っている。さすがに俺より強そうな子供はいないけど、10歳とは思えないやつが複数いた。

ふうん。ここまで強い子供がいるなんて。明らかに魔力量が突出しているのが数人。うまく気配を隠しているのも数人いるな。あとは、独特な気配を持ってるやつがまた数人。……ルイーナ魔術学院か。案外面白いところかもしれない。

「あれ、この気配は――」

「アウルやっと見つけた！」

――やっぱりアリスか。でも平民が公爵家令嬢と仲良くしてたら怪しまれ……いや、推薦平民枠と勘違いしてくれるか？　いやでもバレた時が面倒だな。

「どうしたのでしょうか、アリスラート様」

「えっ……？　どうしたの、急に。頭でも打ったの？　気持ち悪いわよ？」

気持ち悪いとは失礼だな……。こちとら気を使って言葉遣いを変えたというのに。

「アリス、公爵家の令嬢と平民は、普通こんな風に仲良さげに話さないんだぞ？」

「そんなこと言ってもねぇ。アウルは望めば伯爵位を貰うことができるのよ？　ある意味私よりも偉いじゃない」

それは初耳だ。貴族位の用意があるとは聞いていたが、まさか伯爵とは。

あの国王は俺を他国にはやりたくないようだな。心配しなくても村がこの国にある限り、出て行くことなどありえないのに。

「それは初耳だが、だとしても俺は平民だ。だから違和感しかない」

「この学院で身分は関係ないはずよ。それは国王様も認めていることだし、この学院の創設者であるルイーナ＝エドネント様がそう決めているわ。だから別に大丈夫よ？」

「って言ってもなぁ……」

周囲に目をやると、ひそひそと話し声が聞こえてくる。

「むぅ……。まぁいいわ。入学前に言うことでもなかったわね。でも入学したら私たちは同列よ」

どこか嬉しそうだが、とりあえず目立つ前にどこかにいってくれたので難は逃れた。いや、もうすでに目立ったのかもしれないけど。

アリスには悪いが、俺はのんべんだらりとした学院生活を送るので忙しい予定だからな。

適度に面白そうなやつと仲良くなれればそれでいいのだ。

『入学試験を始めます！　受付番号に従って各会場に移動してください！　繰り返します……』

待ちに待った入学試験が始まるらしい。

ep.12 入学試験②

係員の指示のもと試験会場へ移動すると、思っていたよりも会場が広かった。会場は全部で5箇所に分かれていて、一つの会場に100〜200人くらいいるみたいだ。ということは、受験者は800人近くいるってことか。子供がこんなに集まるっていうのもなかなか面白いもんだな。俺も子供だけど。

『ではこれより、ルイーナ魔術学院入学試験を始めます！　最初の試験は国語です！　試験問題が配られた者から試験を始めてください！』

入学試験は午前が筆記試験で、午後からが実技試験となっている。日本のテストと違って試験問題は数種類あり、ランダムに配られるのでカンニングの心配はないらしい。

さらに国語の試験問題が終わったら、職員に手を挙げて伝えると算数の問題が配られる。それも終わったら、昼休憩に入っていいのだ。

ふむ……。

渡された問題に一通り目を通して見たけど……こんなもんなのか？　事前に聞いていた通り、小学生高学年レベルだ。こんなのゆっくりやっても30分もあれば終わってしまうぞ。

……いや、受験生が10歳ってことを考えたら、この内容でちょうどいいのか。

念入りに解いて、何回も見直ししてもジャスト30分で終わってしまった。ということで、次の算数の試験問題に移ったのだが、これも30分で終えてしまった。

試験時間はまだ2時間残されているのだが、これ以上ここにいてもしょうがない。終わったということで、さっさと筆記試験の会場を抜け出した。

「っはぁ〜。簡単すぎて逆に気疲れしたなぁ。腹も減ったし、どうしようかな。そういえば学食があるってルナが言ってたっけ。試しに行ってみよう」

入学試験が行われている時は学院が休みなため、他の生徒はいないようだ。ただ受験者のために学食は利用できるとルナが言っていた。そこまで期待はしてないけど物は試しだし、経験しておこう。

学食に着くとほとんど人がいない。そう、ほとんど。

「へぇ……、ゆっくり念入りに解いたとはいえ、俺より早い人がいるのか。って、アリスと王女様じゃないか」

「あら、アウルじゃない。こっちこっち！」

2人以外に受験生はいないみたいだし、今はいいか。

「ずいぶん早いんだね、2人とも」

「ううん、そんなことないわよ。私もアリスもついさっき来たばかりだから」

「私たちは子供のころから家庭教師に勉強をみっちり教えられているからね。それにもう少しすれば、他の貴族の子息も来ると思うわよ」

「うへぇ……。さっさと飯食って午後の部に備えるとするよ」

ちなみにお昼ご飯は、焼きたてパンと野菜スープ、オークのステーキだった。味はまあまあだけど、一番凄いのはその量だ。銅貨5枚で物凄いボリューミーなご飯だった。銅貨5枚……つまり、日本円にして500円でこれだけ食べられるのなら、食べ盛りの子供たちは大満足だろう。貴族の子息やご令嬢がこれで満足するのかは疑問だが、金を出せば美味いものも食べられるのだろう。さっきメニューに金貨1枚っていうのも見えたしね。

「そう言えば聞いた？　今年は受験者が多すぎて実技の試験官が足りないから、一般の冒険者を採用しているらしいわよ」

「え、そうなの？　というかアリスがなんでそんなこと知ってるの？」

「試験官にアルバスにも声がかかったらしくて、それで聞いたの。Aランク以上の冒険者のみを対象にしているらしいわ」

「ふーん、Aランク以上ねぇ……アルバスさんってAランク冒険者なの!?」

「元ね。昔はかなり有名だったらしいわよ」

人に歴史ありだな。確かに身のこなしが達人のそれだったけど、まさかそれほどとは。

その後も、ご飯を食べながら他愛のない話をして時間を潰した。

っと、ゆっくり食べたつもりはないが、そろそろ筆記試験を終えた人が来始めた。

変に絡まれる前に場所を変えるとしよう。

「じゃあ、俺はそろそろ行くわ」

「あら、私とアリスと一緒に行動すればいいのに」

「あははは、それは後ろ髪引かれるけどね。今回は遠慮しとくよ。試験会場も違うみたいだし、それにまだ目をつけられたくないからね」

王女様やアリスに気づき始めた貴族の子息たちの声がちらほらと聞こえるしね。

それにしても、冒険者に頼らないといけないほど子供が集まるとはな。でもいい機会だし、これでAランク以上の冒険者がどれほど強いか知ることができる。

「筆記の試験会場も広かったけど、実技はそれ以上だな」

実技の試験会場にはアリーナ席のように座る場所がたくさんあったので、そこで適当に座って時間を潰した。ぼーっとできる時間は至福だな。

『今から30分後に武術の実技を始めます！　各自準備をしてください！』

ぼーっとしているうちに、あっという間に試験時間となった。

それじゃあ俺も適度に頑張ってみようかな。

教員らしき試験官はたくさんいるが、冒険者風の男女も多くいる。おそらくこの冒険者風の人たちが依頼されたっていう冒険者なのだろう。装備をよく見ると確かに高性能なものが多いし、動きが独特で面白い。

特に凄いのはあそこの2人だ。動きに無駄が少なく魔力量も申し分ない。試験用の大剣と双剣を自在に使いこなし、服装がメイド服で綺麗な銀髪と茶髪。そうまるで――

「――ルナとヨミじゃん。2人とも、こんなところで何してるんだか……」

あぁ、朝言っていた依頼ってそういうことか。もしかして内緒にしてたのか？

しかも人だかりできてる。なんでだ？

モブA「おい‼　あっちに試験官として、『水艶』さんと『銀雷』さんが来てるぞ‼」

モブB「まじか⁉　最近急激に力をつけて来ているっていうあの2人か！　超絶美人なんだろ⁉」

モブC「華麗に戦場を舞うというあの2人か！　今日もメイド服が素敵だぜ！」

なんて説明ゼリフの似合う3人なんだ。でもここにいるってことは、あの2人ってAランク以上の冒険者になってたのか。言ってくれたらちゃんとお祝いしたのにな。

かなり人気があるみたいだけど、今2人に近づいたらまた違った意味で目立ちそうだし、あっちの試験でないことを祈るしかない。……ついでに気配も消しておこう。

ひっそりとウォーミングアップを済ませていると、職員から声がかかった。どうやら武術試験がやっと始まるらしい。説明を聞いていたが、魔法及び魔力の使用は禁止で純粋な武術のみでの試験のようだ。俺の杖術がどこまで通じるか試すいい機会だな。

魔力を使ってはいけないというのはやや不安だけど、まぁなんとかなるだろう。

自分の番が来るまで目の前で貴族の子供たちが試験官に挑んで行くのを見ていると、明らかに他とは太刀筋のレベルが違う男がいる。

……凄い。太刀筋が速すぎて、魔法を使わないと全部は見切れないかもしれない。まさに正統派剣術って感じか？　あれを見切ろうと思ったら、感覚強化しないと厳しいだろうな。魔法も使わずにあの動きとは恐れ入る。世界は広いってことか。

とは言っても学生レベル。ちゃんと対応するあの冒険者も大概だな。さすがは上級冒険者だ。

「あっちも面白そうだな」

あっちは正統派剣術というより、実践派剣術という印象だ。剣に加え蹴りや殴打といった体術も駆使した戦闘スタイルだな。普通に戦うと、こういう手数が多いやつのほうが厄介なんだよなぁ。

もし魔法も使えるんだったら、一筋縄ではいかないだろう。

『次、１２３番！』

やっと俺の番が来たみたいだ。

「はい」

『武器は……、その、杖でいいのか？』

「はい、大丈夫です」

武器は本来、試験用の武器を選んで使うらしいのだが、俺の杖は木製。だから特に何も言われなかったのだろう。

『では、はじめ！』

さすがに試験官はルナとヨミではなかった。あの２人が俺の試験官だったら八百長を疑われかねない。あの２人が変に気を利かせて手加減とかしないとも限らな……いや、それはないな。むしろ、本気で挑んできそうだ。やられても困るけど。

「さてと……強いな、この人」

俺の試験官はこの学校の職員じゃないらしい。立ち姿から判断するに、明らかに只者じゃない。

というか絶対Aランクですらないだろ。
はっ⁉　これはルナとヨミの視線！
２人に視線をやると、何かを期待している目だ。その後、なぜかいたアリスたちからの視線を感じ、目をやるとなぜかニヤニヤしている。いったいどういうことだ？
あたりからは憐れむようなヒソヒソ話が聞こえて来る。その中にはさっきの説明ゼリフが似合う３人もいた。
モブA「あの試験官ってまさか、Sランク冒険者の千剣のヨルナードじゃないか⁉」
モブB「ヨルナードだって⁉　冒険者としてだけじゃなく、ヨルナードがいる戦争は勝利の女神が微笑むとも言われるほど傭兵としても有名なあの男か⁉」
モブC「いや、間違いないぞ‼　あの隻眼で長い襟足を編み込んでいるのはヨルナードに間違いない！」
モブA「かわいそうに……。あの男はその昔、試験官をした時に次々と受験者を病院送りにしたことがあるらしいぞ」
モブB「……あいつ終わったな」
モブC「冥福を祈ろうぜ……」
超危険人物じゃん。ていうか、あいつら説明うまいな！　なんて助かる存在なんだ！
「ほう、俺を前に余所見とは余裕だな、小僧」
首筋にぞくりと悪寒が走る。

迫り来る千剣のヨルナードの剣を杖で受けようと思ったが、嫌な予感がして思いっきり背後へ跳躍する。

さっきまで俺が立っていたところに斬撃の跡が見えるんだが。

えっ……、持ってるのって木剣だよね？

魔法なしなのに木剣で斬撃出せるとか、それもう人辞めてるよね？

「いい判断だ。剣で受けていたらそこで終わっていた。だが、逃げてばかりじゃ勝てないぜ？」

ちょっと待て。勝つ必要があるのか⁉　試験官が認めればいいんじゃないのかよ！

「おらおらぁ！　どうしたどうした！　そんなもんかぁ⁉」

仕方ない。障壁を張るための指輪を外している今だと、本当に病院送りになりそうだ。俺の杖術がどこまで通じるかわからんが、やってやる！

「ふん、やっとやる気になったみたいだな。かかってこい」

「いえ、どこからでもどうぞ？」

「あぁ？　俺も舐められたもんだな。オラァ！」

消えたと錯覚するほどの体捌きだが、ギリギリ見えているぜ。

《杖術　太刀の型　紫電》

「おっと、抜刀術ってやつか？　悪くないが、まだまだ練度が低いな！」

居合を簡単に見切るとか普通じゃない。魔力を使ってないとはいえ、本気の抜刀術だぞ？

「さすがはSランク冒険者ですね。今の技で倒す予定だったのですが」

「ははは、ガキのくせに言うねぇ。ほら、次はお前の番だぞ？」

手をこまねいているのは、挑発してるってことだよな？

そしたら次は、ホーンキマイラすらも倒した技だ。

《杖術　太刀の型　獅子王閃》

「お前こそ、俺を舐めてるのか？　……獣や魔物には通用するかもしれないが、百戦錬磨の強者にそんな技は通用せんぞ！」

「ごふっ……⁉」

技を集中する時間をなくして使ったとはいえ、そんな簡単に見切られるとさすがに辛いな。しかも、技を避けられながらも思い切り殴られたせいで、脳が揺れて視界がやばい。

こいつマジで強い……。太刀の型が通用しないとは、さすがSランクってわけか。

「うむ、10歳のガキにしてはまぁまぁだったんじゃないか？　オマケして合格にしてやる」

「オマケ……？」

「俺に認めさせるとは大したガキだ。誇ってもいいぞ？」

相手はSランクだし、勝てないのは当たり前。ここで無理をする必要なんてないんだ。それに、これ以上やったら目立って仕方ない。うん、これくらいで――

ふと、ルナとヨミの視線がこちらを向いていることに気づいた。2人は何かを願うような顔で、こちらを見ていたのだ。

――これくらいでいいわけがない‼　まだ俺は全力を出し切っていないじゃないか。目立つと言っても、周りは他に試験している人たちにも分散されているし、俺ばかりが見られているわけでもない。俺にとっては好都合だし、やれるところまでやらせてもらうぞ！

「いえ、終わるにはまだ早いですよ！」

杖の持ち方と構えを、太刀から薙刀へと変化させる。杖術とは千変万化の武術なのだ。

《杖術　薙の型　真袖返し》

この技は、下段に斬撃を放ってから二撃目を中段に向けて放つ技だ。もともと、太刀の技だったのを薙刀の技に昇華させたものだ。足元を掬《すく》い上げるように崩し、がら空きとなった胴体に切り込む技であり、対人戦に特化した技でもある。

「おっ？　くっ、そがぁ‼　だが、まだまだここから――」

体勢を整えながらも反撃してこようとしている。さすがとしか言いようがない。でもね。

「――チェックメイトだ」

流れるように杖を滑らせ、持ち方と構えを槍へと変える。

《杖術　槍の型　五月雨《さみだれ》》

「うっそだろっ……⁉」

体勢を崩したところに綺麗に槍の型が決まった。高速で繰り出される突きを捌ききれなくなったヨルナードの顎に一発入った。意識を刈り取るまではいかなかったが、軽い脳震盪は起こっているだろう。俺の勝ちだ。――そう思った。

「お前、ただもんじゃねぇな」

完全に決まったはずの一撃をもってしても、ヨルナードは倒れなかった。勝ったと気を抜いた俺はすでに体勢が崩れまくっている。

そこからは剣を首筋に添えられて俺の負けだ。

『それまで！　123番、試験は終了だ。次の試験会場に移動しなさい』

「終わりだとよ。かなり楽しかったぜ」

「……ありがとうございました」

なんとか無事に試験は終わったみたいだけど、放った技をほとんど見切られてしまった。完全に勝ったと思ったのに勝ちきれなかった。最後の首に当たるインパクトの刹那、首を逃がすように自ら回転させたのだろう。あの一瞬でそんな判断できるとか化け物かよ。

魔力を使えばもっと面白い戦いができたかもしれない。また手合わせ……いや、したくないな。

ただ、世界は広いと思い知らされたな。

闘技場を降りると、いつの間にか観戦していた受験者がたくさんおり、品定めするような視線や畏怖を宿した目、興味深そうに見る目や好奇心に満ちた目をした者など様々だった。

ちょっとやりすぎたか？　いや、俺はやれることをしっかりやったんだ。胸を張ろう。

魔法の試験会場に移動すると、受験者たちが人型の的に魔法を打ち込んでいるのが見える。

……厨二病な詠唱とともに。

「火よ、我が敵を打ち滅ぼせ、ファイヤーボール！」

「風よ、一筋の刃となりて我が敵を討て、ウインドエッジ！」

「水よ、鋭利なる水の刃で我が敵を討て、アクアエッジ！」

詠唱をしている割に、発動している魔法がショボい。的までの距離はおよそ20ｍくらい。的に当てると、試験官の手元にある水晶に威力が数値化されるらしい。

そのまま順番が来るまでいろんな人を見ていたが、1人3回のチャンスが与えられるようで、3回の中で一番大きい数値を採用しているらしい。

数値はおよそ300～400くらい。平均よりちょっと高いくらいの500を目指して魔法を放てば合格できそうだな。……あれ、その数値ってどう調整すればいいんだ？

『次、123番！』

「は、はい！」

考える間もなく呼ばれてしまった。まぁ、使い勝手のいい魔法で様子を見よう。とりあえず小手調べだ。

「サンダーランス」

一筋の稲妻が的目掛けて駆け抜ける。無詠唱なうえに、綺麗な一筋の光に試験官のみならず、その場にいた受験者たちが魔法に見惚れていた。

バチバチッ‼

『あ、えっと……123番の1回目の記録、670点！』

かなり抑えたけど、500点を大きく超えてしまった。でも、まずまずか？

『2回目もやるかい？』

2回目か。そこまで悪くない点数が出たし、これでやめていいかもしれない。

「いや。もう――」

その時、強い意志の籠った視線を感じたので、そちらを見るとヨミが悔しそうに俺を見ていた。隣ではルナがどこか自慢気な顔をしている。……ああ、もしかして属性か？　なるほど、だからヨミが悔しそうなのか。……仕方ないな。

というか、2人は試験官の仕事終わったのかな？

「もう一度お願いします」

単発のアクアランスだったら、同じ魔力量でもサンダーランスほどの威力は出ない。じゃあ、単純に量を増やせばいいだけだ。

「アクアランス×3――いけ」

空中に浮かんだ3本の水槍が、一点に集中して的を穿つ。硬いであろう的に穴が空いたように見えるんだけど……、あれって壊れるんだ。

『……123番の2回目の記録、900点です』

やばい、やりすぎた。いろんな人の視線が……。受験者も試験官も凄いけど、一番凄いのはルナの視線だろうな。

そんな恨みがましい顔で見ないでよ。あとで美味しいご飯作ってあげるから。

結局、その場にいるのがいたたまれなくなった俺は、そそくさと会場を後にした。

何はともあれ、試験の全日程を終了した。その後、2人は冒険者ギルドで報告があると言って先に行ってしまったので、家でご飯を作りながら待っていると、1時間くらいで帰ってきた。

「ご主人様、お疲れ様です」

「うふふ、お疲れ様です。今日もかっこよかったです。特に、魔法の試験！」

「えっと、ありがとう。一応聞くけど、なんでルナは不機嫌なのかな……？」

「だって、ご主人様が水魔法で大きい数値を出したから、なんか悔しくて……」

「ふふ、ヤキモチを妬いたのよね、ルナ。本当に可愛いんだから」

「まぁまぁ、2人の冒険者ランクA達成を祝うために、夜ご飯は豪華にしたから！　冷める前に食べようよ」

「はい！　ぜひいただきます！」

「ふふ、ご主人様の合格がわかったら、私たちがお祝いいたしますね」

今日の夜ご飯は、超特大ハンバーグ、白菜とハイオーク肉のミルフィーユ鍋、ナスの唐揚げ、卵と味噌の麦粥だ。

「ご主人様、このクズ肉の塊を焼いたものはなんですか？　いい匂いではあるんですが、元はクズ肉ですよね？」

「私はシクススにいたころに食べたことがありますけど、こんな美味しそうなのは食べたことがないわね」

クズ肉……？　あぁ、ミンチだからか。

「違うよ。これは骨の間とかにある肉を集めたものじゃなくて、普通のお肉をミンチ状にしたものなんだ。まぁ食べて見てよ」

「はむっ……!? 肉汁が凄いです！ しかも柔らかい！ これは素晴らしいです！」

「ふふ、私もこれは好きです。普通のお肉と違って、口の中で弾けるような食感がたまらないですね。それに、昔食べたことのあるものとは別物みたいです」

好評そうで何よりだ。ミルフィーユ鍋もめちゃくちゃ美味しく、白菜とオーク肉が絶妙に噛み合っていた。ただ、個人的にはナスの唐揚げが一番かもしれない。

そういや、今度マヨネーズでも作ろうかな。タルタルフィッシュフライも食べたいから、今度酢漬けの野菜を探してみよう。タルタルソースにピクルスは必須だからね。

「はぁ、疲れたな～」

いろいろあったけど、なんとか試験は終わった。お疲れ様、自分。

ep.13 書下ろし 流行り病の特効薬

試験が終わってからというもの、俺は久々にのんびりしていた。試験結果が出るまでは暇になる。レブラントさんに卸すための商品も今は足りているし、本当に自由なのだ。

ロッキングチェアに腰かけて空を見上げる。白い大きな雲が、ゆっくりと流れている。紅茶を飲みながら錬金術の本に視線を落とす。

我ながら年寄りじみたことをしている。本来10歳というものは、もっと外を遊びまわるものなのだろう。子供は風の子っていうしね。

そういえば、俺が今まで病気にならなかったのは体が丈夫だからだと思っていたけど、女神さまのおかげだと知れたのは、とてもありがたいことだ。今度教会にお祈りに行こう。

その後ものんびり錬金術の本を読んでいると、いい依頼がないか見に行っていたルナとヨミが帰ってきた。

「おかえり2人とも。何かいい依頼はあった?」

「ただいま帰りました。実はそのことで少しご相談があるのです」

「ルナと私だけでは、ちょっと難しそうな依頼でして」

2人で難しいとなると、かなり厄介な依頼みたいだな。ちょうど錬金術の本も読み終えたところだし、体も持て余していたから話を聞いてみよう。

「ギルドに行ったらAランク以上の冒険者向けに依頼が出ていたので見てみたのですが……」

ルナが言うには、王都から馬車で1日いったところにある村で、体調を崩すものが続出しているという。そこは王都に牛乳や卵といった食材を卸している重要な村で、一刻も早く問題を解決したいそうなのだ。

「……宰相の病が治っていなかったとか？」

もしそうだとしたら、俺にも落ち度はある。すぐに行って治してあげないといけないぞ。

「落ち着いてください、ご主人様。ルナの話には続きがあります」

続きをヨミが説明してくれたのだが、それ以外の村でも似たような病が流行っているそうなのだ。すでにわかっているだけで、4箇所でその病の報告があがっているという。

「けっこう広範囲に広がっているんだね……、王都は大丈夫なのかな？」

「私もそう思ってヨミと手分けして情報を集めたんですが、どうやら似たような症状が確認されているみたいなのです。どこも発症している人数はまだ少ないようですけど」

王都でも似たような症状か……。

「ちなみに、どんな症状が出ているの？」

考えられるとしたら、宰相が蒔いた病の種は治ったけど、体の免疫が低下してしまったというところか。そのせいでいつもは罹らないような病に体が負けてしまった、と考えれば辻褄は合う。

「症状ですが、高熱・全身の倦怠感・食欲不振などが主症状で、咳・喉の痛み・鼻水・腰痛や吐き気と言った症状も確認されていました」

……待って、それって流行性感冒じゃないか？　だとすると、下手をすれば大惨事になりかねないぞ。しかも、この世界は予防といった概念が希薄なうえに、手洗いうがいの習慣も少ない。聖魔法での回復も望めるだろうけど、如何せんその使い手が不足している。

「その症状に心当たりがある。多分だけど、放っておくとこの国が不味いことになる」

流行性感冒の特徴は症状の凶悪さもさることながら、特筆すべきはその感染速度だ。普通の病に比べて感染する速度が群を抜いて早く、飛沫感染する恐ろしい病だ。

この世界には特効薬と呼べるものはないだろう。もともと、毎年出ていた病かもしれないけれど、こんなに一気に症状が出たのは絶対に宰相のせいだ。本当に厄介なことを……。

「時間がないからすぐに対処しよう！」

特効薬とは呼べないにしても、かなり有効な薬は作ることができる。これは、現代日本でも有名な薬で、その効能も認められていたはずだ。

急いでレブラントさんのところへと行き、その材料となるものを探した。

「えっと、杏仁《きょうにん》・桂皮《けいひ》・麻黄《まおう》・甘草《かんぞう》だったね。よっと、ちゃんと全部あったよ」

名前が違う可能性も考えていたけど、そこは問題ないようで安心した。さすがに、見た目まではわからないからな。それにしても、こんな漢方まで取り揃えているとは、さすがはレブラント商会。王都で大店なだけはある。

「えっと、こんな草でなんとかなるのですか……？」

ルナが心配そうな顔でこちらを見ている。その心配もわかるけどね。

幸いしたのは、この国には聖魔法の使い手が極端に少ないということだ。そのおかげで薬の需要が高いのだ。あとあと聞いた話だけど、ポーション作成にはこういった漢方が必須らしいので、昔の俺は薬草だけでなんとかしようとしていたのが恥ずかしい。まぁ、ルナも知らなかったみたいだし、割と秘匿されていた内容なのかもしれないね。

材料を買いそろえて家へと帰り、すぐに薬の生成にとりかかる。

「ある程度細かくした各材料を、杏仁5、桂皮4、麻黄5、甘草1・5の割合で調合する。今回作るのは生薬だから、お湯で煮出したものを飲むんだ」

「……それだけですか？」

ヨミが信じられなさそうにしているけど、効果は問題ないはずだ。

「今作ったのは麻黄湯という漢方薬だよ。まだ死人が出ていない今ならまだ間に合うはずだ」

ルナとヨミが目を見合わせて、何かを決意したような顔をしている。2人はこれからこの薬をギルドに持ち込んで、すぐに配ってもらわないといけない。すぐに効果は出なくとも、数日もすれば快方に向かうだろう。

「一日3回、食前に飲むこと。安静にすることが重要だよ。あと、この病は飛沫感染するから、体調が悪いと思ったらなるべく家から出ないこと。どうしても出ないといけない時は口元を布で隠すことだ。できれば、手洗いうがいもこまめに実施するように伝えてほしい」

「かしこまりました！　私はすぐにこのことをギルドマスターに伝えてきます！」

「うふふ、私は材料の確保をしてきます。おそらく大量に必要になると思いますので」

このあと、慌ただしく2人が動き始めた。状態異常耐性のイヤリングをつけているから、そう簡単には病に罹らないだろう。それに、指輪には回復魔法を付与してある。

数日後、王都や村で流行り始めていた病は終息の兆しを見せたらしい。

その裏では、双姫が特効薬を広め、口元を隠したり手洗いうがいといった予防策も周知させたのだが、その手柄すべてをギルドや王家に譲ったという。

ルナとヨミ曰く、面倒ごとを増やしたくなかった、とのことだ。その気持ちはわかるので賛成だな。幸いなことに、危険だった人にはルナが水属性魔法の回復魔法を使っていたらしく、死人は出なかったらしい。流行りきる前に対処できたのが功を奏したのだろう。

手洗いうがい、マスクの重要さ、休む時はきちんと休む決断の大切さを知ったいい機会だったな。

「でも、結果的にギルドと王家に貸しをつくる形になったね」

「もともとはヨミの発案だったのですが、そういえばそうですね」

「うふふふふ。あっ、お茶が入りましたよ」

え、なに。もしかしてそうなるとわかっていて手柄を譲ったの？　だとしたら怖いんだけどこの子。めちゃくちゃ策士じゃん。

「ありがとう……って、このお茶いつもと違う味がするね」

「うふふ、それは麻黄湯ですよ。念のための予防です」

ぶはっ、だからか！　もう、俺は病に罹らない体なのに。でもまぁ、いいか。……まずっ。

ep.14 アウル畑in王都①

試験を無事に終えて、今は結果が出るのを待っているところだ。およそ一ヶ月で合否が出るらしい。人数が人数だけに、時間がかかるのはしょうがないのだろう。

それにしても、流行り病が無事に収束してよかった。たまたま前世で祖母が薬剤師で、麻黄湯のことを教えてくれていたのが役に立った。調合の割合まで教えてくれていた祖母に感謝だ。

それ以降は特にイベントもなく、試験結果が待つ日々が続いている。

のんびりするのは好きなのだが、冒険者Aランクのお祝いに何かプレゼントしたかったので、何か欲しい物があるかと聞いたら、少し考えるとのことでとりあえず保留となった。

やることが本格的になくなり、どうしようかとふと窓の外に視線を移すと、雪がほとんど溶けているのが見えた。

春はもう目の前。これなら農業を始めることができそうだ。

「そうだ、畑を作ろう」

「家庭菜園ですね！」

「ふふ、農家の血が騒ぎましたか？」

「それもそうだけど、砂糖が残り少なくなったからね。甜菜を植えようと思って。あとは迷宮で嫌というほど拾った、この謎の種も試しに植えてみようかなって」

「砂糖……全力でお手伝いいたしますね！」

「ふふ、ルナったら現金ね。私もお手伝いさせていただきます」

ここ最近、時間が余っていたのでお菓子作りばかりしていたせいで、砂糖の量が心許なくなってきたのだ。

グロウアップで促成栽培すれば、年に2回くらい収穫できないか試してみよう。

以前、魔法で生成した水と井戸水では違いが出なかったので、労力も少なく魔力の訓練にもなる魔法で済ませることにしている。

計画はばっちりと思ったけど、我が家の庭はおよそ15m×10mくらい。家庭菜園としてやるならいいかもしれないけど、本格的にやろうとしたら全然足りないのは明白だ。ルナは家庭菜園レベルでやるのだと勘違いしているみたいだけど、そんなわけがない。

でも、王都に本格的な畑を作るのはちょっと厳しいか？

「例えばなんだけど、庭を畑にしても足りない場合はどうしたらいいかな？」

俺の言葉にルナが若干引いているようにも見えるが、そんなのは無視だ。

「……そうですね、城壁の外にある土地を買うのが現実的でしょうか」

「不動産屋に聞けば何かいい情報があるかもしれませんよ？」

うん、確かに一理ある。餅は餅屋っていうしね。

ということで現在、前回お世話になった不動産屋に来ております。

「すみませーん」

「はいはい！　おや、以前に家をお買いいただいた坊っちゃまですね。……それと、王都を救っていただいてありがとうございます」

え？　なんでそのことを知ってるんだ？

「ほほほ、商人たるもの、情報は命でございます。今をときめく水艶様と銀雷様の主人であり、王都に突如現れた大型魔物を討伐したという情報は、すでに商人の間では有名な話です。もちろん、緘口令は敷かれていますがね」

人の口に戸は立てられないとはよく言ったもんだ。しかし、商人はやっぱり侮れないな。ギルド長かレブラントさんか、はたまたその部下の人か。いずれにしろ、用心したほうがいいのは間違いないだろう。まぁ、レブラントさんでは絶対ないだろうけど。おおかた、たまたま見かけた商人か情報屋ってのが妥当なところだ。

「誤解ですよ。せっかく買った家を守っただけです。今日は少し聞きたいことがあって来たんですけど、少し時間良いですか？」

「えぇ、わかっておりますとも。私でわかることであれば、なんでも仰ってください。できる限り対応させていただきますので」

ただの平民だというのに、対応が雲泥の差だ。前回は公爵家の威光を借りたけど、今回は魔物討伐の件だろう。俺と親しくしておけば、ルナやヨミとも知り合える可能性があるからね。

「えっと、畑を作りたいんですけど、いいところないですか？　希望を言えば、今の家の隣とかだと助かるんですけど。もちろん、無理だったら城壁の外でも構いません」

「は、畑ですか？　……少々お待ちくださいね。うーん。ご紹介できそうなのは3件ですね」

・1箇所目

家から歩いて10分の城壁のすぐ側で、ボロボロの空き家が数軒あるらしい。空き家を壊せば畑として使うことができる状態。家なしの場合、30m×30mの面積。賃貸月額金貨10枚。売却額→金貨2000枚。

・2箇所目

我が家のお隣さんはちょうど引越しを検討しており、最近家を探しに来たのだという。引越し先の屋敷代を少し供出してあげれば、すぐに引っ越してくれる可能性があるかもしれないとのこと。家ありの場合、30m×20mの庭。家なしの場合、70m×50mの面積。そこにある家も込みで賃貸月額金貨70枚。売却額→金貨1万8000枚。

・3箇所目

城壁外の少し離れた場所で特に何もない。200m×300mの面積。賃貸月額金貨10枚。売却額→金貨3000枚。

正直なところ、家のすぐ横が手に入るならそれに越したことはない。けれど、念のために1箇所目と3箇所目も見てみることにした。

実際に行ってわかったけど、1箇所目と3箇所目は微妙だった。治安があまり良くなさそうだし、城壁の外だと何かと不便だろう。広さだけなら3箇所目が一番いいんだけどね。

「隣の人引っ越すんだね。やっぱりそこがいいかな」

　一番お金がかかるかもしれないけど、これ以上貯めこんでも経済が回らないし、ちょうどいい機会だ。うん、そういうことにしておこう。

「じゃあ、家の横の屋敷と土地を買います。白金貨180枚でもいいですよね？　追加で20枚出しますので、お隣さんに渡してあげてください」

「かしこまりましたっ‼　いやぁ、今回もお買い上げありがとうございます。これほど出していただけたのですから、5日もあれば隣の家は空き家になるかと思います。そしたら家共々自由にしていただいて構いません！」

　5日とはまた早いな。

「じゃあ、また5日後に屋敷の鍵を貰いに来ますね」

「はい！　その前に手配が完了した場合は、鍵をお届けに参りますので！」

　不動産屋さんからの帰り際、改めて隣の家を見てみたけどかなり大きい。というか、普通に豪邸だし庭もかなり広い。

　面積は70m×50mって言っていたけど、空間把握で確認する限りでは80m×70mくらいありそうだ。これは少し得した気分である。

　ただ、家が少しボロい。……いや、違うな。かなりボロい。使うのならば、補修が必須だろう。

　不動産屋には文句を言ってやる。

「ご主人様。あの屋敷はどういたしますか？」

「……ボロボロですが、補修すれば使えなくもなさそうですね。ボロボロですが」

俺のぶっ壊れ性能なアイテムボックスを使えば、おそらく収納することは可能だろう。

ただなぁ。家の間取りにもよるけど外観からすでに古いし、補修するにしても使いにくい可能性だってある。

もしかしたら、内装は綺麗な可能性もなくはないが、それでも使用感は否めないだろう。これはもう思い切って作り直して収納してしまおう。ログハウスもあるけど、何かに使えるかもしれないしね。備えあればなんとやらだ。

ログハウスが入るような収納機能のある魔道具を作って、２人にプレゼントすれば、冒険者稼業の手助けになるに違いない。

むしろ、それを２人のお祝いにプレゼントしよう。

不動産屋さん曰く、家具は全部持って行くらしいので、完全に建物だけになってしまうという。

「今日はとりあえず、家の庭を畑にしようかな。土壌は俺のほうで整えるよ」

ウィンドカッターで雑草を刈り、アップリフトとアースシェイクを使用して土壌をある程度整えた。以前はここで魔力が尽きかけたものだが、今ではまだ全然いける。成長を感じるっていうのはなかなか嬉しいものだな。

「じゃあ、甜菜を植えようか」

「謎の種はいいんですか？」

「あれはここじゃなくて、新しく買うところで植える予定だよ」

　家の近くに気味の悪いものが生えて来たら嫌だしね。でも、念のために隣の家が引っ越したら壁を作らなきゃ。無難に木の柵なんかが目立たなくていいかな。

　畑もそこまで大きくないし、今のうちに木の柵を2人に作っておいてもらおう。

「やっぱり2人は木で柵を作ってもらってもいいかな？　種は俺が植えるからさ」

「「かしこまりました」」

　土の栄養のために迷宮で拾ってきた貝を砕いて作った粉を撒く。そのあとのんびり鍬で混ぜ込んだ。魔法は使わず、時間をかけてゆっくりとだ。その後は、丁寧に甜菜の種を埋めて水やりもした。

　作業に夢中で気づかなかったけど、いつの間にか3時間くらいが経っているみたいだ。2人もあっという間に大量の木の柵を作ってくれているし、あとは5日待つだけだな。

　……2人は3時間であの量の木の柵を作ったのか？　優秀すぎるだろ。

　ちなみに今は昼すぎである。遅い昼ご飯は、肉串のおっちゃんの店で適当に済ましておいた。ちょうど今日が露店最終日の営業だったらしく、かなりサービスしてもらえた。

　新しい店舗での営業を再開したら海の食材なんかも卸して、貝の串焼きなんかもメニューに入れてもらおうかな？

　焼きそばなんかも作りたい。この世界に焼きそばソースはないから塩焼きそばになるけど、海鮮塩焼きそばなんか絶対流行るんだろうな。

　あとはガルさんに製麺機を作ってもらって、それを肉串のおっちゃんに買ってもらえれば完璧だろう。麺の太さを変えられるように作ってもらえれば、太麺や細麺の種類ができて面白い。ふふふふ。聞いた話だと、おっちゃんの新しい店は家から歩いて15分のところだ。どんどん新しいメニューを作ってもらおうではないか。ご飯を作るのが億劫な時に楽できるぜ。

2人に料理を頼んでもいいけど、みんなで外食とかもしたいからね。まぁ、おっちゃんのほうでもいろいろ新メニューを考えているみたいだし、ちょっと楽しみだ。

肉串のおっちゃんと別れたあとそのまま市場を3人で散策していたら、若いお姉さんの露店で面白いものを見つけた。

「これってスキレットじゃないか。なかなか使い勝手も良さそうだな」

正直なところ、スキレットとフライパンに大きな差はない。普通のフライパンより保温性が高く、素材が厚いのが特徴だろう。あとは焦げ付きにくいとかね。

「あら、可愛いお客様ね。そのフライパンは見習いの鍛冶師の作ですよ。まだ見習いなのでちょっと厚く重いフライパンになってしまいました。銀貨3枚でどうかしら？」

銀貨3枚、3000円か。少し高い気もするけど、お姉さんが綺麗だし胸元の色気がすごい。これは買ってもいいかな？　いや、ここは男として買わねばなるまい！

「少し高い気がするのですが、もう少し安くなりませんか？」

邪《よこしま》な思考で買おうとしたら、何かを察知したルナに邪魔をされてしまった。

くっ……、なんて有能なメイドなんだ！

「あら、そこのお嬢ちゃんは坊やの御付きかしら。素材は鉄でもかなり上質な鉄なのよ？　焦げ付いたりもしないと思うし、お手頃よ？」

　バチバチと目線の火花が散っている気がする。値切りは無理そうだな。

「はい、銀貨３枚」

「ふふふ、坊やは商人をわかっているわね。さすがは英雄様かしら？」

　ふーん、商人たちの耳が早いってのは不動産屋が言っていた通りだな。こんな露店の店主でも知っているなんて。でも、安易にそれを口にする彼女にはお灸が必要かな。

「お姉さん、それは禁句ですよね？」

　彼女にだけ少し威圧を飛ばして、ニッコリと笑顔を向けてあげる。

　途端に顔が青くなり、目に見えて動揺し始めるお姉さん。少し効きすぎたかな？

「そっ、そうだったわね！　ごめんなさい！　えっと、ナイフとフォークをおまけしておくわ！」

　罪滅ぼしのナイフとフォークだろう。これも見習い鍛冶師が作ったもののようで、そのどれもに『テリー作』と彫ってある。

　せっかく買ったんだし、スキレットといえばやっぱりアヒージョだ。このスキレットは26㎝で深さも５㎝くらいだから、３人でも腹一杯食えるだろう。

　海老と烏賊も迷宮の海エリアでたくさん捕まえてあるし、ナスもある。ニンニクモドキという野菜が、籠に山盛り銀貨１枚で売っていたのでそれも買った。

　完全にニンニクだと思うのだが、なぜモドキなのかは不明だ。

野菜の迷宮でたくさん取れるらしく、相場はかなり安いという。その割に匂いが臭いということで一部の人を除いて、人気のない食材なんだとさ。こんなに美味いのに。

ニンニクは大好きだし、これなら早めに野菜迷宮に行くのもありだな。

ともあれ、今日の夜ご飯が決まった。

海鮮アヒージョ、野菜とベーコンたっぷりピザ、バゲット、野菜スープだ。久しぶりにピザを食べたくなったから作ったけど、いい匂いだ。

「ご主人様、この匂いなんですか？　独特な匂いですね」

「この匂いってニンニクモドキですよね？　シクススにいたころに食べたことがあります」

「これはアヒージョと言って、みじん切りしたニンニクモドキをオリーブオイルで煮たものだよ。そこに海老や烏賊、ナスといった具を入れて食べるものなんだ。美味しいから食べてみて」

「あちち……‼　美味しいです！　ちょっと癖がありますけど、それがまた病み付きになります！」

「すごい、ニンニクモドキってこんな使い方があるんですね。海老もプリプリで美味しいです」

こっちの世界では、普通に野菜として食べることが多いらしく、ニンニクモドキを調味料的な使い方はしないらしい。

「ピザというものも美味しいです。チーズが香ばしくて最高です！　これすごい伸びます‼」

「ベーコンと野菜とチーズが絶妙に合いますね」

2人とも今日のご飯が気に入ったみたいだ。それにしても、久しぶりに食べるアヒージョは美味いな。ぜひまたやろう。

　オリーブオイルとニンニクモドキ以外は具の自由度が高いし、おっちゃんに教えてもいいかもしれない。すぐに真似されちゃうかもだけど、そこはご愛嬌か。

　食事も終わったし、今日も今日とて風呂だ。

「お風呂はいるけど、２人はどうする？」

　最近だと、何も言わずに２人が勝手に入ってくるので、逆に聞くようにしている。そのほうが心の準備ができるのだ。

「……えっと、お背中流させてもらいます！」

「うふふ、お背中流させてもらいます」

　はっきり言おう。ルナもヨミも成長している。何がとは言わんが、確実に成長している。実にけしからん。全くもってけしからんぞ！

　そんな日から３日、不動産屋さんが鍵を持ってやってきた。白金貨20枚もらったお礼ということで、かなり大急ぎで引越しをしてくれたらしい。ちょっと申し訳ないな。

　いや、気が変わる前にさっさと引っ越したかったのかもしれない。

　何はともあれ、これでボロボロの屋敷と土地を手に入れたぞ。まだ合否の連絡は来ないし、明日からは屋敷のリフォームだ！

ep.15 アウル畑in王都②

「ご主人様！　私たちは頑張ってSランクになります。そしてご主人様を待ってますね！」

「冒険者としてのいろいろを、手取り足取り教えて差し上げますね？　ふふふ」

「う、うん。期待しないで待っていてくれ」

ちょっと２人の迫力が凄くて押されてしまった。というか顔が近いな⁉　ただ、申し訳ないけど冒険者になるかどうかはわからない。異世界転生の定番の冒険者だけど、しがらみが増えるのは好ましくないんだよなぁ。

なぜこんなことになっているかというと、暇な時間を活用してルナとヨミに渡すためのログハウスを仕舞える魔道具を作って渡したのだ。

そのせいで２人はテンションが爆上げ状態になってしまった。

まぁ、これだけ毎回喜んでくれると、プレゼントする側まで嬉しくなってしまうので、またなにかいい機会があればプレゼントしたいと思うけど。

……もしかして、キャバ嬢に貢いでしまう紳士諸君はこういう心境なのだろうか？　今となっては気持ちが痛いほどわかるぞ。

話が逸れたが、詳しい話は数日前に遡る。

「隣の家が引っ越すまで時間あるし、試験の合否もまだ出ないから、今日と明日は迷宮に行こうと思うんだけど。２人はどうかな？」

俺が迷宮を提案したのには理由がある。図らずも、この前の入学試験で自分の欠点が露呈してしまった。あの千剣のヨルナードという人には感謝だな。

俺は魔力に頼り切った戦い方をしている。確かに、魔法は好きだし得意でもある。その得意分野を伸ばして主力とするのは間違っていないだろう。しかし、このままではなんらかの方法で魔力が使えなくなった場合、ただレベルが高いだけの子供になってしまうということだ。

今後は技についても磨いていこうと思う。そのためにはやはり実戦あるのみということだ。

「問題はありません。……まだクラゲは嫌ですが」

「ふふ、私も問題ありませんよ」

「２人には20階層で羽毛を少し集めてほしいんだ。サンダーイーグルの羽毛を使った布団を家族用に用意しようと思ったんだけど、レブラントさんに卸しちゃって羽毛が足りなくてね。だから、集めてから実家に送りたいんだ」

「ご主人様はやっぱりお優しいですね。頑張って集めます！」

「シアちゃん、御義母様のためにも頑張りますね！」

ヨミよ、父さんの分も作るからね。あとミレイちゃん家の分も。

オーネン村への配達は、レブラントさんに頼めば持って行ってくれるだろう。

……最高級羽毛布団も売りたいと言われるかもしれないけど、それは２人に依頼という形でご容赦願おう。

というわけで、ルナとヨミは今頃サンダーイーグルを狩っていることだろう。ついでに肉も狩らせているから、おっちゃんにまた卸せて一石二鳥だ。

クインはいつものように森エリアだ。

そして俺は34階層のグランツァールがいる階に来ている。

「おーい、グランツァールいる〜？」

34階層はいつ来ても魔物がいないいな。もともと何の魔物がいたんだろうか。

考え事をしながら待っていると、マグマの中から小山のような巨体のグランツァールが這い出てきた。マグマをまるで海を泳ぐようにしているのは、さすがと言うほかない。

『おお、アウルではないか。……少し見ないうちにまた強くなったな』

そう言われれば、実家に帰ってからもアザレ霊山で魔物倒したし、魔力の鍛錬も欠かしていないから少しは強くなったかもしれない。

それについてはまた今度ステータスを見るとして。

「俺は日々成長する男だからね。今日はまたお願いがあって来たんだ」

『うむ、他ならぬアウルの頼みだ。なんでも言ってくれ』

「実は大きなものを収納するための魔道具を作りたいんだけど、なにかいい材料を持っていたら譲ってほしいんだ。もしくは材料の情報でもいいんだけど」

『大きめの収納か……。それならあれが使えるだろう』

「あれって？」

『その昔、我がまだ若かったころにいた魔物なのだが、名を空間岩《ディメンションロック》と言う。そいつから採れる鉱石は空間属性の魔力を宿しているのだ。我が昔集めたものが5つあるから、3つほどくれてやろう』

グランツァール曰く、すでに絶滅したと言われている魔物らしく、この鉱石が出回ることは今後二度とないらしい。

魔物図鑑にも載っていないほどの魔物なので、本当に遥か昔に絶滅したのだろう。

「そんな希少な物をありがとう、グランツァール。お礼と言っては何だけど、果物の蜂蜜漬けを作って来たから食べてくれ」

小さめのワイン樽に入れた果物の蜂蜜漬けを出してあげると、グランツァールの目がキラッキラに輝き始めた。

『な、なんだこれは⁉　果物が宝石のように光り輝いているではないか！　こんな美しい食べ物は初めてだ！　礼を言うぞ、アウル！』

果物の蜂蜜漬けは、普通に食べるよりも美味しくなるうえに、疲れた体にも良いので療養中にはぴったりだろう。

グランツァールの言う通り、見た目も綺麗で美味しそうだしね。

ワイン樽で作るのは量が多くて大変だったけど、クインのおかげで事なきを得た。クインが配下に作らせている迷宮産の蜂蜜には、本当に助けられているな。

グランツァールは食べるのがもったいないのか、器用に一つずつ食べている。可愛い。

「いやいや、こちらこそ希少なものを3つもありがとう！」

『まぁ、待て。その鉱石は以前の礼の続きで渡したのだ。この美しい食べ物のお礼に、追加でブルークリスタルの結晶を5つくれてやる』

「ブルークリスタル……？」

聞いたことのない素材だな。

『ふふふ、ブルークリスタルとは名前はカッコいいかもしれないが、要はブルードラゴンの涙が結晶化したものだ。あいつは本当に泣き虫でな。昔はいつも泣いていたわ』

え、それってかなり貴重なものでは？　くれるって言うなら貰うけどさ。

『それに、そのブルークリスタルを所持していたら、ブルードラゴンのレティアとも仲良くなれるだろう』

レティア、ねえ。これも初めて聞く名だけど、覚えておいて損はなさそうだ。

「ありがとうグランツァール。またお土産持ってくるよ！」

『うむ、期待して待っておるぞ。我も違う階層でなにかめぼしい鉱石を探しておこう』

グランツァールが火山エリアを移動し始めたら、火山エリアの魔物は根絶しそうだな。

しかし、グランツァールのおかげでかなりレアな素材が手に入ったし、これを使って2人にプレゼントを作ろう。

2人がどんどん冒険者として有名になるのはいいとして、そんな2人の主人が俺っていうのが公になると、面倒ごとに巻き込まれそうな気がする。いや、もう周知の事実なのか？

うーん、何かあったらその時考えればいいか。よし、２人とクインを迎えに行こう。

本来危険な迷宮の中だと言うのに、さながら庭を散歩するように徘徊する俺は、自分の現状を考えながら歩いていた。

俺はのんべんだらりと生きたいのに、なんやかんやと忙しい毎日を過ごしている気がする。根が貧乏性だからか？　いや、社畜根性が魂レベルで刷り込まれてしまっているのかも。

いや……、こんな子供のうちから、だらだらと生きていたら両親に怒られてしまうか？

せめて学院を留年せずに卒業して、成人するまでは頑張ろう。そうすれば母さんも納得するだろう。

そういや、母さんは肝っ玉母ちゃんな所があるけど、礼儀や常識に詳しいよな。今考えるとミュール夫人が家に来た時、きちんと対応できていた気がする。

まさかもともとは良い所のお嬢様だった？

……そんなわけないか。あの父さんがそんな女性を射止められるとは思えないし、そもそも出会いがあるとも思えない。

どちらかと言うと、ルナのほうが貴族っぽいか。食事の仕方も綺麗だし、なによりひとつひとつの所作が美しい。貴族に対してあまり緊張することもないしね。

まだ過去を話してくれないのは、心の傷が癒えてないのか、それとも俺を信用できてないのか。

いずれにしろ待つしかない。それに、女を待つのも男の楽しみの1つ。気長に待つしかないな。

20階層に到着すると、２人がちょうど狩りを終えた所だった。

「ご主人様！　羽毛はたくさん集まりました‼　これでお布団たくさん作れますよ！」

「うふふ、ルナったら凄く頑張っていましたよ。それにお肉もいっぱい集まりました」

「ほ、本当に凄い量だね。短時間でこんなに集めるとは思わなかったよ」

　どうやら手伝いは要らなかったみたいだ。

　それに、ヨミがアクアヒーリングという水属性の回復魔法を創造したおかげで、肉の確保が完全に任せられるようになっている。

　まさか回復魔法を得意属性で作るとは思わなかった。この魔法は完全にヨミのオリジナル。ヨミもルナも、自分の魔法を作り始めるステージまで来たということだ。

　ヨミのアクアヒーリング、ルナの纏雷。……俺も負けてられないな。

「俺も欲しいものは手に入ったよ。あとは海でおっちゃんと俺たち用の食材を確保したら、クインを迎えに行って帰ろうか」

「「はい！」」

　海で大量の食材を確保して森エリアへと向かうと、クインが俺に気づいて迎えに来てくれた。見た目はこんなに可愛いのに、かなり強い魔物なのだから驚きだ。……もふもふだ。

　魔法も使うので戦ったらかなり厄介な魔物である。なにより、一番厄介なのは配下を使役することだろう。大群で襲われたらと考えると、災害級に恐ろしい魔物である。

「よし、じゃあ帰ろうか」

　2人に夜ご飯の準備をお願いしている間に、ログハウス収納用の腕輪を作ろうといろいろ試したのだが、思っていたよりも凄いのができてしまったかもしれない。

「……さすがにこれはやりすぎか？」

というよりも、ほとんど手を加えずにできてしまった。どちらかと言うと、時間がかかったのは装飾だろう。

それほどまでに空間岩の鉱石は優秀だった。便宜的に鉱石名を空間石と呼称するが、ミスリルとアダマンタイトで作った腕輪に、魔法陣を加工した空間石をセットしたら完成してしまったのだ。収納以外の使い道はできないが、補って余りある結果であった。

外に出て、試しにログハウスが仕舞えるか試してみたけど普通に収納することができた。

これをレブラントさんに売ったら凄いことになるかもしれない。あの人もマジックバッグを持っていたが、収納能力は桁違いだろう。

同じものが3つ作成できたので完璧だ。しっかり者のヨミの腕輪にログハウスを入れておけば安心かな。ルナも真面目で悪くないんだけど、意外と融通が利かない時がある。適材適所だ。

ご飯を食べた後、2人をソファーに座らせて授与式を行うことにした。

「2人とも、遅くなったけど冒険者Aランク昇格おめでとう。これは2人へのプレゼントだ。これにには大容量の収納機能が付いている腕輪だよ。ヨミのほうにはログハウスが入っているから2人で使うといい。ルナのほうは狩った魔物とかを入れるなりして使ってくれ」

今回は装飾にも拘った一品で、我ながら良くできたと自負している。

「腕輪ですか！　とっても可愛いです！　ありがとうございます、ご主人様！」

「うふふ、とても素敵なプレゼントありがとうございます。ご主人様の奴隷になれて本当に幸せです」

うん、掴みは悪くない。かなり好感触だろう。2人の収納機能に関して言えば、指輪に付与してある10m×10m、500kgまでというものだけだ。これでは大型の魔物一匹で限界が来てしまう性能である。これでもかなり高性能かもしれないけどね。

「それがあれば今よりも快適に冒険者活動ができると思う。俺は合格したら学院に通うから、その間は冒険者として活動してほしい。そしていつか、ミレイちゃんも誘って4人で冒険しよう」

なお、冒険者になるとは言ってない。

そして冒頭に戻る。

ちなみにお隣さんは不動産屋さんの協力もあって、何事もなく引っ越しを終えたらしい。晴れて隣の土地や屋敷は俺の所有になったというわけだ。王都内で少し外れた場所とはいえ、なかなかに高い買い物だったけど畑を作るためだから仕方ない。

農家にとって畑は何物にも勝るのだ。

「俺はとりあえず屋敷を収納してくるから、2人は土地の周りに木の柵を設置してきてくれる?」

「「かしこまりました」」

さてと、いくら俺の収納がぶっ壊れ性能とはいえ、ここまで大きい物がいけるか……?

あっ、いけるんだ？　す、すごーい。

凄すぎて語彙力がなくなったよ。この屋敷は明日から迷宮内でじっくりリフォームするとして、新しい土地は今日中に畑にしてしまおう。

先に作った畑同様に土壌を整備していきつつ、貝殻の粉を混ぜ込んでいく。種を植える作業は木の柵を設置し終えた２人にも手伝ってもらったので、割とすぐに終わった。体力と敏捷が高いと、こんなところで恩恵があるんだな。

はてさて、謎の種から何が生えるのか植えた今から楽しみだ。ちなみに、謎の種以外には葡萄の苗木を植えている。やっとこれでワイン作りの第一歩だ。ことワインに関しては自重なしの本気で行くことにしている。それにナスもね。これで自家製のナスが作れる‼

広くなった庭を無事に耕すことができたけど、学院に入学できたら毎朝早起きしてお世話をしてあげないといけない。毎日丹精込めて面倒を見てあげれば美味しく育つだろう。

葡萄は育つのに時間がかかるものだが、そこは魔法の力に全力で甘えていく。土の栄養がどんどん消費されることも考えられるので、随時土の状況は確認するとしよう。

「よし、アウル畑の始動だ！」

場所は変わって、迷宮の森エリアのある一角。迷宮の中とは思えないほど綺麗に整備された場所にある屋敷は、建築後数十年は経過していそうなほどに古びた見た目をしていた。

「予想以上にボロボロだったな……」

屋敷というのは新しく買った土地の屋敷のことだ。

買ってから室内を一度見てみたけど、内装はあまり綺麗ではないので完全にリフォームするしかなかった。家の作り自体もあまり機能的ではなく、使いにくかったため部屋の配置もある程度変更しようと思う。そもそも、何本かの柱が半ば腐りかけていたのも決定打だった。

もともとは6LDKだったのを、思い切って4LDKにすることにした。一部屋あたり最低でも15㎡以上の大きさがあった部屋を、3つすべて合体させて45㎡近いリビングへと変貌させた。

部屋に置くためのソファー等の家具はいずれ買うとして、次はキッチンだ。キッチンも古い設備しか設置されておらず、使い勝手を考えるとリフォームするしかなかった。

実は古代都市で見つけた魔道具というのは、見つけた4つのうち2つがキッチン用の魔道具だったのだ。捻れば水が出てくる魔導蛇口と、火加減を簡単に操れる魔導コンロを見つけた時は本当に感動したものだ。どちらも魔石で動かすことができる優れものだ。

まだ探索しきれていない古代都市には、もっといろいろな魔道具があるかもしれないから、また時間を見つけて探索したいものだ。

キッチンシンクも底が深く広めのものを鉄のインゴットで作ってミスリルでコーティングした。皿はいずれ良さげなものを見繕うとして。一番頑張ったのは窯を作ったことだろう。

ピザも焼けるし、パンも焼ける。それにオーブンとしても使えるので料理の幅も広がるはずだ。

王都のマイホームではなく、このリフォームした屋敷に希少な魔道具を使ったのにはいくつか理由がある。メインの理由としては、いつか王都を出る時に今住んでいる家はそのままにして、整備している屋敷を持ち歩くつもりだからだ。

屋敷を持ち歩くとか異常かもしれないけど……バレなきゃいいんだ。バレなきゃ不正もファインプレーって言うしね。……ちょっと違うか？

それに、高性能の魔道具が家に置いてあるのが見られたら、厄介なことになりかねない。それだったら新たに買った屋敷に設置したほうが利口だろう。

５日ほどかけて補修した屋敷は、なんということでしょう。人が住むには少し古びた建物が匠の手によって生まれ変わりました。

使いにくかったキッチンは古代人の残した魔道具によって、使い勝手のいいものへと。また仕切りが多く閉鎖的だった部屋の壁は取り払われ、開放的な部屋へと姿を変えたのです。

疲れを癒すためのお風呂場には木製の浴槽が設置され、風情を感じる素晴らしい浴室へと変貌を遂げました！

「ご主人様、さっきから何をぼそぼそ言っているんですか？」

「ふふ、とても楽しそうなのはわかります」

「いや、何でもない。それにしても劇的なビフォーアフターだね」

「そうですね。ここまで変わってしまえば、もはや別の建物だと思います」

「私はこの家好きですよ。お風呂も広くて使いやすいですし、木製の浴槽がお洒落です」

俺としてはキッチンが一押しだったんだけど……、まぁ、料理は俺のほうがしているからな。

屋敷のリフォームも終わったし、あとは本当に試験の合否を待つだけとなった。

数日後、合否が張り出されたという報せが届いたので学院へと向かった。ルナとヨミがいると騒ぎになる可能性があるので１人で来ている。

「ええと、123番は……あった。俺は10組か」

とりあえず合格はできたみたいだ。入学式は1週間後で、それまでに学生服や教科書等が家に届けられるらしい。ここまでの対応をしてくれるとはなかなか手が込んでいる。

合否を確認し、受かった人は受付で服のサイズを伝えると、それを用意してくれるようだ。

家に帰るとすごくいい匂いがしている。2人がご飯を作ってくれているらしい。

「ご主人様おめでとうございます！」

「うふふ、受かると思っておりましたので、お祝いの料理を作っておきました」

まだ合否を言っていないのに、当たり前のように祝ってくれる2人。気持ちは嬉しいけど、もし落ちていたらどうするつもりだったんだろう？

「ありがとう2人とも。嬉しいよ」

2人が作ってくれたのは、ワイルドクックの姿焼き、ロブスターの炭火焼き、大盛りのトマトパスタ、ゴロゴロ野菜とベーコンのポトフだ。姿焼きには薄く醤油が塗られていて、香ばしい匂いが鼻腔をくすぐる。

ワイルドクックは卵しか食べたことがなかったけど、肉も旨味が強くてとても美味しかった。

「めちゃくちゃ美味いよ！　だから2人も一緒に食べよう？」

「良かったです。いただきます！」

「ふふ、2人で頑張ったんですよ。たくさん食べてくださいね？」

ヨミの言葉通り腹一杯になるまで食べてしまってかなり苦しかったが、不思議とその苦しさも嫌じゃなかった。そして、お腹も膨れて気持ちいいところで、お次は風呂だ。

「内風呂もいいけど、外風呂が恋しいな……」

風呂があること自体素晴らしいことなのだが、切実に露天風呂が恋しい。

はぁ〜、来週から俺も学院の生徒か。まだ早いけど緊張してきちゃったな。

貴族や豪商の子供たちばかりらしいけど、俺は馴染めるだろうか？

どうせだから楽しい学院生活にしたいよね。

「友達できますように！」

ep.16 入学式

俺は家に届けられた制服に袖を通し、学院へと行く準備をしている。ルナとヨミが着せるのを手伝うと言って聞かないので、されるがままだ。

制服はブレザー形式で、ネクタイを巻いている。事前に受付で聞いた話だと、ネクタイの色で平民・貴族がわかるようになっているらしい。もちろん女の子はリボンだ。

生徒はみな平等と言っておきながら、こういう所で区別しているのに違和感しかないが、俺としてはわかりやすくて楽だ。おそらく、教師陣側に選民思想のある人がいるのだろう。

「俺はもうそろそろ行くけど、２人はどうする？」

「私たちは一刻も早くSランクになるために、依頼を受けようと思います」

「なるべく日帰りできるものにしますが、数日かかってしまう場合もありますので、その時はご報告します」

うん、ちゃんと考えてくれているみたいだな。

「わかった。ちょっかい出されそうになって、面倒なことになったらなら力ずくでいいからね」

「なるべくそうならないように努力いたします」

「ふふふ、心配性なんですね」

もし貴族が馬鹿なことをしても、俺が対処すればいい。幸いなことに公爵家とも国王陛下とも知己の間柄だ。こういうのは大いに活用させてもらおう。それでも駄目なら、いつの間にか家がなくなっているだろうな。

「俺は2人にちょっかい出されるのは嫌だからね。我慢は駄目だよ。これは命令だからね」

2人は目を見合わせてキョトンとしている。何か変なことでも言ったか？

「はい、かしこまりました！」

「ご主人様、大好きですよ」

「ヨミずるい！　私もお慕いしております！」

ふふふっ。女性は3人寄ればと言うけど、2人でも十分に姦《かしま》しいな。

「ありがとう2人とも。それじゃあ行ってきます」

「「行ってらっしゃいませ、ご主人様」」

メイド姿の2人に見送られ、学院までの道をゆっくりと進む。

入学式は昼からなので、時間は2時間以上ある。ちょっと早く出たのは学院の中を散策してみようと思ったからだ。

ちょっと寄り道して、肉串のおっちゃんのお店に寄る。

肉や海鮮などを卸して何本かその場で焼いてもらった。これで今日のお昼ご飯は確保だ。ちょっと多めなのはサービスしてくれたのだろう。

学院の制服を着ている俺を見たせいか、家族総出で入学を祝ってくれた。この一家は本当に温かい人たちだ。入学式前だというのに、ジーンとしてしまった。

肉串を1本齧りながら道を進んでいくと、ぽつぽつとだが学院の制服を着ている人たちが見え始めた。俺と同じように散策目当ての生徒だろうか？

「あぁ、この辺は寮が多いのか」

ここらの建物は下宿や寮が多いらしい。王都に住む生徒であれば家から通うことが多そうだが、他国からくる場合はそういうこともありえるのか。

他にも、王都に屋敷を持っていない下級貴族も下宿や寮に入ることがあるのだろう。

さらに歩くこと数分で学院の大きな校門が見えてきた。今日は入学式だが、上級生たちは普通に授業があるみたいだ。

「入学者はこちら、ね」

立て看板に矢印と説明文が書かれていたけど、あえて無視して逆方向へと進む。

せっかく早く来たのだから探検しないと損だろう。それに、念のために気配遮断も展開しているから万が一もない。

最初に目指したのは図書室だ。王都にも大きな本屋はあるが、ここは歴史ある本も数多く置いてあるに違いない。

時折、上級生らしき人とすれ違うが全く気づかれる気配はない。迷宮の30階層でも通じるのだから、学院生に通じない道理がない。

図書室を探しながら歩くこと30分が経った。

「……さすがに広すぎだ。空間把握を使えば一発だけど、それだとつまらないしなぁ」

「あら、どこに行きたいのかしら？」

「えっと、図書室に行ってみたいんですけ……ど!?」

俺の姿が見えている？　未だに気配遮断は解いていないというのに？　特に隠密行動ってわけではなかったけど、こんなにも当たり前に気づかれるとは思わなかった。何者だ？

「あなた、今年の新入生ね？　早めに来て学院を探検してるってとこかしら。私が特別に案内してあげるわ」

「あ、ありがとうございます。えっと……」

「自己紹介が遅れたわね、私はミレコニア。親しい人は私をミレアと呼ぶわ」

「俺はアウルです。今年入学しました。ミレコニアさんは2年生ですか？」

「あら残念……ふふふ。そうよ。私は2年1組だからあなたの1つ上。それで図書室だったわね。案内してあげる。こっちよ」

肩にかかる長さの桃色の髪をした彼女は、人好きするような雰囲気の持ち主だ。思うに、人懐っこいようで実は何を考えているかわからないタイプだろう。

しかもネクタイで判断できるように俺は平民。彼女は貴族のリボンだった。

いくら平等を掲げている学院とは言え、好き好んで平民に優しくするとは考えにくい。考えすぎだったら申し訳ないけれど、右も左もわからない今は慎重なくらいがちょうどいい。

「どうしたの？　こっちよ」

「すみません。今行きます」

彼女に案内されるままに付いていくと、ものの5分で到着した。どうやらかなり近い所までは来ていたらしい。

中に入ると数人の生徒が本を山積みにしながら何かを勉強しているのが見える。

予想以上に蔵書量が多い。すべてを読もうと思ったら、軽く見積もっても10年はかかりそうだ。図書室というよりは、図書館という言葉のほうがしっくり来る。

「凄いな……」

想像以上の光景に圧倒されたせいか、自然と感想が口をついて出てしまう。

「ふふ、凄いわよね。全部で100万冊を超える本があるらしいわ」

あまり本が発達していないというのに100万というのは奇跡に近いんじゃないだろうか。何年もの歳月をかけて集められたのだろう。これは常に入り浸ってしまいそうだ。

「満足そうな顔ね。入学式までまだ時間もあるし、他にも私が案内してあげるわ」

「授業は出なくて大丈夫なんですか？」

「ああ、それはね――」

ミレコニアさんが言うには、1年目は必須科目が多いせいでほぼ毎日フルで授業があるらしいのだが、2年目から必須科目は減るそうだ。その代わり卒業の単位が足りるように選択科目を選択して授業を受けるのだという。まるで大学のようだな。ただ、学びたいものを選べるというのは素晴らしい方針だと思う。

この世界では15歳で成人だと考えると、11歳から主体性を持って行動することの大切さを教えたいのだろう。魔物がいて魔法がある。命が軽い世界ならではの文化の発達なのだろう。

ちなみに、ミレコニアさんは午後からしか授業がないので午前中は暇らしい。せっかくなのでそのあとも案内してもらい、学院について知ることができた。

「ミレコニアさん、ありがとうございました。おかげで迷うこともなさそうです」

「こちらこそ。君にはずっとお礼を言いたかったんだ。……あんな大きな化け物から助けてくれて、本当にありがとう。君は私の命の恩人だ」

そう言って、急に抱き着いてくるミレコニアさん。

「えっと、あの⁉」

「ふふふ、そろそろ時間のようね。また会いましょう！」

飛び跳ねるように去って行ってしまったが、さっきの化け物って言うのはホーンキマイラのことだろう。

もしかしたらフィレル伯爵の家の近くにでも住んでいて、一部始終を見られたのかもな。

直接助けたわけではないけど、間接的に王国を救ったのには違いない。貴族の令嬢でもあれほど常識のある人がいるのだな。俺はつくづく人に恵まれている。

アリスが特別だと思っていたけど、少し認識を改める必要がありそうだ。

「おっと、時間もそろそろだから入学式会場に行かなきゃ」

さすがに５００人が入れるほど広い場所はあまりないようで、場所は屋内の運動場のような場所だった。

10組の列の場所に適当に並んで待っていると、白ひげをたくわえた老人が壇上へと上がった。見た目こそヨボヨボの老人に見えるが、俺にはわかる。多分あの人はかなり強い。それも、今の俺と同等……いや、下手をすればそれ以上だ。

何でもありで戦ったとして、負けないにしても勝てるビジョンが全く浮かばない。

これが魔力とレベルの限界なのかもしれないな。これからは恩恵のなんたるかを研究しないといけないだろう。

宰相も研究して恩恵の能力を少し進化させたと言っていたし、きっと恩恵には先がある。

『諸君、まずは入学おめでとう、と言っておこう。今年は例年を超える受験者数であったため、特例として受け入れ人数を倍にしておる。入学してきた諸君らは、入学できなかった者たちの分まで勉学に励んでほしい。学院の授業は明日から始まるが、式が終わった後は各自決まった教室に行き、担当の教員の指示に従ってほしい。詠唱とスピーチは短いに越したことはないので、最後に一つだけ。この学び舎で3年間いろいろなことに挑み、励み、自分の可能性を見つけ、一回りも二回りも成長してほしい。以上だ』

進行役の教員によるとあの人が今の学院長らしい。名をハワード・モリソン。

ハワード・モリソン……？　どこかで聞いた名前だったけどどこだったかな。

『次に新入生代表挨拶、ライヤード・フォン・エリザベス。前へ』

おっ、どうやら新入生挨拶は王女様のようだ。まぁ、順当といえば順当かな。

「ご紹介にあずかりました、ライヤード・フォン・エリザベスです。大勢の優秀な生徒がいる中、私がこのような大役に選ばれて光栄に思います。私たちはこれから3年間この学び舎で共に勉学に励む仲間であり、互いに切磋琢磨しあう宿敵《ライバル》です。今年の入学者は例年の倍だそうですが、それは出会いが多いということでもあります。すべての出会いに感謝しながら、私は今以上に大きく成長するためにも日々を精一杯過ごしたいと思います。また、この学院では身分差は関係なく平等な立場ですので、どうか気軽に声をかけてくださいね。皆々様に置かれましては、なにかとご迷惑をおかけするかと思いますが、よろしくお願いします」

盛大な拍手とともにエリザベスが壇上から降りてくる。最後の最後まで堂々たるものだった。さすがは王族、威厳やカリスマが段違いだ。本性を知らなかったら騙されていたところだ。デザートを目の前にした時の子供っぽさは皆無だったな。途中目があったような気がしたけど、きっと気のせいだろう。

そのあとも粛々と式が進み、今は教員の指示に従って教室へと移動しているところだ。

クラスは全部で10クラスあり、1クラスあたり50人で全部で500人みたいだ。

教室の中は大学の講義室みたいな構造だった。席は扇型に置かれていて奥に行くにつれて高くなる部屋だ。懐かしいな。

適当に後ろの端っこに座ってぼんやりしていると、頭がボサボサで服もだらしない女性が入ってきた。この人が教員なのだろうが、かなり適当そうな印象を受ける。

ただこの人、めちゃくちゃ美人だ。ミレコニアさんも美人だったけど、この人も尋常じゃないほどに美人なのだ。きちんとした格好をすればどんな男でも落とせそうなほど綺麗である。ただ、胸はあまりないが。絶望的と言ってもいい。天は二物を与えないのだな。

「あー、私がお前らの担任となったモニカだ。今のうちに言わせてもらうが、これでも一応教授だからな～。お前らには言っておかないといけないことがある。この10組は入学者の中でも試験の結果が悪かった貴族か、平民が集まるクラスだ。正直に言えば、期待も何もされていない」

まじか……。平等なんじゃないのかよ。もしかして形骸化されているのか？　もしくは、寄付している貴族が圧力をかけているとか？　まぁ、いろいろ考えられるけどちゃんと学べるのなら問題ない。

「風当たりは強いかもしれないが、私はお前らを1年で一人前にしてやるつもりだ。辛いことも多いだろうが、めげずに私についてこい。私からは以上だ。とりあえず、1人ずつ自己紹介してくぞ～。じゃあ、お前からだ」

モニカ教授の独断と偏見で自己紹介する順番が決まっていく。いつ当たるかと思っていると、なぜかいつまで経っても呼ばれない。

……あれ？　俺以外全員呼ばれたよな？　もしかして――

「じゃあ最後、そこのお前！」

――やっぱり最後だったか。仕方ない。

「アウルと言います。平民です。趣味はだらだらとすることと、料理をすることです。得意な属性は水と雷です。よろしくお願いします」

まばらな拍手とともに席に座る。無難な挨拶を心掛けたから、目立ちはしなかったはずだ。

ただ、数人から値踏みするような視線があったのが気になるな。もしかしたら試験の時の魔法や武術を見られていたかもしれない。

「よ～し、これで全部だな。今日は特に授業はないのでこれで解散だが、何か質問あるやついるか～？　ちなみに彼氏は募集中だぞ～」

美人なのに気の抜けた人だな……。これが俗に言う残念美人ってやつなのか。

誰も手をあげないようなので、これで帰れると思ったらお下げ髪の真面目そうな女の子が手をあげた。

「すみません、明日からの授業日程などを教えていただけますでしょうか」

あっ……。言われてみればそうだ。俺はなんでそんな初歩的なことを忘れているんだ。

「あーすまん、完璧に忘れていた。明日は朝の鐘9つから授業だ。最初は特に教科書はいらんぞ。魔力適性の確認や簡単なレクリエーションをやるから、制服の他に動きやすい服も持ってこい。特に指定はないからなんでもいいぞ～。他に何かあるか～？」

魔力適性か。なんとなくわかっているけど、調べる方法があったなんて、ちょっと楽しみだな。

「なさそうなんで、今日は解散～」

モニカ教授が部屋を出ていくと、いくつかのグループができ始めた。貴族同士の知り合いや平民同士の知り合いなど、意外とみんな知り合いが多いようだ。

田舎から出てきた俺に友達などいるはずもなく。帰ろうとしたら男女の2人組が近寄ってきた。

「えっとぉ、アウル君だよね？　私はマルメッコ。よろしくねぇ」

「うむ、俺はレイナールだ。よろしく」

マルメッコという少女はショートカットで活発そうなのに、喋ってみると意外とのんびりしたような話し方が特徴だった。笑顔がすごくよく似合っている。逆にレイナールは堅物そうな感じで軍人みたいな雰囲気がちょっと怖い。

2人とも顔が整っており美形なほうだと思う。ネクタイとリボンから察するに2人とも貴族だ。

「俺はアウルだ。よろしく。何か用があった？」

「えっとねぇ、アウル君がこのクラスで一番カッコよくて強そうだったから、今のうちに仲良くなっておこうと思ったのぉ〜！」

「うむ、千剣のヨルナードと戦っていた入学試験、見させてもらった。俺はお前の強さが羨ましい。アウルといれば俺も強くなれる気がしたんだ。それに友達にもなれたら嬉しい」

マルメッコが何か言っているが、レイナールの言うことは想定内だ。やっぱりヨルナードとの闘いはかなり目立ってしまっていたみたいだ。

「そうだったのか。いずれにしろ俺はまだ友達がいないから、2人は大歓迎だ。ただ、俺は平民だけど気になるかな？」

「全然気にならないよ〜。強さに貴族も平民もないしねぇ。それに顔もねぇ。アウル君って思った通り優しそうだし仲良くしてねぇ〜？」

「うむ、俺も同意見だ。顔はよくわからんが」

2人とも少し変わっているようだ。というか、俺の周りには変わったやつしかいないのか？

「じゃあ、改めてこれからよろしく。マルメッコ、レイナール」

「こちらこそ～。ちなみに、私のことはマルコでいいからねぇ～」

「うむ、よろしく頼む！　俺もレイでいいぞ！」

「ははは、わかった。マルコ、レイだね」

「私もアウルって呼ぶねぇ～」

「うむ、俺もアウルと呼ばせてもらおう」

なんか、こういうの青春って感じでいいな。畑作業とか魔物討伐ばっかりしてたから、こういう青春みたいなのはほとんどしていなかった気がする。辛うじてミレイちゃんと仲良くなったくらいか？　ルナとヨミはまた別だし。

「そう言えば2人は知り合いなの？」

「えっとぉ～、貴族のパーティーで何回か喋ったことがあるくらいだよ～」

「うむ、その通りだ。他にも友人と呼べそうな知り合いはいたのだが、みんな上のクラスにいるらしくてな。俺に見向きもしなかった」

貴族のしがらみってやつかな。人を見下す俺の嫌いな風潮だ。

「この1年でたくさん成長して、絶対に見返してやろうぜ」

「アウル君頼もしいぃ～！」

「うむ、俺も絶対に強くなるぞ！」

マルメッコは女に嫌われるタイプなんだろうなぁ。可愛いのになんかもったいない。ちょっとボディータッチが多いのは計算なのかな？　掴みどころがないやつだ。

その後も他愛のない話をしたあと、２人は馬車に乗って帰って行った。乗っていかないかと誘われたけど、歩いて帰りたい気分だったので遠慮した。下手に貴族に会っても面倒だしね。

こうして俺の初登校は終わった。

ep.17 魔力適性検査

入学式を無事に終えて、友達も2人できた。順調な滑り出しと言っていい成果だ。どちらも貴族様だったけど、俺は一向に気にしない！

いつものように日の出前に起きて畑の世話をする。魔法で促成栽培をしているおかげで、すでに芽が出始めた。あと数日もすればニョキニョキ生えるだろう。

一度発芽してしまえば、そこからの成長は早かった気がするので、今年は2回収穫するつもりだ。我ながら農家を満喫しているな。いずれは魔法を使わないで育てるつもりだけど、今は見逃してほしい。

冬も畑をやるために、早く温室用の素材を探さないといけない。学院が休みの日に、情報収集がてら散歩でもしよう。

あとやりたいことと言えば、37階層以降の迷宮攻略だ。せめて40階層までは行っておきたい。時間があれば別な迷宮に行ってみるのもありかな。

促成栽培のせいで余計に早く生えてくる雑草を抜いて水をやる。キラキラと朝日に反射する水が、小さい綺麗な虹を描いている。小さく芽吹いている作物たちが嬉しそうだ。

家に戻るころにはいい時間になっていたので、急いで朝ご飯の用意だ。

……俺のほうが使用人感があるのは気のせいじゃないよな？

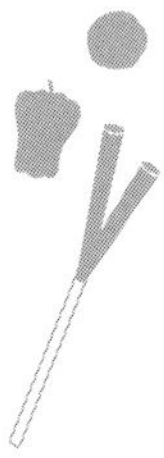

……まぁ、2人にはいつもお世話になっているし、冒険者稼業で疲れているだろう。それに、こういうのは嫌いじゃないからいいんだけどね。

「でも、家事全般用にメイドを1人雇うのもありか？」

急いではいないけど、そういうのも少し考えておこう。そうすればルナとヨミも冒険者に専念できるもんね。

「よし、朝ご飯完成だ」

今日の朝はちょっと手抜きをしてしまった。

全粒粉パンのクロックムッシュ、ベーコンエッグ、サラダ、アプルジュースだ。

それと、生ハムがそろそろいい感じに熟成されている。

クロックムッシュが焼き上がったくらいで2人がのそのそと起きてきた。最近だと朝の挨拶をしたら、何も言わずに顔を洗って皿を準備する流れができてしまっている。

俺も料理は好きだから別に問題はないのだが。

「ご主人様、今日の朝ごはんも美味しいです‼　朝起きれないばかりにいつもすみません」

「うふふ、最近だと私は起きられるようになりましたけど、ご主人様の朝ご飯が食べたくて、いい匂いがし始めてからルナを起こすようにしています」

ここで衝撃の事実が発覚した。というかヨミがルナを起こしてくれていたのか。真面目な恩恵があるのに、なぜか朝は弱いんだよなぁ。これがギャップってやつか？

「ヨミに関しては確信犯だったのか……。まぁ、2人が美味しそうに食べてくれるのは嬉しいから別にいいんだけどね」

2人の食べっぷりは見ていてとても気持ちいいから、こっちも嬉しくなる。

「毎日とっても美味しいです。本当にありがとうございます」

「ふふふ、ご主人様の朝ごはんを食べると、今日も幸せだなって思うんです。今日の夜ご飯は我々が用意致しますので許してくださいね？」

そういや、夜も俺が作ることが多いような。

……さすがに甘やかしすぎたかな？　あえて朝ご飯と夜ご飯を作らなかったら、2人がどんな反応するか楽しみだ。

「じゃあそろそろ俺は行くよ。後片付けは頼むね」

「はい、行ってらっしゃいませ」

「お気をつけくださいね」

これから3年間通う道を歩きながら、今日の魔力適性について考える。

俺は水、風、雷、土の4属性が得意だ。一応、火、氷、無、聖も使えるけど、得意属性よりはまだまだ成長の余地はある属性だ。

逆に、得意属性はこれ以上の成長は望めないかもしれない。ちょっとは成長するかもしれないが、最近は停滞気味だ。それとも、俺の鍛錬が足りないのか？　もっと魔法を特訓する時間を増やす必要があるな。

悔しいことに空間属性は未だに扱えない。従魔が入る亜空間やアイテムボックスが無属性魔法なのが納得いかないが、現に転移魔法や重力魔法は使えていない。これらはいずれも空間魔法から派生するはずだ。

魔力適性検査で空間属性がないとしたら、俺は今ある属性だけということだ。8属性使えるのは十分すぎるほどだけどね。ないものねだりだな。

30分かけてゆっくりと学院に来たつもりだったけど、やや早かったのか教室にはほとんど人がいない。リボンやネクタイから察するに、教室にいるのは俺と同じ平民だけ。

早く来ている数人もすでにグループができており、なんだか今からそのグループに入るのは気が引ける。村にいたころから、同世代と仲良くなるのはあまり得意ではなかったし、意外と俺は人見知りなのかもしれない。レイナールやマルメッコと友達になれたのは本当に僥倖《ぎょうこう》だな。

まだどこのグループにも所属していない人もいるので、今後仲良くなれるといいな。

これからの身の振り方について悩んでいると、マルメッコが教室に入ってきてすぐに俺の横へと腰を下ろした。

「おはよぉ～。アウル朝早いねぇ」

「おはよう。いや、そんなこともないよ。朝は弱いの？」

ただでさえ垂れ目気味なので余計眠そうに見える。これで髪が長かったら完全にのんびり屋さんって印象なんだが。

「いやぁ、昨日はちょっと夜更かししちゃってね～」

世間話をしばらくしていたら、レイナールも教室へ入ってきて俺の横へと座った。マルメッコとは違ってちゃんと起きているようだ。

むしろ軽く息切れしている気がする。

「おはよう、レイ。なんか朝から疲れてない？」

「おはよう。うむ、実は毎朝走り込んでから学院に来るのが日課でな。そのせいだ」

レイナールは努力家のようだ。今更だけど、なんで2人は貴族なのに10組にいるんだろう。なにか不得意とかあるのか？

聞こうと思う前に、モニカ教授が教室へと入ってきて教壇に立った。また今度タイミングが合えば聞いてみよう。

「よしよし、全員いるな。午前中は魔力適性を確認していくぞ。適当でいいから3～4人グループ作って、固まれよ～」

もともとあるグループの人はそこで固まり、グループに所属してない人たちはそこで固まってしまった。後で話しかけようと思っていたのに……。

まぁ、今後何かのイベントで仲良くなれることを祈ろう。

「よし、準備は良いな～。今から魔晶石配るから説明する通りに試してみろ」

モニカ教授が言うには、この魔晶石と言うのは錬金術で作れる魔道具らしく、その人に適性のある属性の魔力を流すと強く輝くらしい。

逆に適性のない魔力、もしくはその属性の魔力を有していない場合に光らないらしい。

魔晶石が開発されたのはつい最近で、2年くらい前から魔力適性検査の際に使われるようになったんだとか。

ルナが学院時代に水属性しか練習していなかったのは、まだ魔晶石がなかったからだろう。

でも、こんな便利なものがあるとは思わなかった。配られた魔晶石は全部で7つ。

説明によると『火、風、水、土、氷、雷、無』らしい。

空間属性と聖属性の魔晶石は配られなかったのだ。

不思議に思ってモニカ教授に聞いてみたのだが――

「空間属性？　それはすでに失われた属性だぞ。聖属性の魔晶石はワイゼラスが囲い込んでいるからほとんど出回らないし、そもそも聖属性なんて持っていたらワイゼラスが引き抜きに来るから学院では聖属性の適性検査はやらないんだ」

――ということらしい。新事実だ。空間属性というのは今のアルトリアでは失われた属性らしい。何か理由があるのか？

さらには聖属性。俺は気にせず使っていた気がする。なんなら、国王にも使ったからな。

……これは黙っているのが無難だ。

もっと言うと、7属性すべて使えるというのも悪目立ちする気がする。この世界の人の標準がわからないからなんとも言えないけど。

確か、ルナとヨミは4属性使えたよな。適性はないけど追加で2属性使えていた。まぁ、追加の2つに関しては発動するかギリギリなところだったけど。

だとすると多くても4属性くらいが無難か。でも下手に隠して後で使えるのがバレるほうが目立つか？　やばい、その辺もルナとヨミに聞いておけばよかった。

……よし、レイとマルコの様子を見てからにしよう。

「じゃあ、最初はマルコからやりなよ」

「えっ……わかった～！」

どうしたんだ？　急に固まったと思ったら笑顔になって。マルコって呼んだのが驚かせたかな？　でも、そう呼んでって言ってたからね。

7つある魔晶石に魔力を流していく。微かに光る魔晶石はいくつかあるけど、強く光るというのはない。

……あれ、あと風属性だけだけど、大丈夫か？

ピカッ
さっきまでに比べると強く光ったのは風属性。それ以外だと微かに光ったのが水と無属性だ。

「わかっていたけど風属性だけかぁ～」

思ったより適正属性というのは少ないものなのか？　いや、まだ答えを出すのは尚早だな。マルコが特別なのかもしれないし、レイナールの結果を見てからでもいいだろう。

「うむ、では次は俺がやろう」

レイナールが光ったのは火と無属性。他の属性については光りもしなかったので、使えるのはこの2属性だけだろう。それでも魔力の適性はマルコよりは多いみたいだ。

「最後はアウルだねぇ～」

こんな状況でやるのはちょっと気まずかったけど、もちろんすべて光った。水、風、土、雷の4属性が特に強く光り、他の3属性も2人の得意属性と同じくらいに光ってしまった。

マルコとレイは信じられないものを見るように俺を見てくる。気持ちはわかるけど友達をそんな目で見るなよ。ちょっと傷つくぞ。

「う、うむ。アウルは実はどこかの貴族の隠し子じゃないのか？」

「それはない。普通に平民だよ」

「アウルは凄いんだねぇ～‼」

全然信じていないようだけど本当なので仕方ない。

「全員終わったな～？　適正属性は羊皮紙に整理したら私の所に報告に来るんだぞ。昼休憩したあとは外の訓練場に集合だ。あぁ、ちゃんと動きやすい服に着替えておけよ～」

ちなみに、お昼はマルコとレイと3人で学食を食べた。もちろん俺は銀貨1枚の食事だ。2人は当然のように金貨1枚の食事を食べたので、さすが貴族だ。外聞とかもあるのかな？

昼からはレクリエーションをやるらしいけど、いったい何をやるんだろう。

なんか嫌な予感がするな……。

ep.18 千剣の男

モニカ教授に言われた通り、動きやすい服に着替えて屋外の訓練場へと移動した。服は適当に買った安い服を着ている。

迷宮に潜る時の装備でもいいかと思ったけど、品質が良すぎるので平民が着ていたら要らぬ面倒を呼び寄せるかもしれないと思ってやめた。

ストレッチしながら待っていると、突如として身を刺すような殺気が飛んできたため、反射的に収納から杖を出して構えた。

「げっ……」

殺気が飛んできたほうを見ると、絶対に会いたくなかった男とモニカ教授が立っていた。

モニカ教授に変わったところはないし、周りにいたレイやマルコにも変わったところはない。

完全に俺だけに殺気を飛ばしてきたようだ。それも、周りの誰にも気づかれることなくだ。

モブA「お、おい。モニカ教授の隣にいるの、千剣のヨルナードじゃねぇか⁉」

モブB「ほんとだ！　試験官の仕事は終わったはずなのになんでいるんだ？」

自己紹介の時に聞き流していたせいで気づかなかったけど、10組にはモブAとBがいるらしい。

試験の時も思ったけど、こいつらの説明能力には舌を巻く。

って……、モブCはどうしたお前ら。ヨルナードよりもそっちが気になるんだが⁉　あいつ試

験落ちたの⁉　それとも違うクラスなの⁉　最近で一番気になるんだけど‼

下らないことを考えながらヨルナードを見ていると、以前よりもニヤニヤした憎たらしい顔で俺のところへと近づいてくる。

「よう、また会ったな。というか『げっ……』って言うのは少し失礼じゃないか？」

「地獄耳ですね、気のせいですよ」

あの距離で聞こえるとか反則だろ。

「カマ掛けただけだよ。遠目でちらっと見えたらそんな顔してると思ったんだ。意外とこういう駆け引きはまだまだ子供だな‼　ワハハハハハハ！」

こんにゃろう。見た目から何歳なのかわからないけど、かなり老獪な人だな。やっぱり関わりたくない。

「おーい、レクリエーション始めるぞ～。午後の授業はお前らがどれくらい動けるのか見させてもらう。対戦相手役には有名なヨルナード先生に来てもらっているぞ～。はい、拍手～」

盛大な拍手とともにヨルナードの紹介が終わる。俺以外のクラスメイトはヨルナードに会えたことが嬉しいのか、浮かれているように見える。

……滅多にお目にかかれないSランク冒険者なうえに、いろんな武勇伝を持っている有名人だ。俺もあの人でなければ幾分違った反応だったに違いない。

「ワハハハハ、今日からお前らに武術を教えることになったヨルナードだ。これから1年間でお前らを鍛え上げるので、覚悟しておくように。最後まで耐えきればC～Dランク冒険者程度には動けるようになれるだろう。まぁ、すでに俺と肩を並べるくらいに強いやつもいるみたいだがな」

最後の言葉と一緒に視線が動いたようだったので、咄嗟に視線を外してやった。だって絶対バトルジャンキーだし、絡まれたら面倒臭そうなんだもん。

「よーし、挨拶も済んだしさっそく模擬戦を始めるぞ～。はじめ～」

モニカ教授がベンチに腰掛けながら模擬戦の様子を見ている。あれ、見てるよね？　目、開いて……ないな!?　よく見ると心なしか頭が船漕いでいるし、大丈夫かあの先生。

その代わりと言ってはなんだが、ヨルナードは1対5で模擬戦をしている。事前に組分けをしていたのか、テキパキと模擬戦を開始している。手際はいいらしい。

「お前らその程度か～？　もっと俺を殺す気でかかってきていいんだぞ～」

かなり張り切っているようだけど、冒険者かつ傭兵の彼がなぜ教師をしているんだろう。

その後も粛々と模擬戦が消化されているけど、なぜか俺だけが呼ばれない。

「嫌な予感がする。――気配遮断」

とてつもなく嫌な予感がしたので、事前に気配を消してみた。誤魔化せるかな？

気づけば俺を残して模擬戦が終了していた。あっという間にみんなやられてしまったのだろう。生徒たちはみんな気絶しているのか、その辺で転がって動かなくなっている。レイとマルコも俺を差し置いて戦ってしまったし。2人の実力を見る間もなく倒されていたな。

俺だけ残したってことは、やっぱりそういうことなんだろうなぁ。

「おし、あとは……あれ。あのやろう、気配を断ちやがったな⁉」

危ないところだった。危うく一対一での模擬戦になるところ――

「見つけたぞ。こんなところにいたのか」

「うわっ⁉」

――見つかった。気配は完璧に消していたはずなのに。

「俺から逃げようなんて100年早いんだよ。俺も教師になんかなるつもりはなかったが、こっちにもいろいろ事情があってな。ついでにお前と戦えるし、一石二鳥ってわけだ。さぁ、ヤろうぜ。なんなら今回は魔法も使っていいぜ？」

「えっ、いいの？」

返事と同時に体全身に身体強化を発動した。さらに感覚強化で五感を研ぎ澄ませる。

「先手必勝っ‼」

卑怯かもしれないけど、一瞬にして距離を詰めて力いっぱい攻撃した。しかし、ヨルナードの驚異的な反射で攻撃を対処された。決めきれなかったか。いったん距離を取ってどう攻めるかを考えた。

特大級の魔法を使ってもいいけど、それでは俺の修業にならない。

ここで魔力を使わずに戦うっていうのもありだけど、負けっぱなしは悔しい。

方針としては、補助魔法と身体強化だけで攻めるのが現実的かな。

一蹴りで10m以上離れていた距離を詰めて、収納から杖を抜き放つ。一瞬のでき事だというのにきちんと対応してくるあたり、さすがと言うべきだろう。

「魔法も堪能に使えるのかよ。そんなに鍛え上げられた身体強化は久しぶりに見た、ぜ！」

俺の攻撃を絶妙に弾き返して距離をとるヨルナード。

「前言撤回だ。俺も魔法を使わせてもらおう。身体強化だけだがな。10歳にして俺に身体強化を使わせたんだ。お前は誇っていいぞ。ただ、お前は今から俺に対応するのは難しくなる。よく注意しろ。——ギア1」

感覚強化した動体視力でヨルナードを追うがかなりギリギリだった。なんとか杖で対応する。ヨルナードも木剣のため、杖が折れるようなことはなかったけど、一撃受けただけで杖にガタがきている。ちゃんと魔力を纏わせた杖なのにだ。

「おお？　これで武器が折れないとかやるな」

驚いているみたいだけど、杖は悲鳴をあげている。負けじと纏う魔力の出力を上げて、杖を強化する。目で追えるギリギリの速さで振りかぶってくるヨルナードに、一度見破られた技を放つ。ただし、前回とは違って剣に雷属性の魔力を通した。

《杖術　太刀の型　紫電》

「なにっ⁉　魔纏もできんのかよ。教えがいのねぇガキだな。しかも、俺のギア1にもなんとかついて来やがるし、10歳とは思えねぇな。ただ、俺はもっと速くなるぜ。——ギア2」

直後、ヨルナードが消えた。空間把握や気配察知をフル動員、さらに感覚強化で触覚と聴覚を強く意識する。もはや目に頼るのは限界だろうから、音と風の揺らぎに頼るほかない。移動速度が速すぎて空間把握でも完全には捉えきれていないからな。

　油断なくヨルナードの気配を追っていると、首筋にゾクリと悪寒が走った。咄嗟に杖を後ろに出して首筋を防ごうとするが、剣がぶつかる音がしたのはまさかの正面からだった。

　後ろからくると思った攻撃はなぜか前からだった。指輪の自動障壁展開がなかったら完全にやられていただろう。

「おいおい、お前その指輪の魔力波動……魔道具か。木剣とはいえ、俺の斬撃を防ぐとはその魔道具も半端じゃないな。だが、これで俺の勝ちだな。障壁がなけりゃお前は死んでたぜ。まぁ、寸止めする予定だったから、本当に死ぬわけじゃないが」

「……負けました」

　悔しいがヨルナードの言う通りだ。完全に後ろだと思ったのに、実際の斬撃は前だった。どうやったかはわからないが、ヨルナードはあれでもまだ本気じゃない。ギア2とか言ってたけど、さらに上の段階があるかもしれないしね。

　俺も身体強化を全開で戦った。それなのに勝てなかったのは、完全に俺の上を行ったということだ。魔法を使えばもっとやりようはあるだろうが……。

「お前、かなりセンスがいい。ただ、魔法に頼りすぎだし格上との経験が少ない。魔物相手には通じるだろうが、対人経験が全くと言っていいほど足りていない」

「……悔しいですが、俺もそう思います」

「ほう、意外に素直じゃないか。素直なやつは嫌いじゃないぜ。今後1年は俺がお前を鍛えてやるから安心するといい。……こんなに面白くて壊れない玩具は久しぶりだからな」

おい⁉　最後のほう小さく喋ったつもりだろうが、聴覚強化のせいで聞こえたぞ。玩具って、生徒をなんだと思っているんだ⁉

本当に学院とモニカ教授は何考えているんだ。

憤慨しながらモニカ教授に視線を移すと、完全に寝落ちしている。鼻ちょうちんを作っている美人というのは初めて見たが、残念という言葉では言い表しきれないほど残念である。

ヨルナードとの戦闘は時間にしておよそ2〜3分だったが、半日以上戦ったくらい疲れていた。慣れない戦い方だけど、もっと練習が必要そうだ。

考えてみれば、今までは勝てるかどうかわからない勝負というのはほとんどなかった気がする。最近執事のセラスと戦ったくらいか。

今後はルナやヨミとも模擬戦をして戦闘経験を積んでいけば、俺はさらに強くなれるはずだ。

これはもう開き直って授業を真面目に受けるしかないな！

周囲に視線を移すと、倒れていたはずの生徒たちも目が覚めていたのか、送られるキラッキラした視線が凄い。まぁ、バケモノ扱いされなくて良かったけど、こんな目で見られるのは慣れてないからむず痒い。

特にレイの目が怖かったけど、あえて触れないでおいた。男に見つめられる趣味はない。

その後、簡単にクールダウンしていると他の生徒がモニカ教授を起こしたのか、いつの間にか教授の周りに生徒が集まっていたので、急いで教授の下へと走った。

「よーし、お前らの強さや特徴はおおむね把握した。あとでお前らに提出させる魔力適性の羊皮紙も確認したうえで、今後の指導方針を決定するからそのつもりでいてくれ～。ちなみに、今後1年間は午前中に基礎科目として王国の歴史や算術、午後からは魔法の基礎理論と基礎武術についてだ。変更がある場合はその都度追って連絡するから、私の話はちゃんと聞いておけよ～。今日はこれで終了だから、着替えて帰っていいぞ～」

今日はこれで終わりみたいだけど、かなり疲れた。だが収穫の多い1日でもあった。レイとマルコも相当疲れていたのか、いつの間にか帰ってしまったし。

本当は図書館に籠って本を読んで紅茶を飲み、お菓子を食べたい。

一年目は難しいかもしれないけど、二年目は絶対ぐうたらしてやる。そのためにはさっさと単位とってしまわないといけないけど……。

家に帰ると、ルナとヨミがすでに家にいるらしく、夜ご飯を作り始めているようだ。匂いから察するに、今日はパンかな？

あとは、お肉を焼く炭火のいい匂いもキッチンに充満している。

「おかえりなさいませ、ご主人様。本日もお疲れ様でした！」

「ふふふ、もう少しで夜ご飯ですのでリビングでお待ちください」

ちらっと見えた感じだと、焼きたてパンに炭火で炙ったチキンと葉野菜を挟んで食べるみたいだ。あとは野菜スープかな。

ソースは以前教えた醤油と野菜を合わせた秘伝のオリジナルソースを使うようだ。これは夜ご飯としてのメニューかどうかは置いておくとして、味は絶対に美味いだろう。

しかし、サンドイッチ形式にするならそろそろマヨネーズが必要だ。切実に。異世界転生といえばマヨネーズと言われるほどの代名詞だ。

ただ酢は見つかっていないので、ワインビネガーで代用するしかない。卵黄はワイルドクックの物があるし油もある。塩と胡椒も買ってあるからいけるはずだ。

2人がご飯を作ってくれている間に、材料を混ぜ合わせ丁寧に作り上げていく。攪拌が大変だけど身体強化を使えばなんてことはない。いや、疲れるけど。

魔物の卵なのでまた判断が難しいけど、菌がいるかもしれないので聖属性の浄化を発動しておく。聖属性魔法の使い方としてはもったいないかもしれないけど気にしない。

「お待たせしました！」

「あら？　その白いソースはなんですか？」

「これはマヨネーズだよ。2人が作ってくれたサンドイッチにアクセントとしてこれも塗ってほしいんだ」

言われるがままにマヨネーズを塗った2人と一緒に、サンドイッチへとかぶりつく。

「うん、美味いね！」

「わぁ‼　とっても美味しいです！」

「ふふふ、これ濃厚で好きです」

炭火の香ばしい香りと秘伝のソースが絶妙にマッチしている。さらにその味に花を持たせてくれる爽やかなマヨネーズの味とコク。魔物の卵だからかはわからないけど、くどくなくさらっと口の中を通り抜けていくのは感動ものだ。野菜のシャキシャキとした食感もさらに食欲をそそる。

「夜ご飯にサンドイッチ？　って思ったけど、そんなの感じさせないほどに美味いよ！」

「いえ、ご主人様に教えていただいたものばかりですし、それにこのマヨネーズがさらに味を際立たせています！」

「ふふふ、頑張った甲斐がありました。ご主人様に喜んでいただけて嬉しいです」

２人は今日も冒険者として働いてきたようだ。最近だとレブラントさんがいろいろな採取クエストを出しているらしいけど、そのどれも難度が高いためにほぼすべて指名依頼ということになっているらしい。レブラントさんも容赦ないな？

まぁ、依頼で得たお金は好きにしていいと言ってあるし、最近は特にお金を使うようなこともあまりないようでどんどん家に貯めているらしい。いつか何かに使ってほしいものだ。

夜ご飯を食べてホッと一息入れていると、夜も遅いのにドアがノックされた。ヨミに頼んで対応してもらったら、見たことのある騎士が来ているとのことだった。

「アウル、久し……ぶり」

家へと訪れてきたのは第２騎士団副団長のサルラード・イルリアさんだった。

「えっと、こんな時間にどうしたんです？」

「国王、から話が……ある、から……来て。そっちの、２人……も一緒で、いい」

この人は本当に喋るのが苦手なんだな。別にわかるからいいけども、なんとかならんものかね？　顔が美人なだけに惜しいと思う。

国王に会いにいくのは仕方ないとして、その前に情報収集をさせてもらおう。

「とりあえず立ち話もなんなので中にどうぞ。新しいお菓子もありますよ？」

「新しいお菓子……‼　もちろんいただくに決まっている。国王の話なんか別にまた後でいい」

騎士としてそれでいいのか？　まがりなりにも仕える主だろうに。まぁ、俺としてはありがたいのでいいけど。お菓子は王女とアリスに作った残りのフルーツタルトだ。

そういえばお菓子の話になった途端に流暢に喋り始めたな。お菓子については別に脳内回路が構築されているのだろうか。

ソファーに座るや否や、出したフルーツタルトを頬張り始めた。それも一口一口余すことなく堪能しているような食べっぷりだ。少し大きめにカットして出したけど、足りなそうだな。

「これは第3王女が言っていたフルーツタルトというお菓子。ずっと自慢されていたので気になっていた。これもクッキーに負けず劣らず素晴らしい。サクッとした生地に甘すぎないこのクリームと甘酸っぱい果物が見事に調和している。さらにこのお菓子にベストな紅茶。蒸らし方も完璧。金貨5枚払ってでも毎日食べたいくらい美味しい。アウルはいい仕事するね」

やはりすごく流暢だ。やっぱりこの世界の人たちは食レポがうまい。これは文化なのかな。俺として褒めてもらえて嬉しい限りだけど、練習でもしているのだろかと疑ってしまうレベルだ。

そうだ。国王からの話っていうのがなんなのか、事前に聞くんだった。

ep.19 国王陛下再び

俺は今、ルナとヨミを連れずにイルリアさんと2人で王城へ向かっている。2人はいつもの如く付いて行くと言ってきたが、あえて断っておいた。

「……本当に、よかった……の？　来たそう、だった」

「はい、あくまで指名は俺みたいなので」

別に連れて行ってもいいのだが、厄介ごとの予感がするので俺1人で行くことにしたのだ。

イルリアさんが言うには、宰相の件で少し話があるのだという。仮死状態で国に引き渡したとは言え、それ以降どうなったかはちょっと気になっていたところだ。

イルリアさんにもそれとなく聞いてみたものの、国王の用件は知らないらしく、肝心の内容は聞けなかった。

結果だけ見ればスイーツを振る舞っただけな気がする。……まぁ、そういうこともあるさ。

この世界は娯楽や甘味に飢えているのは間違いない。奴隷商の時のように、この世界ではお菓子による交渉というのが切り札にさえなり得る。

この調子でもう少し広まってくれれば、俺は何かあった際にお菓子を使えば優位に立てる可能性が広がる、……と思う。

こうやって、ちょっとずつ布教していけば、いつかこの努力も実を結ぶはずだ。

損して得とれとはよく言ったものだ。

まぁ、そんなわけで王城へと向かって歩いている。ちなみに、今日は学院が休みだ。イルリアさんが来たのは遅かったたし、次の日も学院だったので、イルリアさんが来てから3日経っている。そんなに遅くなってしまっていいのかと不安だったが、イルリアさんも急がなくていいと言ってくれたし大丈夫だろう。こうして今日も迎えに来てくれたしね。

……だったら、最初から「来て」なんて言わないでくれよな。紛らわしい。すぐ行かないと行けないかと思ったわ。

城門について、衛兵にイルリアさんが話を通している。役職もかなり上のため、すぐに通ることができた。衛兵とイルリアさんに連れられて城内を歩いて行くと、以前見た謁見の間ではなく応接室へと通された。

「もうじき国王陛下がいらっしゃる。暫しここで待て」

部屋の中にはいかにも高そうなソファーが置いてあり、テーブルも凄く重厚感のある木製だ。すぐにメイドさんが入ってきて紅茶を入れてくれる。お茶請けはこれ見よがしにクッキーである。ここまでくればもう確信犯だろう。

クッキーはレブラント商会が大々的に発売しており、一般的には庶民向けと貴族向けの2種類が販売されていると聞いた。

今出されたクッキーはレブラント商会の中でもお得意様にしか販売しない一番高いものだろう。たまに卸している蜂蜜と果物のジャムをふんだんに使った逸品だ。美味い。

待つこと30分で国王と、見たことのないお爺さんが入ってきた。

「すまない。待たせたかな」

「いえ、紅茶とお菓子を楽しませていただいておりました」

「それは良かった。最近クッキーが大々的に売り出されたようなのでな。よく買っているのだ。余の妻も毎日お菓子を食べておるわ」

「王妃様もですか‼　それは売り出している商会も鼻高々ですね」

まぁ、レブラントさんのことだから、それでも満足せずにもっと上を目指してそうだけど。

「よう言うわ。平民にしておくにはもったいないほどの胆力よ」

国王には俺がレシピを売ったことがバレているらしい。国王の情報収集能力もかなりのものだ。

「ええっと、そちらのお方は？」

「おっと、紹介が遅れたが余の隣にいるのが新しい宰相となったアグロムだ」

「宰相となったオルマーニ・フォン・アグロムです。君が英雄アウル君だね。よろしく」

凄く物腰の柔らかそうな人だけど、感じるオーラは初老のそれではない。もしかしたらなかなかの狸かもしれない。宰相になるくらいだし、油断はできないぞ。

「私がアウルです。英雄だなんて恐れ多いですよ。たまたまです」

「ワハハハハ、たまたまでSランクの魔物を倒せるならこの世界はもっと殺伐としているよ」

たまたまは言い訳として無理だったか。でも今更実力を示せとか言われても困るけどね。

「それで、私に何か用でしょうか？」

「余が話そう。アウルが仮死状態にしてくれた前宰相だがな。何者かに毒を飲まされ、死にかけたのだ。幸い、回復が間に合ったおかげで死にはしなかったのだが、脳に深刻な損傷を負った。話すこともなにもできなくなってしまったのだ。しかも、回復魔法を一切受け付けない有様だ」

ほら厄介ごとだ。俺はもう関係ないというのにこんな話聞かせないでよ。これじゃあもう関係ない振りできないじゃないか。それにしても毒か。まだあの事件は完結してないということか。

「驚いているようだな。正直、話せなくなったことは痛手だが、そこまで問題ではない。一番問題なのはその犯行が城内だということだ」

国王によると安易に仮死状態を解くのではなく、事前にやつの恩恵を完璧に封じるための結界を張っていたらしい。そのうえでいろいろと話を聞こうとしていたそうだ。

ただ、宰相の捕縛後、引き継ぎやいろいろと国を落ち着かせるために日数がかかり、やっと宰相から話を聞こうと思った矢先のでき事だったようだ。

さらには城内なので確実にそれを手引きしたものがいるのだが、それがわからないと言う。

「……かなり国家機密な内容だと思うのですが、なぜそれを私に教えるのですか？」

「いやなに、あいつは最後にいろいろ言っていたそうじゃないか。だから何か手掛かりになることを言ってなかったかと思ってな」

嘘つけ。そんなの建前で、裏では俺をこき使ってやろうというのが見え見えだぞ。

でも手掛かりか……。確かにルナとヨミの魔道具越しではあるが話は聞いていた。それに、気になる点もいくつかある。

・王族しか知り得ない進化の宝玉のことを知っていた。
・恩恵について研究し、恩恵の可能性を地方の村で実験していた。
・10～15歳のころにいろんな街を巡って勉強し、知識を得た。
「こんなところでしょうか？」

気になる点について言うと、なにやら黙り込んでしまう2人。この2人も同じことに気づいていたのかもしれない。

正直言うと、元宰相の話を聞いた時点で気になってはいた。ただ、これ以上首を突っ込むのもどうかと思ったし、ルナとヨミが一通り騎士団とリステニア侯爵に報告したと言っていたので問題ないだろうと思っていた。

2人の様子を見る限り、大事な部分はどこかで握りつぶされたか、2人の説明に不備があったのかもしれないな。まぁ、あの時は体調も悪かったからそれも頷ける話だ。

「報告された内容にない話がありましたか？」

「うむ、1つだけ聞いてない情報があった。それを聞くと、違和感を覚えざるを得んな」

「そうですな。確かに変です」

2人に詳細を聞いてみると、やはり違和感を覚えたのは俺と同じ所だったみたいだ。

ep.20 学院祭①

前宰相が言っていた中で違和感があるのは3番目だ。

寒村出身だと言う宰相が、街を転々として知識をつけたと言っていた。だけど、実際にそんなことは可能なのかということだ。

5年もあればできそうに思えるが、寒村出身の前宰相はお金をほとんど持っていなかっただろう。

働こうにも寒村出身だとすると、高給な仕事に就けるとは考えにくい。さらには知識をつけたとして、それをどうやってガリウス侯爵家に見初められたのか。正直謎は多いと思う。

ここから考えられるのは1つだ。

「何者かによる援助や手助けがあった、と考えるのが一番しっくりきますな」

「うむ、余もそう思っておった。当時のガリウス侯爵は亡くなっておるし、真相は闇の中か」

何者かによる介入があったのは間違いない。ただそれが誰なのかわからないのだ。

その何者か、ないしその関係者が前宰相に毒を盛った可能性が高い。テンドと名乗ったあいつも一応容疑者の1人だけど、勘があいつではないと言っている。

むしろ、テンドなら何か知っていそうな気もするけど、会おうと思っても会えるものじゃない。

「あいわかった。とりあえずアウルのおかげで何を調べればいいかの方針は決まった。今日はこれで帰ってよい。もし他に何か思い出したりしたら、この手形を衛兵に見せれば余に会えるようになっておる。すまないが、もうしばらく余に手を貸してくれ」

「畏まりました。できる限りお手伝いさせていただきます」

「うむ、それで良い。これも余への貸し1つということでよいか？」

なぜかニヤニヤとしているのが気になるが、別段欲しい物もないからな。

「はい、それでお願いいたします。それではこれで失礼させていただきます」

ということで何かあったら手伝うということになってしまった……。まぁ、一度乗りかかった船だし、順当と言えば順当か。

なんで俺はこんなに首を突っ込んでいるんだろう。ただの平民だというのに。とにかく、テンドに会うことがあったら今回のことを聞いてみよう。それまで俺にやれることはないしね。

家に帰ると、2人は家にはおらず今日も冒険者として頑張っているらしい。

最近はレブラント商会にレシピを売ったおかげで、前ほど忙しくはない。その分、学院があるから状況は変わっていないけど。

「冒険者かぁ」

正直、お菓子作りには少し飽きていた節もある。もともと飽きやすい性格だったけど、転生した今でもあまり変わらないらしい。

最近学院に通うようになって、ヨルナードによく模擬戦をさせられている。もはやクラスメイトはレイとマルコ以外は俺から少し距離を置いているようにさえ思う。

もしかしたら化け物に見えているのかもしれないが、そんなこと今はどうでもいい。

要は、俺が冒険者に魅力を感じなくなったということだ。冒険者は自由だというのが世間の知るところだが、本質はそこまで自由ではないということだ。

……冒険者として成功した今、２人は解放されることを望んでいるだろうか。

「ただいま帰りました！」

「うふふ。ご主人様、今帰りました」

「おかえり２人とも。夜ご飯作っておいたから食べようか」

今日はパン、ロールキャベツのトマト煮、春野菜のサラダ、ワイルドクックの炭火焼きだ。

今日のロールキャベツはかなりの自信作である。トマト煮込みかコンソメ風か迷ったが、俺は断然トマト煮込み派だ。異論は認めない。強いて言うならクリーム煮は認める。

「ねぇ２人とも。……奴隷から解放されたい？」

「⁉　なぜ急にそんなことを！　私たちはお邪魔ですか⁉」

「な、何か私たちに至らないところでもありましたでしょうか？」

俺の言葉に驚いたのか、２人ともかなり動揺している。ルナに至っては半泣き状態だ。

「落ち着いて２人とも。そうじゃないんだ。２人はよくやってくれているし、いつも助かってるよ。ただ、２人は冒険者としてすでに成功している。だから今後どうしたいか聞こうと思っただけなんだ。解放したあともここにいてほしいと思っている」

「……私は、仮に奴隷から解放されてもここにいたいです。私の居場所はここなんです。それに、奴隷であればご主人様との繋がりがあるようで嬉しいんです……」

「私もここにいたいです。私のかつての仲間は死に、新しい仲間を得ました。それに、大好きなご主人様もできましたしね」

そこまで想ってくれていたというのはかなり嬉しい。というか今すぐ抱きしめたいが、ここはグッと我慢だ。まさか奴隷でいたいなんて言われるとは思わなかったけど、嬉しいと思ってしまったのは内緒だ。

「２人の気持ちはわかった。これからもよろしく頼むよ。でも何かあったらいつでも言ってね」

それとは別で、２人には週一回は休暇を与えることにした。今までも休暇は随時与えていたけど、絶対に週一で休むように厳命した。

こうでもしなければ2人が延々と冒険者稼業を続けるだろうし、少しでも自由をあげたいと思ったからだ。２人も休日になるとなにかと忙しそうにしているみたいだし、王都に知り合いができているみたいで良かったと思う。

どうなるか不安だったけど、話して良かったな。もともとそこまで考える性格ではなかったかもしれないけど、なんだか自分が自分でないような感覚がある。

10歳というのは、俺が思っている以上に情緒不安定なのかもしれないな。

国王との対談後、特にテンドが現れることもなかったため、平和な日常を過ごしている。

時が経つのは早いもので、俺が学院に入学してはや1ヶ月が経過した。

学院にも慣れたし、クラスメイトともちょっとずつ話せるようになってきた。なぜか腫れ物を触るような扱いを受けている気もするが、確実にヨルナードのせいだ。そうに違いない。

とはいえ、それ以外に今のところ目立った問題はなく、至って順調な学院生活を送っている。

貴族の子息に絡まれるのを想像していたのだが、全くと言っていいほどそれがない。

理由としては、たまに王女様やアリスが話しかけてくるからだと考えている。もしかしたら入試の時の試験結果を知っているやつらが、何か吹聴している可能性も考えられるが。

噂話程度はよく耳にする。「平民のくせに王女や公女と仲良くしやがって」や「平民が調子に乗りやがって」などの嫉妬の混じった噂だ。

まだ噂程度だが、今後どうなるかは気にかけておいたほうがいいかもしれない。まぁ、手を出してくるようなら、ちょっと『お話』してあげるだけだ。いつの時代も肉体に語りかける言葉は、手っ取り早いコミュニケーションだからね。

教室でいろんなことを考えていると、モニカ教授が教室へと入ってきた。

「よーし、全員揃ってるな。今日はお前らに伝えることがあるから聞き逃すなよ～」

モニカ教授にしてはいつになく真面目な顔つきだ。何かあったのだろうか?

「伝えるのが遅くなったが、1ヶ月後に学院祭が開催される。その時にクラス単位で何か出し物をしないといけないのだが、それをみんなで考えてほしい。ちなみに他のクラスは上級生含めてすでにやることが決まっているので被らないようにしてくれ～」

本当に今更だな。1ヶ月後というのは時間があるように見えて、実はあまり時間がない。

「ここに他のクラスの出し物が書かれているから確認してくれ。ちなみに、学院祭は例年通り3

日間開催されるからな～」

　すでに他クラスが選んだ出し物をクラスメイトの女の子が黒板にどんどん書き出してくれている。黒板に書かれていく内容はなんだかかなり異様なものが多く、前世で経験した文化祭とは全然違う物ばかりだった。

・上級貴族体験
・美味な料理を食べる会
・軍馬試乗体験
・魔法実演見学会
・演劇「勇者と魔王～最後の戦い～」
・貴族交流会
・社交ダンス体験
・メイド喫茶

　書き始めたらキリがないが、メイド喫茶がこっちの世界にもあったとは。いや、アルトリアのほうがメイド文化は根強いのか？

　一応、平民もターゲットにしているようだけど、本当にこれに参加する平民がいるのだろうか。疑問は残るが、あえて言うまい。

　それにしても、演劇はちょっと見てみたい。あ、最上級生がやるのか。なおのこと見てみたい。

「言い忘れていたが、出し物では客から金を貰うことになっている。そして収益が一番大きかった組には、学院長から豪華賞品が用意されるから気張っていけよ～」

この規模の学院の豪華商品というと、少し期待してしまうな。これは学院生活を楽しむためにも少しやる気を出してみるのもいいだろう。

どうせだから思いっきり楽しみたい。もちろんある程度の自重は必要かもしれないが。面倒ごとは嫌だが、俺も年相応に遊びたいし友達と青春したいんだろうな。

前世の記憶があるとはいえこの世界では10歳だし、精神はもうアウルそのものだ。

となれば、学院祭ではなにをやるかだけど。

クラスの内訳的にはほとんどが平民か商人の子供。あとは貴族の子息息女が少人数といったところ。

平民と言っても、各地方の貴族に認められた子供たちばかりで、メイドの子供や貴族に縁のある平民の子供が多い。

なので、ある程度の知識と教養はあるだろう。

このクラスで幸いなのは、威張り散らしている貴族の子供がいないことだ。いや、ほんとに。レイもマルコも平民に優しいし、他の貴族の子供も平民への理解があるから、クラスには恵まれた。これほど整ったクラスならば、一致団結すればいい線狙えるんじゃないか？

「剣術会、パン屋、休憩室……微妙だなぁ」

黒板にいろいろ書いてくれていた女の子が仕切ってくれているが、あまりいい案は出ていないみたいだ。

急になにか案を出せと言われても、平民にはピンとこないのも頷ける。学院祭では平民、商人、貴族など誰でも参加できる決まりになっているため、収益1位を目指すなら幅広い客層を掴む必要があるだろう。まぁ、貴族の影響力が高いのはわかっているけど。

そうなると、やれることは自ずと決まってくる。

「アウルはなにかいい案ないの～？」

「うむ、それは俺も思っていた。アウルならば妙案を考えていそうな気がする」

マルコとレイの期待が凄いが、いくつか思いついている案はある。

「他のクラスや上級生とも被らないようにしつつ、収益を上げやすいものとなると、やっぱり食べ物系じゃないかな」

「それは私も考えたけど～、他のクラスも料理を出す店はあるよ～？」

マルコの言い分ももっともだ。確かに料理を出す店は多くあるかもしれない。だが、そのどれもが店内で食べる物ばかりなのだ。

他のクラスは基本的に貴族や豪商で構成されており、気づかないのかもしれない。

「いや、俺だったら屋台形式で料理を売るよ。そうすれば食べ歩きもできるし、なにより食べ歩いてくれればそれが良い宣伝になるだろ？」

これだけ広大な学院ともなると、宣伝をうまくやらなければ客の確保は難しいだろう。ましてや俺たち10組ともなればなおさらだ。

貴族だったら何かしらの伝手で宣伝するだろうが、俺たちにその案は使えない。

「なるほど……、それは考えつかなかった。ただ、貴族となると食べ歩きを嫌う者も多くいると思うが、そこはどうする？」

「確かにそれもそうか……。ん、休憩室？　そうだ、食べ歩きを嫌う人には、食べるための場所を提供するんだ。それもグレードをいくつか用意してね」

考えついたのは3段階の飲食スペースだ。もちろん回転率を上げるために、時間制限は設けさせてもらうつもりだ。たまたま黒板に書いてあった案が閃きになったな。

平民は食べ歩きに不満はないだろうし、貴族でさらに特別な思いをしたい人や見栄を張りたい人の虚栄心をくすぐるいい案だと思う。

そうなれば、屋台で売る物についてもグレードをつけたらどうだろうか。

平民や商人相手には銅貨や銀貨で買えるくらいの価格帯を。貴族の方には金貨で買えるものを用意しておけば、さらにわかりやすいのでは？

「──というのはどうかな？」

俺の考えたことを説明したら、満場一致で屋台に決定した。

教授もなぜかノリノリで、場所の確保は任せろと出て行ってしまった。どうやら、場所決めの会議は今日だったようだ。

……こんな大事なことを忘れているとか、あの人は大丈夫だろうか？

「屋台をやるのは賛成だけど～、何を売るか決めないとねぇ～」

「うむ……、食べ歩きしやすい物で収益を上げやすい物となると、なかなか難しいな」

「そういえば、材料は自分たちで揃えることになるのかな？」

その質問は進行役の女子から返ってきた。さっき教授がその子に説明していたようだ。

「例年通りだと、基本的には自分たちで揃えるのが原則らしいわ」

話によると、材料の仕入れに決まったルールはないらしく、一般的には貴族たちが家の力ですべて用意しているらしい。そのせいで平民が多く集まる10組は最下位になるのは必然だそうだ。

一応、学院から支度金としていくらかお金が出るらしいが、支度金以上のことをやりたい場合は、各自で出すのが暗黙のルールとなっているんだとか。

裏を返せば、自分で用意できるものならなんでも使えるということだ。

「ということは、実質なんでもありということじゃないか」

「そうなるねぇ～」

「うむ、何でもありの戦いになるというわけか。望むところだ！」

レイはとりあえず落ち着け。

万人受けする食べ物でなおかつ調理が簡単、さらにはグレードが調整しやすい食べ物と言えばなんだろう。もっと言うと食材の確保が簡単であればなおいい。

「万人受けして大量に作れて安上がり……、唐揚げか」

思いつくものと言えば、やっぱりから揚げだろう。

油は手頃な値段で買えるし、肉はルナとヨミにお願いすれば問題ないだろう。

あとはどうやって食べ歩きにするかだけど、安定にピタパンかな？　王都だとレブラントさんのおかげでかなり流通しているみたいだし、親しみやすいはずだ。

あとはソースやタレだけど、甘辛くしたら葉野菜やピタパンとも相性が良いに違いない。

あとは塩から揚げとレモンや、マヨネーズとから揚げでもいいだろう。

これくらいならお手軽だし、調理も簡単だ。それに仮に広まったとしても問題ない。タレは俺のほうで用意すればいいだろうし、レシピは公開しないから完全には真似できない。

屋台の案として肉串なども候補に挙がったけど、俺の案を言ったら即座に採用された。

必要な機材はレブラントさんに頼めば用意してくれるだろうし、肉も今日帰ったら２人に頼んでおこう。１ヶ月もあれば相当量が確保できるはずだ。

目指すは収益1位。

「10組の下克上をしてみようかね」

ep.21 学院祭②

「というわけだから、悪いけど食材確保をお願いしてもいいかな？」

「もちろんです！」

「ふふふ、たっぷりと集めておきますね」

「せ、節度をもってね……？」

サンダーイーグルには悪いが、美味しくいただくので成仏してほしい。南無。

「……ということは……」

「……そうね……せてちょうだい」

2人がこそこそ話しているみたいだけど、大丈夫かな……。何も企んでなきゃいいけど。

ルナとヨミのやる気が半端ないけど、やっぱり頼られるのが嬉しいのかな？　これからは何かあったらもっと頼るとしよう。

当初予定していた甘辛チキンだけど、ここにきてコチュジャン作成に使用する唐辛子の確保が難しいことに気が付いた。

この世界ではまだ香辛料はあまり出回っておらず、高級品だ。胡椒は比較的出回っているみたいだけど、唐辛子は見たことがない。

「悩んでも仕方ないか」

餅は餅屋。困った時のレブラントさん頼みってことで、さっそく商会の前に来た。

レブラント商会に入る前に様子を窺うと、皆が皆忙しそうにしている。今日も繁盛しているらしい。喜ばしいことだ。

店内をぶらぶらしていると、レブラントさんと会えたので、少し話す時間を作ってもらえた。

「トウガラシかい？　うーん、聞いたことがないなぁ」

「そうですか……」

頼みの綱であるレブラントさんも知らないとなると、困ったことになった。もしかしたら唐辛子自体の存在が認識されていない、または唐辛子がない可能性もある。

それを今から見つけるっていうのは難しいか？

「でも……」

「はい？」

「参考になるかわからないけど、帝国の辺境では辛い物を好んで食べる村もあるそうだよ。帝国に行商に行った際に、その香辛料を買い付けようと思ったら、村の人たちが頑なで買えなかったけどね。名前は確か『レッドチリ』とか言ったかな？」

「それだ！」

赤唐辛子や青唐辛子はレッドチリやグリーンチリとも呼ばれている。もしかしたらそこに行けば手に入るかもしれない！

「レブラントさん、その村の場所を教えてください！」

「それは良いけど、かなり遠いよ？　馬車で往復しても15～20日はかかる距離だ」

15～20日⁉　それはさすがに厳しい。交渉にも時間がかかるかもしれないし、俺が最速で走ったとして、10日はかかるだろう。

「……それはちょっと、厳しいですね」

「今更だけど、何に使うつもりだったんだい？」

レブラントさんに学院祭の出し物で屋台をやること、そこで香辛料をふんだんに使ったものを売ろうとしていることなどを説明したら、爛々と目を輝かせていた。

「アウル君はまた楽しそうなことをしようとしているんだね。良かったらそれ、私にも一枚噛ませてもらえないかい？　無論、協力は惜しまないよ」

今や王都でも有数の大店となったレブラント商会の力を借りられるとなったら、百人力だろう。宣伝や細かい材料や休憩スペースの装飾などをお願いできるかもしれない。もともとお願いするつもりだったけど、レブラントさんに言われるとは。

「レブラントさんならそう言ってくれると思っていました。詳細ですが――」

出し物の集客方法やコンセプトを説明していくと、この世界ならではの宣伝方法を教えてもらえた。それを踏まえて全力のバックアップをしてもらえる約束をとりつけた。

他のクラスも貴族の力を当たり前のように使ってくるんだから、これくらい別にいいよね。

話し合いが終わると、また忙しそうに仕事へと戻っていった。話によると最近力をつけてきた商会があるらしく、負けていられないらしい。

レブラントさんとの打ち合わせを終えて、いろいろ考えごとをしながら歩いていると、人にぶつかってしまった。

「あ、すみません。考え事をしていて前を見ていませんでした」

「おう坊主、歩く時はちゃんと前を見て歩くんだ……ぞっ⁉」

見た目は完全にヤクザな人だったのだが、俺の顔を見た途端に驚いたように見える。

あれ、この人に会ったことないよな。もしかしてどっかで会ったことあったかな？

「えっと、大丈夫ですか？」

「あ、えっと、坊ちゃん。私なら大丈夫ですから！　ではこれで‼」

なんだったんだ？

『最近急激に力をつけてきたナルミヨ商会のトップがヘコヘコする子供っていったい何もんだ？』

『しっ！　関わらないのが一番よ！』

周りの人たちのひそひそ話が聞こえてくる。

けどナルミヨ商会、ね。なんか聞き覚えのある名前だな。もしかしなくてももしかするのか？

商人なら俺のことを知っていてもおかしくはないのかもしれないけど、あそこまで露骨に驚かれるのは不自然な気もする。

「あとで2人には話を聞いたほうがいいかもな」

結局、唐辛子の目途は立たずじまいのまま家へと着いてしまった。どうしたものかと、ぼんやり庭の畑を歩いていると順調に育っている作物が目に入る。

　適度に魔法で促成栽培しているおかげで、ありえないほど早く育っている。気になっていた迷宮産の謎の種もすくすく育っているのだが、見たこともない実をつけている。

　おそらくもう収穫できるとは思うけど、未知すぎて判断のしようがないというのが現状だ。なにせ見た目がやばい。形や大きさは梨なのだが色は真っ白で、黄色い三日月型の模様が表面にいくつも浮かんでいる。

　見るからにヤバそうなので、怖くて未だに収穫していない。突然動き始めるんじゃないかと心配になるほど不気味なのだ。

「ご主人様、ただいま帰りました！」

「うふふ、お肉たくさん確保してきました」

　畑で収穫するかしないか葛藤していると、ルナとヨミが帰ってきた。

「おかえり２人とも。お肉はあとで貰うよ」

「ご主人様は畑で何をされていたんですか？」

「実は迷宮産の種が順調に育って実をつけたんだけど、収穫するかどうかの判断付かなくてどうしようか迷ってたんだ」

「あ～、確かに気持ち悪い見た目ですねぇ」

　ヨミも俺と同意見のようだが、ルナは驚いた顔をしている。何か知っているのか？

「えっと、ルナはこれが何か知ってるの？」

「多分ですけど、その見た目は『料理の実』だと思います」
「「料理の実？」」
ヨミと見事にハモってしまったが、全く聞いたことがない名前だ。
「はい。料理の実というのは名の通り料理に使われるのですが、その使い方が特殊なのです。料理の実に属性魔力を注ぐと味が変質するらしいです」
料理の実は、一昔前は森などに自生していたらしいのだが、乱獲に次ぐ乱獲によって見かけること自体が難しい希少食材らしい。
その性質も変わっていて、込める魔力の属性によって味が異なると言うのだ。
火：辛味
水：旨味
風：甘味
土：塩味
雷：酸味
氷：苦味
「もしかして、火属性の魔力を込めれば唐辛子の代わりになる？」
料理の実はまだまだたくさんあるわけだし、種も十分余っている。なんなら迷宮に籠ればまだまだたくさん種が手に入るかもしれない。ハズレだと思っていたけど、これはとんでもない代物だったみたいだぞ。さすがはナンバーズ迷宮産だ。

早速だけど、発酵の要らない即席コチュジャンを作ってみようと思う。
①鍋に水、砂糖、蜂蜜を入れて火にかける。沸騰したら弱火にして味噌を入れる。
②味噌が溶けたら再沸騰するまで待機。
③唐辛子の代わりに、火属性の魔力を込めて細かく刻んで乾燥させた料理の実を加える。
④そこに塩と油を混ぜ入れれば完成だ。
料理の実は魔法で乾燥させたからすぐに用意できた。本当は酢を入れたいけど、今回は我慢だ。入れる油はゴマ油が良いのだが、ゴマが見つかっていないので風味が一番ゴマ油に近い物を市場で買ってきた。

　肉に下味をつけたから揚げを作り、そこに即席コチュジャンを和えて炒める。

「うん、スパイシーチキンの完成だ」

　せっかくだからピタパンに葉野菜と一緒に挟んで食べてみたけど、かなり美味い！

　庶民の食べ物っぽいが、大量の香辛料を使っているので貴族も気になるはずだ。かぶりつくのが嫌なら、皿でも出せるしね。

「これは凄いです！　こんなにたくさんの香辛料を使った料理は食べたことがないです！」

「口の中でピリッと広がる辛味が食欲をそそりますね」

　料理の実で作った即席コチュジャンは、普通の唐辛子で作ったものと遜色ない味だと思う。

　……これって、火と水の魔力を同時に込めたら辛味と旨味を兼ね備えたものができ上がるのでは？　いや、可能性はおおいにあるはずだ。

そう思って実験がてら試してみたら、予想通りの結果が起きた。

「……これだけで即席コチュジャンと似たようなものじゃないか」

ということは、これがあれば塩味と甘味も共存するのか？　と思ったが、そううまくはいかなかった。辛味と旨味は共存したが、甘味と塩味の共存は無理で、より多く込めた属性の魔力に偏る結果となった。

全く同じ量の魔力を込めた場合、何とも言えない不味い味に仕上がってしまった。他の味と共存できるのは旨味だけらしい。

しかし、これのおかげでより一層美味しい即席コチュジャンが作れた。

他にも、旨味だけで作れば即席のうま味調味料にもなるという便利食材だった。

「確かにこんなに便利なものがあったら乱獲されても不思議じゃないね」

「はい。値段が高額だったということもあり、ある時を境に取れなくなったと聞きました」

こんな希少なものが家の庭に大量にあると知られれば、面倒なことになりそうだな。

なにはともあれ、スパイシーチキンの目途は立った。旨味を加えたもので再度作ってみたけど、絶品だった。屋台料理というのが信じられないほど美味しく仕上がった。

ピタパンについても問題ないし、必要になりそうなものはレブラント商会やルナとヨミに頼めば何とかなる。

「これで準備は整ったな」

学院祭2週間前になると授業は午前中だけで、午後からは準備に充てることができるため、急ピッチで屋台や休憩スペースを作った。

なお、休憩スペースについては俺とレブラントさん、さらにはルナとヨミ監修のもと、こだわりぬいた極上の休憩スペースができ上がった。

自重を一切省いた遠慮のないソファー・テーブル・絨毯を惜しげもなく採用した。これはレブラント商会の商品の宣伝も兼ねているので、俺に火の粉が降りかかることはないだろう。

……ないよね？

屋台やのぼりもかなり見栄え良くできたと思う。平民の生徒たちはかなり手先が器用だったみたいで、細かいところまで気合が入っている。

接客はクラスでも美男美女を選りすぐり、前世の記憶から日本のおもてなし精神を少し浸透させた。なかなか伝わらなくてやきもきしたけどな。

調理班は何度も何度も反復練習させせて、そつなくこなせるように猛特訓させた。

自分たちが作った料理の味を知るという建前のもと、みんなで試食会を開催した。クラス全員が蕩けるような顔をしていたので、味も問題なさそうだ。

接客要員の服装も可愛いものとカッコいい物を特注で作成した。以前世話になった服屋に頼んだら快諾してくれたので助かったな。顔を覚えていてくれたのか、すぐに話ができた。

立地もモニカ教授がかなり頑張ったのか、なかなか広いうえに人通りも多い所が確保できている。1年の10組というだけで侮られそうだが、いったいどういう手を使ったのかは不明だ。

「お前らは気にする必要はないぞ～。とにかくお前らは1位を取ればいいんだ」

……絶対汚い手を使ったな。あえて触れないけれど。

いろいろあったが準備は整った。準備に奔走していて、気づけば明後日が学院祭初日である。

明日は調整と確認、事前の下拵えを残すのみである。

「よ～し、お前らよく頑張った。私が今まで担当したクラスの中でも一番期待できそうな気がするよ。ただ、学院祭は何が起こるかわからない。３日間死ぬ気で頑張ってほしい。あとは全力で楽しめ！　以上だ！」

モニカ教授にしてはかなりやる気に満ちている。俺たちの熱意に感化されたのかもしれない。いつも適当に見せているけど、本当は熱い人だったのか。

これは俺たちも負けてられないぞ！

みんなで円陣を組んで意思統一したところで解散となった。

次の日も粛々と準備を進めて、とうとう学院祭当日を迎えた。

ep.22 学院祭③

学院祭当日の朝は雲一つない快晴。お祭りをするには持ってこいの天気だ。

いつもより少し早起きして、畑の世話や諸々の準備を終わらせた。朝ご飯は気合を入れるために、少し重いがトンカツを作った。それに合わせるのはスパゲティーだ。

スパカツと言えば前世でも馴染み深い物がある。カツの香ばしい匂いに釣られて寝坊助2人が起きてきた。

ヨミは確信犯らしいので、実質寝坊助は1人だが。

付け合わせの葉野菜の浅漬けと卵スープで朝ご飯の完成だ。

大盛りに作ったはずの朝ご飯をペロッと平らげた2人。俺より大人とはいえ、2人前はありそうな量を難なく食べる様は驚異的だ。大食い大会があったらいい線行きそうだ。

ヨミ曰く、冒険者は食べられる時にたくさん食べるものらしい。あれだけ食べているのに見事なプロポーションを維持しているのは、ハードなクエストをこなしているからなんだな。

「ご主人様は今日から学院祭ですよね？　私たちもこの3日間は冒険者稼業を休業して、学院祭に遊びに行きたいのですが……駄目、ですか？」

「うふふ、ご主人様の雄姿をこの日に焼き付けねばなりません」

最初からそのつもりだっただろうが、俺はルナの可愛いおねだりに撃沈した。

実際のところ、たくさん手伝ってもらったしでき栄えや結果が気になるだろうから否はない。

「問題ないよ。ただ、2人は美人なんだから絡まれないように気を付けてね？」

「美人だなんて、そんなっ……!! ……照れちゃいます」

「ふふふ、心配しなくてもご主人様以外に靡《なび》いたりしませんよ？」

いや、心配なのは2人に絡んだ人の末路なんだけどね。2人を奴隷だと馬鹿にして、理不尽なことを言ってくるようなやつがいれば叩きのめすように言ってある。それで俺の家族や村に手を出そうとする貴族や馬鹿なやつがいたら、お察しだ。

2人に後片付けを任せていつもよりも早めに家を出た。いつもより早いというのに大通りが賑わっているのは、学院祭のせいだろう。

レブラントさんが宣伝は任せてと言っていたけど、詳しい内容については聞いていない。あの人のことだからあまり無茶なことはしてないと思うけど、なんだか嫌な予感がする。そして俺の嫌な予感は十中八九当たるのだ。

「順調にいけばいいけど、不安だなぁ」

10組の出す屋台がある場所に着くと、まだクラスの人はほとんど来ていなかった。なぜだか不安が拭えないので、念のためにとあるものを作ることにした。念には念を入れてだ。

まぁ、これを使うほど混み始めたらそれはそれで良いことなのだが。

そのまま休憩スペースの確認やらなんやらをしていると、続々とクラスメイトたちが到着した。

受付役や宣伝役の女の子たちがお洒落をしてきているが、どこか物足りない気がする。

可愛いブローチ、自然で可愛い化粧をしているのだが、何が足りないのだろう？

観察すること5分でそのことに気づいた。

「そうか、髪型だ」

「ん～？　髪型がどうかしたの～？」

おっと、独り言が口から出ていたようだ。いつの間にか近くにいたマルコに聞かれてしまった。

「いや、受付や宣伝をやってくれる女の子たちはみんなお洒落をしているのはわかるんだが、何か足りないと思ってたんだ」

「あ～、それで髪型ってこと～？」

せっかくのお祭りだし、簡単なヘアアレンジとかやってみるのもアリかもしれない。幸い、前世の職場に髪型にうるさい同期がいたおかげでヘアアレンジは得意だからな。

そう思って収納から取り出したのは、ルナとヨミのために作ったヘアアイロンだ。

物は試しということで、マルコの髪型をアレンジしてみた。会った時のマルコはショートヘアーだったけど、今では少し髪が伸びて肩に届かないくらいだからいじることが可能だ。

ヘアアイロンにじんわりと熱を持たせるように魔力を込めて、マルコの髪に軽くウェーブをかけてあげると、みるみる髪がふわふわし始めた。

「ほら、これだけでも印象が変わるだろ？」

「うわぁ～！　すごいよ！　私じゃないみた～い！」

ミスリルで作った手鏡で見せてあげると、かなり気に入ってくれたようだ。

その様子を見ていた女子たちは、いつの間にか綺麗に列を作って並んでいた。並んで待っている女子たちの目はキラキラと輝いており、期待に満ち溢れた顔をしている。

「えっと……？」

薄々わかっていたが、全員分やらないといけないみたいだ。まぁ、これが集客率アップに繋がるかもしれないし、男子たちのやる気も上がるだろう。

それにこれで女子たちとはかなり打ち解けられた気がする。結局みんなに似合いそうなアレンジをどんどんしてあげた。もちろんヘアアイロンだけじゃなく、編み込みなんかもだ。

みんな喜んでいるようなので、これで良かったと思おう。早く来てよかったな。

男子勢に嫉妬されるかと思ったが、予想に反し真逆の反応だった。

モブA「アウル！　うちの女子たち、今日可愛くないか⁉　俺あの子にアタックしちゃおうかな！」

モブB「それ思った！　髪型だけでもかなり印象変わるんだな！　良くやったぞ、アウル！　俺はあの子にアタックするぜ！」

最初こそ距離を置かれていたけど、こいつらは案外気のいいやつらなのかもしれない。

ただモブA、Bよ。今更アタックしても振られるのがオチだからやめておけ。ただ、お前らのその精神の強さは認めてやる。

準備も無事終わり、あとは開催を待つのみとなった。

『えー、こほん。聞こえているかな諸君。学院祭を盛り上げるための準備ご苦労だった。今日から学院祭は3日間開催される。お客さんもたくさん来るが、くれぐれも問題を起こさないように。それと、収益を上げることも大事だが、それ以上にこの学院祭を楽しんでくれると学院長としても嬉しい限りだ。長くてもしょうがないので挨拶はこの辺で。それでは今より学院祭1日目を開催する！』

何らかの魔法か魔道具で拡声された学院長の声が学院内へと響き渡った。

いよいよ学院祭の開催だ。

とは言っても、シフトを組んであるので屋台で働く人と休憩する人は決まっている。休憩中は構内を回っていろいろと体験したり食べ歩いたりするのが普通だ。

ルナとヨミにもそのシフトは教えてあるので、もしかしたら俺の休憩中に来るのかもしれない。いや、ヨミの性格からしたら俺が接客中というのも考えられるか……？

でも、お祭りを3人で回れたらいいな。

レイとマルコは2日目に一緒に回ろうと言われているので今日の予定はルナとヨミだけだ。ちなみに俺は発案者ということもあり、初日はあんまり自由時間はない。せいぜい昼に3時間くらいだろう。

一般客や生徒たちが構内を歩き始め、かなり活気づいてきた。さすがは有名な学院の学院祭だ。客の中には貴族っぽい見た目の人もちらほら見えるが、おそらくそこまで爵位が高くない貴族だろう。上級貴族たちは来るとしたらもっと後だと思う。

客の入りもまずまずで、スタートとしては順調だ。来店してくれる貴族様はやはり食べ歩きに抵抗がある人が多く、ほとんどが休憩スペースで食べている。

貴族はなかなか来てくれないと思ったのに、レブラントさんがいろいろと宣伝してくれたらしい。いったいどうやって宣伝したのか気になるところだ。

10組の屋台で売っているから揚げは3種類の味がある。さらにグレードが3段階選べる仕様となっている。
①スパイシーチキンサンド
②マヨから揚げサンド
③塩レモンから揚げサンド
一番の売れ筋は何と言ってもスパイシーチキンだ。安価で香辛料をふんだんに使った料理を食べられるとあって、身分問わず売れている。

次点でマヨから揚げだろう。ワインビネガーで作ったマヨネーズのため、普通のものと比べると風味が異なるが問題なく美味い。即席コチュジャンにワインビネガーを使うか悩んだが、味の方向性が違うので使ってない。別に今のままで十分美味いしね。

ちなみにグレードはS・A・Bの3段階用意している。

A・B・Cの3段階にしなかったのは、グレードSにすることで特別感を演出するためだ。基本価格としては以下のように設定した。
①スパイシーチキン：銀貨1枚
②マヨから：銅貨5枚

③塩レモン：銅貨５枚
グレードＳ：基本価格＋金貨２枚
グレードＡ：基本価格＋銀貨２枚
グレードＢ：基本価格のみ

なので、高いものだと金貨2枚と銀貨1枚となる。グレードBのスパイシーチキンだと銀貨1枚とお手軽なので、平民でも香辛料を楽しめるというわけだ。詳細には、肉の種類や香辛料の量に違いを持たせてグレードを作り出しているが、成功のようだ。

また、休憩スペースにも2段階のグレードを作っており、極上コースとスタンダードコースだ。スタンダードコースも使用料は15分で銀貨5枚とかなり安くしている。

内容としては市販されている家具の『上の下』の物を採用している。紅茶なんかも用意していて、注文が入れば生徒が淹れてあげるのだ。

逆に極上コースは15分で金貨10枚と、かなりの高額設定をしている。スタンダードコースとは違い、市販されている家具は使っていない。今回のためにわざわざ最高の物を作成したのだ。

迷宮産の最高の魔物素材を使用し、この世界でここにしかない一点物の家具を用意した。

さらにいい匂いのするアロマや、女性用の香水なども配備してある。有料だが、俺のお手製お菓子も設置しているので食べたい人はお金を払えば食べられる。我ながら阿漕《あこぎ》な商売だ。

平民は安く食べられるとあって、スパイシーチキンを食べ歩いてくれる。それを見た生徒や他の客が買いに来る。これぞ想像した通りの展開だ。

貴族には休憩スペースがウケたのか、常に極上コースが満室状態だ。５室も作ったのに回転としてはギリギリである。むしろ足りなくなりつつある。

逆にスタンダードコースを使用する人がいないので、１日目が終了したら一部屋を残して、残りをすべて極上コースにしてしまうつもりだ。

途中から休憩スペースのお菓子目当てにから揚げサンドを買いに来る貴婦人という名の猛者もいるほどで、嬉しい悲鳴である。お菓子はレブラントさんが卸しているということになっているため、あまり詮索されることもないのが救いだ。

そんなこんなで忙しくしていたが、休憩の時間になったのでみんなに任せて屋台を出た。

「ご主人様、お待ちしていました！」

「ふふふ。ご主人様、エプロンを取るのを忘れていますよ」

屋台を出ると、ルナとヨミが俺を迎えに来ていた。もちろんメイド服ではなく私服である。髪型も少し変えて帽子を被り、一応の変装はしているみたいだ。

ただ俺の目の前にはもう一人、良く見知った女の子がいた。

「アウル、久しぶり！」

「ミレイちゃん、久しぶりだね。えっと……？」

言いたいことは山ほどある。山ほどあるが一番気になるのが一点。

「なんでルイーナ学院の制服着てるの⁉」

なぜここにいるんだ⁉　というかなんで制服⁉

「なんでって、私がこの学院に編入したからよ。年齢的に2年生への編入だから、アウルの先輩になるのよ」

ミレイちゃんが言うには、俺が学院に通い始めたころと同時期から通っていたらしい。

王都に慣れるのと、クラスに馴染むのに忙しかったらしい。さらには勉強もみっちりする必要があったらしく、俺に会いに来る暇がなかったそうだ。

「私はアウルを何回か学院内で見かけたけどね」

「なんで声かけてくれなかったの？」

「学院祭で驚かせてやろうと思ってね！　ルナから学院祭のことは聞いていたから、その時から準備してたの」

やばい、わけがわからない。そんな時、母の一言が何とはなしに思い出される。

『何が起こるかわからないんだから油断しないでね？』

何が起こるかわからないって、こういうことか？　そういうことなのか⁉

「というか、今はどこに住んでるの？　寮に入ったとか？」

「今はランドルフ辺境伯様のところにお世話になっているわ。ただ、これからもずっとお世話になるってのはちょっと申し訳なくて……」

チラチラとこちらに視線を送ってくるミレイちゃん。

……つまりそういうことだよね。

「ランドルフ辺境伯と相談させてもらうよ……」

「さすがアウル！　大好き！」

ムギュっと抱き着いてくるミレイちゃんだけど、女の子特有の柔らかさが凄い。

「殺気⁉」

ルナとヨミの殺気かと思ったら、周囲にいたクラスの男子の視線によるものだった。その視線には恐ろしい物が感じられたので、急いでミレイちゃんを引き離してその場を後にした。

そのあとは次のシフトまで4人で学院祭を回った。たまたま演劇を見ることができたのだが、これがまた面白かった。

魔法を駆使しているからか、臨場感が半端じゃないのだ。それに役者の演技もかなりのものでついつい見入ってしまい、危うくシフトに遅れるところだった。

「じゃあご主人様、私たちは3人でまた構内を回りますね」

「ふふふ、たまに様子を見に来ますね」

「アウル、さっきの件お願いね！」

「わかったよ、ありがとう3人とも。みんな綺麗なんだから絡まれないように気をつけてね」

何気なく心配のつもりで言ったのだが、3人とも顔を赤くしてしまっている。

「これだからアウルは……」などとミレイちゃんが言っているが、シフトまで時間がないので放置である。

「あっ、そうだ。せっかくだからこれ食べ歩きながら学院祭を回りなよ。自信作だよ！」

そう言って渡したのはスパイシーチキンサンドのグレードSだ。3人が食べ歩きしてくれたらさらに収益アップ間違いなしだ。

屋台に戻ると変わりなく繁盛しており、この調子でいけばかなりの収益が見込めると思う。

特に問題なく接客と調理をしていたら、ミレイちゃんが小走りで近寄ってきた。その顔は少し焦りが見えており、何かあったのはすぐにわかった。

「アウル！　ちょっと問題よ！」

「落ち着いてミレイちゃん。何があったの？」

「その、２人が……！」

そこまで聞いて俺は察してしまった。おおかた、貴族に絡まれているのだろう。理不尽な相手なら叩きのめせと言ってあるのに、それをしないということはそれなりの相手ということになる。

２人の気配を探すと、何人かに囲まれているのがわかった。すぐさまそこに急行してみると、そこにいたのは俺の知らない貴族だった。

「だから何度も言っているだろう？　好待遇を約束するし、儂の愛妾《あいしょう》になれば金など思うがままだぞ？　儂のような高貴な身分に従うほうが格が上がるというものだ」

「ですから、あなたに従うつもりもありません」

「愛妾？　鏡を見てから出直しなさい」

「冒険者の分際で調子に乗りやがってぇ……!!　儂が本気になればお前らの主などすぐに消してやれるのだぞ!?」

あ……、それは言っちゃいけない言葉だ。俺も思うところはあるけれど、それ以上に２人の琴線に触れる言葉だ。自分でいうのもあれだけど、ルナとヨミは俺が馬鹿にされるのを極端に怒る傾向にある。

「ヨミ、もう我慢しなくていいかな？」

「そうね。子爵と言えど、これ以上は限界よ」

突如吹き荒れる魔力の奔流。叩きのめしていいと言ったけど、これはやりすぎだ。この魔力だと生徒に危険が及ぶ可能性もある。

「そこまでだよ2人とも。叩きのめせとは言ったけど、その魔力はやりすぎだ」

「貴様はあの2人の主か!?　貴様はあの売女どもにどんな躾をしているんだ‼　儂は子爵だぞ!?」

今、2人を売女って言ったのか……？　いい度胸だ。

「何事ですの？」

俺が魔力を練り始めたころ、エリザベス第3王女が現れたのだ。ちっ、命拾いしたな。

「お、王女殿下‼　こやつらが卑しくも子爵である儂に立てついたのです！　これは不敬罪に処してしまって構わないでしょう!?」

「あなたは確か……ドックズ子爵でしたわね」

「おお、名前を覚えていただいておりましたか‼」

どや顔で勝ち誇ったようにこちらを見ているけれど、お前は容赦しないぞ。持ちうる人脈すべてを動員してやるからな。

「どうでもいいけれど、謝るなら今よ？」

「……は？　子爵である儂が謝る？　卑しい平民にですか？」

「あなたが卑しい平民と言っている相手は王国の英雄。ホーンキマイラを単独討伐した男の子よ？　それに、隣の2人は先のスタンピードをほぼ2人で撃退した猛者です。それを聞いても、まだ状況が理解できないの？」

「……は？　あの小汚いガキがホーンキマイラを……？」

信じていないようだけど、王女が嘘をつくはずもないとわかっているのか、いろいろな感情がない交ぜになったような顔をしている。というか、貴族なのに最近のでき事を知らんのか。

「き、今日のところは王女殿下の顔を立てて見逃してやるが、お、覚えていろよ⁉」

吐き捨てるようにして去っていったけど、護衛についている騎士が俺たちを見て頭を下げていた。あの人たちは俺たちを知っていたらしい。騎士という職業も大変だな。

「ごめんなさい。まだあんな馬鹿な貴族がいるとは思わなくて……」

「いえ、大丈夫です。こちらでちゃんと対処いたしますので」

あそこまで馬鹿にされたのだ。きちんとお礼しなければ。

「……えっと、こんなこと言うのもあれだけど、手加減してあげてね？」

「大丈夫です。命までは取りませんよ」

もちろんこれは冗談であるが、ある程度の罰は受けてもらおう。あの調子だと、日ころから平民を食い物にしているはずだ。数えきれないほどの人たちが辛酸を舐めさせられているに違いない。「一応、私からもお父様には報告しておくわね」

心配そうな顔をしながらも王女も学院祭へ戻っていった。

「ヨミ、ルナ、あの子爵の汚職を調べ上げて。それも今日中に。できる？」

「「お任せください」」

2人は頼りになるな。あとはそれを然るべき場所に提出すればいい。レブラントさんに頼んで経済的な制裁を加えるのもアリだけど、それは汚職が見つからなかった場合かな。

「ミレイちゃんも知らせてくれてありがとうね」

「ううん！　アウル、かっこよかったよ？」

イチャついていたらまたもや殺気が飛んできたので、すぐに持ち場へと戻った。

結局、客足が途絶えることはなく、1日目終了の合図があるまで忙しいままだった。収益の管理は生徒ではなくモニカ教授がすることになっており、最終日に結果だけ教えられるらしい。

俺がいる間だけでもかなりの利益が出ているのはわかっているので、結果を知るのが楽しみだ。

次の日の下準備と極上コースの増設を終わらせて、明日の流れの確認。

簡単なミーティングをしたところで解散となったのだが、男子たちにミレイちゃんのことを聞かれ、すぐに帰れなかったのはまた別の話だ。

「それで、首尾はどう？」

「はい、かなりの汚職をしているようです。ただ、謀反のようなものではなく、小悪党といったところでしょうか」

「ふふふ、近日中に衛兵たちに捕らえられるかと思われます。もしそうならなかった場合は、また違った方法を考えましょう。もっと足掻いてくれたほうが楽しいですけどね」

ヨミの思考が怖いんだけど。でも、ああいう人間は学習しない。ここで対処しておくのが正解だ。下手に村に手を出されたら許せないしね。

後日談だが、ドックズ子爵が捕縛されたと聞いた。俺たちの提出した汚職の証拠や、王女が国王に報告したこともあって、すぐに捕縛された。国王からは正式に謝罪文が届いたし、ランドルフ辺境伯やアダムズ公爵家、リステニア侯爵も動いたと聞いている。

別に頼んだわけでもないのに、いろいろとよくしてくれたようだ。まぁ、ヨミが言うにはドックズ子爵はもともと嫌われていて、この際だから徹底的にやろうとなったらしい。

それもこれも因果応報。悪いことはできないね！

ep.23 学院祭④

学院祭2日目の朝も晴天に恵まれており、見渡す限りの青空だ。ミレイちゃんの件についてはまだ辺境伯に相談できていないので、昨日は我が家には来ていない。

学院祭が終わったら王都にある辺境伯の屋敷にお邪魔しようと思っている。

「これももうそろそろで収穫だな」

いつも通り朝の畑の世話をしていると、促成栽培のおかげでほとんどの作物が収穫できる段階に来ていた。畑はそれなりに広いが、実家の畑とは比べるべくもない。今はできる範囲で収穫しておくとしよう。

再来週くらいにもう1回植えられるだろうから、冬が来る前にはギリギリまた収穫できる計算だ。葡萄ももう少しで収穫できるけど、ワイン作りにはまだまだ足りない。次は畑一面を葡萄畑にしてしまうのも一つの手だ。ただ、どんなワインを作るかだけど……。

「あっ‼」

なんで今まで忘れていたんだ‼　アイスワインが作りたかったんだ！

アイスワインとはデザートワインの一種で、凍結された甘みの強い葡萄で作るワインである。

この世界の冬は寒いし、なんなら氷魔法で再現することが可能だろう。これは面白そうだぞ。

今すぐに自分で飲めないってのが難点だけど、時間をかけて熟成させてみよう。

この世界では15歳で成人とみなされるので、酒も15歳から飲めることとなっている。冒険者が15歳からなのもそういう理由らしい。

とにかく再来週以降に葡萄を植えて、アイスワイン用の葡萄を育てよう。そうすれば少量ではあるがアイスワインを作ることができるぞ。

アイスワインはこの世界で聞いたことないし、俺が先駆者になれる。前の世界でもアイスワインは貴族のワインとして有名だったし、何かあった際に交渉に使える。というか、それ以上に俺が飲みたいな。基本的には仲のいい人と、レブラントさんに数本だけ卸そう。

朝の日課を終わらせたら簡単にシャワーを浴びて身支度を整える。本当は生活魔法でも済むけど、朝風呂って気持ちいいよね。

朝ごはんはパンケーキ、炙りベーコン、スクランブルエッグ、サラダ、アップルジュースだ。俺としてはかなり好きな朝食メニューである。頻度も一番高いかな？

例のごとく2人が匂いに釣られて起きて来たので、みんなで朝ごはんを食べて学院へと向かった。今日も2人は学院に遊びに来るようだ。いつの間にか仲良くなっているミレイちゃんもいるし、2人には自由にしてほしいからちょうどいい。

……そういえば、ミレイちゃんの制服姿可愛かったな。平民とはいえ貴族の男に言い寄られてないか心配だ。

問題は権力を使われた場合だけど、大丈夫かな？　時間があったらそれとなく聞いておこう。

学院に着くとレイとマルコはすでに来ていた。というか、かなり早めに来たはずなのに女子全員が勢揃いしている。なんだか嫌な予感が……。

「アウル、おはよ～！　いきなりで悪いんだけどね～？」

「もしかして、髪か……？」

「さすがアウル～！　よくわかったね～！」

やっぱり俺の勘は怖いほどよく当たる。何人もやるのは面倒だけど、これをやっとくと売り上げアップに繋がるから、やっといたほうが得だ。

……仕方ないけどやるか。クラスの女子と仲良くなれるのは俺も吝《やぶさ》かじゃないし、なんならこれはある種のご褒美と思えばいいのか！

合法で女子の髪に触れるんだからな。発想が思春期の子供だと思うけど、これ以上考えるのはやめておこう。男子勢も女子が可愛くなって喜んでいるし諦めよう。

例のごとくヘアアレンジを終えたので、開店準備を始めたのだがクラスメイトもだいぶ慣れたのか、頼もしいばかりだ。

「あの、君がアウル君？」

「えっと、そうですけど」

目の前には美少女が3人。制服から判断するに、2年目の先輩だ。何の用だろうか？

「私たちも、ヘアアレンジお願いできない……？　このクラスの女の子たちが話してたの、たまたま聞いちゃって羨ましくて」

そういうことか。ミレイちゃんと同じ学年の人だし、3人くらいならそれほど時間がかからないので了承した。

3人とも髪が長いので、ふんわりウェーブと編み込みをしてあげた。仲が良さそうな3人だったので、全員同じ髪型にしてみた。仲良しアレンジだ。

「ありがとう！　ふふふ、姉妹みたいで可愛いね！」

キャピキャピしながら帰っていった。喜んでくれたのは嬉しいけど、貴族の女性が平民の男に髪を触らせるのはいいのだろうか？　いや、平民だから気兼ねなくお願いできるのか？

「さて、そろそろ開店の――――この行列はなにかな……？」

「さっきの女性たちが自慢したのを聞いて、羨ましくなった先輩方だそうです」

俺の問いに答えたのは、催し物を決める際に仕切っていた委員長タイプの女の子だった。確か、名前はメロディだったかな。

「これは、俺に拒否権とかあるのかな？」

「貴族の令嬢ばかりです。面倒なことにならなければいいですね？」

淡々と答えるね!?　くっ……ざっと見ても20人はいるぞ。しかも、学院祭2日目開始まであと一時間しかない。一人当たり3分しか時間がない。やるしかない。

「これ以上は受け付けないと書いた紙を持って最後尾に並んでおいてくれ……」

「頑張ってくださいね」

死ぬ気で一時間頑張ったおかげでなんとか終わらせることができた。今日でこれなら、明日はもっと人がいそうで今から恐ろしい。……考えないようにしよう。顔を売ることはできたし、あとで店に買いに来てくれると言っていたので、悪いことばかりではないだろう。

今日はマルコとレイと３人で回ることになっている。それまではとりあえず店を回そうと思う。

ただ人生というのはそうそううまくいくものではないようで、もうすぐ休憩時間になるというところで、ある人物が現れた。

色黒で掴み所のない雰囲気に中性的な顔、おそらくというか間違いなくテンドだと思われるのだが、なぜか学院の制服を着ている。それも女子の。

『やぁ、久しぶりだね。なにやら面白そうな気配を感じたから来てみたけど、学院祭だったんだね！　僕にも何か売っておくれよ。もちろんアウルの奢りで‼』

なんでこう俺は面倒ごとが向こうからやってくるんだ。……確かにテンドに用があったからいいんだけどさ。

「いろいろ言いたいことや聞きたいこともあるけど、お前って女の子だったんだな」

『うえぇ⁉　酷いよ‼　どこをどうみても可愛い普通の女の子じゃないか‼』

普通の可愛い女の子は、狂神水を飲んだ執事をあしらったりできないけどな。

「ははは、冗談だよ。ひとまず当店自慢の一品を奢るよ」

『ウンウン！　どうせだから一緒に学院祭を回ろうよ！　エスコートしてくれるかな？』

嫌だと断ろうとしたら、今の俺では抗えないほどの圧力を感じたので仕方なく諦めた。下手をすれば学院ごとなくなる可能性があるからな……。

それに、不本意だけどテンドには助けられた借りがある。もしかしたら重要なことを知っているかもしれないやつだから、機嫌を損ねるのは得策ではない。

前の服は良くも悪くも気味の悪い服装だったからわからなかったけど、女子の制服を着ているテンドは普通に可愛い女の子に見える。色黒だからこれで耳が長かったらダークエルフにも見えそうだ。実物は見たことないけど。

「とりあえず用意するからちょっと待っててくれ」

レイとマルコに今日は一緒に回れないことを伝えたが、思いのほか淡白な回答だった。

「わかったよぉ～、また今度埋め合わせしてねぇ～？」

「うむ、了解した」

レイとマルコがわかってくれてよかったけど、マルコの含みのあるウインクが気になるなぁ。

屋台のほうも順調に捌けているみたいなので問題ないだろう。一応、権力を振りかざすような貴族が出た場合のマニュアルも作って配布してあるし、なんとかなるよね。

「お待たせ。はいこれ、うちの看板商品」

『いやいいよ！　待つのもデートのうちだからね！　わぁ、美味しそうだね！』

ボリュームがあるはずのサンドをリスのように食べている。頬袋が今にも破裂しそうだ。

というか、今から俺たちはデートするらしい。３人にバレたら怒られるに違いない。絶対にバレないようにしなければ。

「どこから行こうか？」

『人が多いから迷っちゃいそうだなぁ～？』

俺に寂しそうに手をひらひらするテンド。

このやろう。この学院にはルナとヨミもミレイちゃんもいるんだぞ!? それなのに手を繋げというのか。しかし、機嫌を損ねたら学院が焦土と化すかもしれないし……。

「手、繋ぐか……？」

『ウン！　繋ごう！』

うわっ、やわらかい……。改めて、テンドって女でいいんだよな？　僕って言っていたから、完全に男だと思っていた。まさかの僕っ娘だったとは。

心なしかいい匂いもする気がするし、変に意識して来ちゃった。こんなところを3人に見られたら本気でやばいから、気配察知と空間把握を全力で展開しなければ！

なんとかして3人に出会わないようにテンドをエスコートすることを心に誓った。

『ふふふ、アウルも必死だね～！　でもその必死そうなところがまた可愛いね～』

わかってやってやがったなこのやろう。あ、野郎じゃないのか。さっさと学院祭をエスコートして、欲しい情報聞いて丁重に帰ってもらわなければ。

『ほら早く行くよ、アウル！』

テンドに手を引かれて地獄のデートが始まったのだ。

SIDE：ヨミ・ルナ・ミレイ（ヨミ視点）

今日は学院祭2日目。ご主人様の美味しい朝ご飯をいただいたあと、ご主人様を見送って片付けをした。と言っても、ご主人様はご飯を作りながらある程度片付けをする人なので、食べた食器を片付けるくらいだが。

買ってもらった可愛い服に着替えて準備しつつ、いつもの装備は収納に入れた。

今日はルナとミレイと3人で校内を回る予定になっている。ルナはここの卒業生なので建物に詳しいからミレイと一緒に案内してもらうつもりだ。広すぎて昨日だけでは見切れなかったのだ。

面倒な貴族が絡んで来たけど、ご主人様と一緒に対処したし、手心を加えるようなことはしていないので、近日中に捕まるだろう。

「ふふふ、じゃあ今日も学院祭に遊びに行きましょう？」

「そうだね！　ミレイも待ってるし！」

ルナもミレイに会えるのが嬉しいようだ。私たち3人は帰省して仲良くなって以来、実は王都でも何回か会っていたりする。気づけばお互いを名前だけで呼ぶほどには仲良くなった。

ミレイもご主人様に会いたがっていたけど、一度会って話したら甘えてしまいそうだからと言って聞かなかった。ランドルフ辺境伯が用意したという教師に教わったおかげで、たった3ヶ月で必要な学力をつけたのだから驚きだ。恋する乙女の力ということなのかな？　ご主人様を想う気持ちは私も負けないけど。

「ルナ、ヨミ！　こっちだよ～」

学院に着いたらミレイが迎えに来てくれていたので、早速3人で見て回る。3人で構内を回っているると視線がすごいのは昨日からだ。ルナもミレイも可愛いからすぐに視線が集まってしまうのだ。そんな視線を気にもかけずに校内を回っているとご主人様の休憩時間になっていた。

「ご主人様は同級生の方と3人で校内を回るって言っていましたね」

「そうなんだ。また昨日みたいに4人で回ろうと思ったのになぁ～」

「ふふふ、ご主人様は人気者ですから。あ、でも男性か女性かは聞き逃してしまいましたね」

「「・・・」」

気配察知、空間把握！

「ふふふ、私あっちに行ってみたくなりました」

「奇遇ね。私もあっちが気になったところだったの」

「ご主人様に言い寄る女を見定めねばなりません！」

……ルナはもう少し言い回しを学ばないと駄目ね。

「あれ？　ご主人様の近くにいるのは1人だけみたい。それもかなり近い⁉」

ルナが焦っているので再度確認すると、確かにご主人様の近くに誰かいる。

「ルナ、ヨミ。これはもしかして謀られた？」

「ふふふ、ご主人様は悪くありませんよ。きっと」

「とにかく確認しましょう！」

魔法を使って3人を避けるアウルVS魔法を使ってアウルを追う3人。

本気の学院内鬼ごっこが始まった瞬間だった。

ep.24 学院祭⑤

さきほどからテンドと校内を回っているのだが、なぜか3人の気配にずっと追われている。おそらくだけど、動きを予測されて先回りされているのだ。

予測されていることを想定して動いているのだが、それもいつか限界がくる。それにしても、なんでこんなに執拗に追ってきているのだ？　見られないように注意していたのに。

もしかして気配でバレたか……？　ルナとヨミは実際にテンドと戦っているわけだし、気配に気づいてもおかしくない。こんなところで鉢合わせしたら間違いなく戦闘になってしまう。これはもっと本気で逃げなければ！

『アウル！　あそこで演劇やってるみたいだよ！』

こんな時に移動できない演劇だと？　確かに演劇は面白かったけど、そんな逃げ場のないところに行ってしまったら、すぐに捕まるのは明白だ。

「いや、演劇は時間が合わないからあっちに行ってみようよ」

『ふふふ、アウルさっきから何から逃げてるの～？』

げっ、バレてた……。

「実はかくかくしかじかで……」

『なるほどねぇ～？　それはそれで楽しそうだね～。……うん、こっちだよ！』

結局、休憩時間は学院祭を見て回るのは二の次で、逃げ回ることに終始する羽目になった。シフトの時間が来るまで鬼ごっこをしてしまった。

途中、向こうは三手にわかれて追ってきたりもしたけど、テンドの助けもあってなんとか逃げ切ることに成功した。

『あははは、君といると退屈しないね！　鬼ごっこって逃げるほうも楽しいって知らなかったよ』

「あはは……それはよかったよ」

つ、疲れた……。途中から3人が本気で追ってきたけど、テンドも興が乗ったのか逃げるのに付き合ってくれたおかげでなんとかなった。

『ねぇアウル、僕に何か聞きたいことがあるんじゃないの？』

「えっ、なぜそれを⁉」

『ふふ、顔に書いてあるよ。今日は楽しかったから何か1つだけ教えてあげるよ』

察しがいいというか、本当に掴み所のないやつだ。今のところ敵なのか味方なのかわからないけど、敵にはしたくない。いや、すでに敵なのか？

国王と話し合った内容をざっくり伝えると、何か納得したような顔をしている。どうやら何か知っているみたいだ。

『ヒントだけ教えてあげるよ』

と言って額に額を当ててきた。って、えぇ⁉　顔近いっ⁉

『うん、やっぱり間違いない。アウル、君は――』

テンドから伝えられたのは衝撃の事実だった。

『じゃあ、今日は楽しかったよ～。また遊ぼうね』

満足したのかテンドは何事もなく帰っていった。とりあえずは任務完了というところか。屋台に戻るとレイとマルコがすでに休憩から戻ってきており、準備をしているところだった。

「あれぇ？　アウル、大丈夫だったのぉ？」

「うむ、アウルを探して3人の女性が訪ねてきていたが大丈夫か？　物凄い形相だったが……」

「あっ、大丈夫だよ。じゃあ残りも張り切っていきますか！」

その後は何事もなく文化祭2日目が終わった。3人が途中訪れてきたけど、笑って誤魔化しておいた。見られたわけじゃないはずだから、なんとかなった。

売り上げは全部モニカ教授が管理しているので詳細はわからないが、消費した材料を見る限りではかなり好調そうだ。

ルナとヨミに頼んで大量に用意してもらった材料も、多すぎると思ったけどちょうどなくなるくらいかもしれない。食べ歩きじゃなくて持ち帰りの客や、大量注文する客もいた。

初日に念のためにと作っておいた整理券が役に立ったらしい。レブラントさんは俺が接客している時にちょうど来てくれて、すべての味をすべてのグレードで買って行ってくれた。

例に漏れず、レシピを売ってほしいとなったが、料理の実は貴重なので断っておいた。これ以上お金を貰っても使いきれないし、一人がお金を持ちすぎるのは良くないだろう。

とは言っても付き合いもあるので、マヨネーズだけは無償でレシピを提供した。

もちろん生活魔法の浄化を重ね掛けすることを徹底してもらった。聖魔法は使えなくとも、浄化を重ね掛けすれば効果があるのは確認済みだ。

今回いろいろお世話になった分の対価でいいですよと伝えたのだが、貰いすぎだと言うので貸し1つという形で落ち着いた。ただの平民なのにどんどん貸しが増えていっている。いつか使う日が来るのだろうか。

家に帰ると、ジト目をしているメイドさんが2人。あんな目で見つめられると何かに目覚めそうになってしまう。本当に危ないところだったとだけ言っておこう。

テンドが来ていた旨を伝えると、驚いていたけどなんとか納得してくれた。ただ、3日目はミレイちゃんも忙しいようなので、一緒に回る予定はないとのこと。ルナとヨミも見たいところはほとんど見終えたらしいので、サクラをやってもらうことになった。

今のままでも収益1位は取れそうな気はするが、念には念を入れて損はない。さらに、明日は極上コースの休憩室でのみ販売されている有料甘味のメニューを増やすことになっている。

ショートケーキ、フルーツタルトの二種類だ。これは極上コースを利用した客全員に周知しており、まず間違いなく買いに来てくれるだろう。そのせいで今日は徹夜確定だけどな……。

事前にいくつか作っておいた分があるけど、全く足りないだろう。

1グループ1ホールまでとし、限定30ホールとしているので、二種類合わせて60ホールだ。小さめのホールケーキだとしても、ここまで作れば業者だな。

値段はお祭りということもあり、少々割高の金貨30枚とさせてもらった。

ケーキ1つに30万円使うなんて本来なら考えられないが、希少価値があるために、飛ぶように売れるだろう。もし売れなかったらクラスのみんなで食べるだけだ。

「2人にもケーキ作り手伝ってもらうからよろしく！」

「任せてください！　ルナ、どっちが多く作れるか勝負だよ！」

「ふふふ、勝ったほうがケーキをいただけるということですね？」

「絶対に負けないから！」

「あら、寝言は寝て言うものよ？」

わぁー、楽しそうな所悪いけど、余分にケーキ作るつもりはないよ。お互いに胸を押し付けあって張り合ってないでいいから、手を洗って早く作業に取りかかってくれ。

2人の頑張りもあって、太陽が昇る前に60ホールのケーキは完成した。

1時間くらい仮眠して畑の世話をした。

「朝ご飯作るか……」

今日の朝ご飯は暑い日にぴったりのメニューだ。冷製トマトパスタ、葉野菜とバラ肉の冷製しゃぶしゃぶサラダ、アプルジュースである。

冷製パスタに厚切りの炙りベーコンをトッピングするのがポイントだ。あまり寝てないので脂っこいものが食べたくなかったけど、これならスルスル食べられた。

仮眠から起きてきた2人も、食べ始めたらペロっと食べたみたいだ。

「冷たいパスタも素晴らしいですね。夏やさっぱりしたい時にはもってこいです！」

「ふふふ、重くなくて食べやすいうえにとっても上品なお味でした」

ちなみに冷製しゃぶしゃぶサラダは醬油ベースのタレに料理の実の酸味を足してみた。ポン酢をイメージしたんだけど、また違う味わいになった。十分美味しかったけどね。

「俺は先に行くけど、途中からサクラ頼むね！　お金はいらないから、店の前で美味しそうに食べてくれればいいから」

「食べるお仕事なんて、とても素敵なお仕事ですね」

「皆様が食べたくなるように宣伝しておきますね」

ヨミはどうやって宣伝するつもりなのだろうか。

「ルナもヨミもほどほどにね。やりすぎたらサクラだってばれるんだから」

「「かしこまりました」」

これで準備は完璧だ。きっと学院に行ったらまた女子勢にヘアアレンジを頼まれるだろうから、今日も早めに家を出ている。

こんなに流行るんなら、魔石を利用したヘアアイロンを本格的に作ってみようかな。

「多いな……」

学院に着くとすでに女子たちが待っており、綺麗に列までできていた。もう俺がヘアアレンジするのは決まり事になってしまったのか。

流れるように作業を開始して、クラスの女子を一時間もかからずに作業を完了させた。さすがに何度もやると慣れるな。

　男子たちからはよくやったと褒められるし、女子たちも喜んでいるし、なにより集客率アップに繋がっているはずなので前向きにいよう。ちなみに、他クラスや先輩方も列を作り始めたので、限定30人だけ実施した。顔を売れたのは良いことだな。

　これのおかげでヘアアレンジの需要がかなり高いこともわかった。今更だけど、貴族ならヘアアレンジしてくれる人もいそうだけど、ヘアアイロンがないと考えたら俺を頼るのも頷けるか。

　ヘアアレンジも終わったので屋台の準備をしていると、学院中に声が響き渡った。

『生徒諸君、今日で学院祭も最終日だ。楽しみ方は人それぞれなれど、皆が青春を謳歌していることだろう。今日の夕刻の段階で収益を集計し、夜の後夜祭で栄えある収益1位を発表する！では最後の一瞬まで楽しむように！』

　学院長の挨拶とともに学院祭3日目が始まった。

　そして俺は後悔することになった。極上コースで用意したホールケーキの人気が凄く、回転が間に合わなくなってしまったのだ。

　屋台の売り物などは付属となっており、貴族たちの間では極上コースで有料の甘味を食べることが一種のステータスとなってしまっていた。貴族間での派閥争いなのか虚栄なのか良くわからないが、よりお金を使ったほうが凄いという流れができ上がっている。

　誰が煽ったのかはわからないが、おおよその見当はついている。アリスが1日目に王女と来ていたのだが、おそらくそのせいだろう。

学院祭内での貴族同士のトラブルは国王が禁じているため表立った争いは起きないが、そのせいで見栄の張り合いに発展しているのだと思う。いや、これは想定外だった。

午前午後でホールケーキの種類を変えて販売予定だったが、午前中分がわずか2時間で売り切れそうなほどに好調だ。嬉しい悲鳴なのだが、ケーキがなくなれば目玉商品がなくなってしまう。

「みんなケーキを欲しすぎだろ」

「おいしいから仕方ないよぉ」

結局、午後一番でホールケーキの販売は終了してしまった。代替案ということで、パンケーキの蜂蜜掛けを販売し始めたのだが、噂が瞬く間に広まりまたもや回転が間に合わなくなってしまった。これはルナとヨミの2人の宣伝の効果も相まってだと思われる。

さすがに自重なしにやりすぎたかもしれないな。これだけ流行らせてしまうと、レブラント商会への問い合わせが凄そうだ。でもまぁ、その時はその時考えよう。頑張れレブラントさん‼

その後も大繁盛は続き、終了のタイミングではクラスメイトのほとんどが疲れ果てて倒れていたのはいい思い出だろう。シフトなんて関係なしに全員働いていたほどだからな。

用意した材料もほとんど使い切ったし、本当にやり切った。3日間を振り返ってみて一番印象に残っている客と言えば、やっぱりリステニア侯爵とイルリア副団長だろうか。

仲が良いのか、毎日午前午後一緒に屋台に訪れて大量に注文してくれた。そして絶対に極上コースである。最終日に至っては午前に2回、午後に2回も来ていたので常連の域だな。

あの人たちはうちの屋台以外は絶対に回ってないな。断言できる。

でもお客さんの喜ぶ顔ってのはいいもんだと実感した3日間だった。

やれることはやったし、あとは結果を待つだけである。

屋台の片づけ等は後日やるスケジュールのため、今日は後夜祭をやって解散となっている。

学院内で一番広い訓練場には巨大なキャンプファイヤーが設置されており、夜を明るく賑やかに照らしている。

後夜祭はダンスとかがあるわけではなく、学院側が用意した軽食や飲み物を自由に食べる立食パーティーのような感じだった。中央のキャンプファイヤー近くで上級生らしき人たちが楽しそうに話しているのが見えるが、俺は隅っこで休憩中だ。

『諸君！　3日間楽しめたかな？　私も3日間学院祭を回らせてもらったが、今年は例年よりも盛り上がっていたように思う！　さて、みんなお待ちかねの収益の発表をしよう！　いきなり1位を発表してもつまらないので、第5位から発表させてもらおう！』

おっ、いよいよ発表されるみたいだな。1位になれているといいんだが。

『第5位！　3年3組！　出し物は魔道具販売！　このクラスは生徒たちが作成した魔道具を販売したのであったな。作品はすべて売れたと聞いている。よくやった！』

魔道具作成か。3年の3組は魔道具作成に通じている人が多いんだろうか？

『第4位！　2年1組！　美味な料理を食べる会！　このクラスは真の美味な料理を食べるものだったな。私も食べたが確かに一流の味であった！』

おぉ、俺が気になっていた出し物の一つだな。行きたかったけど、平民には敷居が高くて入れなかったのが残念だった。

『第3位！　3年2組！　貴族交流会！　ここは上級貴族から果ては王族とも交流が持てるのだったな。いろいろな国の貴族たちが利用したと聞いている』

これも俺が気になっていたやつだ。入場料が高くて入る気にならなかった。軽食も美味しい物が用意されていると聞いたけど、食べてみたかった。貴族との交流はいらんけどな。

というか、呼ばれないということは1位もらったか？

『第2位！　これは第1位とかなりの僅差で、その差はわずか金貨10枚！　3年1組！　演劇「勇者と魔王〜最後の戦い〜」‼　これは私も見に行ったが本当に面白かった！　脚本を考えた生徒は天才だろう！　役者も気持ちが篭っていて手に汗握る演技だった！』

やっぱりあれが上位に来たか。見学料が席によって決まっており、高い席は驚くほど高かったのを覚えている。それに、確かに面白かったので上位に来るとは思っていた。

あれ、ってことはもしかしてもしかするか？

『3年1組を抑えて堂々の1位！　まさかの1年10組！　1年生にもかかわらず、奇抜な発想と確かな作戦、さらに売っている商品の質も高く美味であった！　私も毎日通ってしまうほどに美味しかった！　ただ、ホールケーキが買えなかったのであとで売ってほしい！　優勝おめでとう！』

「「「うおぉぉぉぉぉぉぉぉーーーーー‼」」」

「「「わぁぁぁぁぁぁぁぁぁぁーーーーー‼」」」

学院長の宣言とともに、1年10組の生徒たちが吠えた。かくいう俺も一緒になって叫んでいるのだが。いや、3年生のエリートを抑えての1位は嬉しいだろう。

だが、一番喜んでいるのはモニカ教授だった。ああ見えて意外に熱い人だったのかもしれない。

これは見直さざるをえないな。

こうして俺たちの学院祭は終わりを迎えた。

ちなみに後でわかったことだが、モニカ教授があんなに喜んでいたのは1位をとったクラスの教授は1年間給与が1・5倍にアップされるからだそうだ。……見直した俺の気持ちを返してくれ。

豪華商品については後日連絡が来るらしいので、詳細についてはまだわかっていない。

何はともあれ楽しかったので大成功だ。

学院祭が終わり、部屋でぼーっと空を見ているとテンドが言っていたことが思い出される。

『うん、間違いない。アウル、君は元宰相に毒を盛った人とすでに出会っている。その犯人の名前は――いや、これ以上教えるのは面白くないな。ここから先の答えは君が見つけるんだ』

テンドは額同士を当てると記憶を読み取れる技を持っているらしく、記憶を見る限り俺は犯人と面識があるらしい。

「俺の知っている人が犯人、か……」

俺の呟きは雲一つない夜空へと消えていった。

ep.25 書庫ニ眠ルモノ

俺は今、書庫に籠って本を読んでいる。紛らわしいが、図書室ではなく書庫だ。

学院祭が終わり、学院長から豪華賞品が配られることとなったのだが、その豪華賞品が思いのほか凄かったのである。

俺以外はみんな『学食のタダ券1年分』を貰っていた。ここの学食は金貨3枚とかする高級なものも置いているが、それもタダ券で食べられるというから凄い。

値段に関係なく1食1枚のチケットで食べられるのだから、平民としてはありがたいし貴族にとっても飯代をお小遣いとして使える。

俺はと言うと、学食にはもう興味はないのでもっぱら弁当派だ。昼は比較的にミレイちゃんと食べることが多くなっている。いつも昼時になると誘いに来るので中庭だったり屋上だったりといろいろな所で食べている。あとはレイとマルコとも食べることもある。

話が逸れたが、俺が貰ったのは『書庫への入出許可』だ。この学院には珍しい書物が数多く所蔵されているらしく、その希少性は計り知れない。

この選択肢を選ぶことができたのは、ひとえにミレコニア先輩のおかげだ。

学院祭で俺が接客している時に買いに来てくれたので少し話したのだが、その時に書庫の存在を教えてもらったのだ。

本来、この選択肢は生徒にはあまり知られていないらしく、モニカ教授も驚いていた。

実際に書庫で本を読んでみたけど、収められている本はかなり貴重なものばかりだと思う。

今はこの学院を創設したルイーナ＝エドネントが書いたこの国の歴史について読んでいる。

なぜかわからないがこの本が気になって仕方なかったというか、うまく言い表せられない。見た目はただの古ぼけた汚い本なのだが……。

ルイーナ＝エドネントが記した本は興味深い研究についても数多く書かれていた。ただ、ところどころ文字が掠れていて読めない部分もある。それでも時間を忘れて読み進めていくうちに、気になる一文があった。

『長年の研究の結果、この世界には凶悪な邪神が封印されていることがわかった。その封印を解くには、10番目の封印から一番目の封印にかけて順にその場所を守る主を倒すことだ。

逆に、その封印をより強固なものにするには一番目の封印から10番目の封印へと順番にその場所を守る主を倒せばいい。

この本を見つけることができた君がこの世界を好きだと思うならより強固に。逆に嫌いだと思うなら封印を解くといい。いずれにせよ、封印は更新しなければいつか解けるだろうが、自然に封印が解けた場合の被害は想像できないほどに大きいものになるだろう。

ただ、いつ封印が自然に解けるかは研究しても最後までわからなかった。自分で解いた場合は凶悪な邪神の力の一端を得ることができると思われるが、あまりお勧めはしない。場所についてだが……』

ここから先は文字が掠れていて読めなくなっていた。要約すると、この世界には邪神というものがいるらしい。

本当かどうかの真偽のほどはわからないが、その1~10番目の封印というのを探して旅をしてみるのも面白いかもしれない。ただ、ヒントとなる物が少なすぎて、探そうにも難しそうだが。

まずは歴史に詳しい人を探さないといけないか?

ひとまず気になった部分をすべてメモして、読み進めることにした。

結局、そのまま読み進めてもいろいろな研究結果だけが書かれており、気になるものはなかった。

この本の他にも面白そうな本があった。名前は『魔術論考察』。この本が書かれたのはかなり昔のようで、当時のルイーナ=エドネントが研究していたであろう魔術理論が書かれていた。

彼は魔法陣で発動する事象を『魔術』と呼び、詠唱で発動するものを『魔法』と呼んでいたようだ。

俺は基本的には無詠唱による魔法の発動だが、その基本は詠唱である。しかし、ルイーナ=エドネントが提唱しているのは魔法陣による魔術理論だったのだ。

両者ともにメリット・デメリットがあるため、どちらがいいとは言い難い。

魔術はその都度魔法陣を描かないといけないし、事前に羊皮紙等に魔法陣を描いておいてくとしても、かなり割高な魔法になってしまう。だが、メリットとしては隠密性が高いうえに威力も魔法より強いのだ。

逆に、詠唱はその場で発動ができるうえに、誰にでも使えるため汎用性が高い。魔法陣に比べると隠密性も悪いし魔法の威力も劣る、ということらしい。

ただ、魔法陣というのはかなり面白い発想かもしれない。

俺も錬金術で魔法陣の勉強はしていたけど、攻撃用の魔法陣は考え方が全く違った。

2年目になれば授業も選べるようになるみたいだし、魔法陣について学んでみたい。あとは魔法陣を応用して作られる魔道具についてもちゃんと学びたい。今の俺の作品はほとんど力業だからな。まぁ、それでもかなり性能は良いと思うけど。

数日かけてその本を読み終え、書庫にある本の中で『1～10の封印』についての記載がある本を探したが、一向に見つからなかった。

「さすがに疲れたな。場所も地下で気が滅入るし。読書週間はいったんこれで終わりにしよう」

明日は休みだし、気分転換に2人と迷宮攻略するのも悪くないな。なんならミレイちゃんも誘ってみよう。みんなと海で遊ぶのもありだな。今更だけど、指輪をレブラントさんに届けてもらうのも忘れていたし、帰省した時もいろいろあって渡すのを忘れていたしね。

あとは辺境伯の所に挨拶に行ってミレイちゃんの件を話さねば。読書に夢中ですっかり忘れていた。最近ジト目だったのはそういうことだったのか。危ないところだった。

というわけで、辺境伯の屋敷へとアポをとりに向かった。

「そこで止まれ。その制服、学院生だな？　辺境伯様の屋敷に何の用だ？」

「私はアウルと言います。辺境伯様の治める領地の村出身の者です。ミレイに会うのと、辺境伯様にお話があってきました。今日はそれの先触れです」

「あぁ、君がアウル君か！　話は聞いているよ。君が来たらすぐに通していいと言われているんだ。一応、身分を証明するための学生証かなにかあるかい？」

学生証？　そういえば制服と一緒に送られてきていた気がする。確か収納に入れていたはずだ。

「これでいいですか？」

「どれ……うむ。問題なさそうだな。付いてきてくれ」

門番らしき人の後ろについて辺境伯様の屋敷へと入ったけど、今考えると王都のほうの屋敷に入るのはこれが初めてかもしれない。

「あれ、アウルだ。やーっと来たんだ？」

偶然通りかかったミレイちゃんに皮肉たっぷりに言われてしまった。俺が悪いのでぐうの音も出ないのだが。

ただ、メイド服なのが気になる。住まわせてもらう代わりにメイドでもやっていたのか？

「遅くなってごめんね。今度美味しいお菓子御馳走するよ」

「ふふふ、約束だよ！　じゃあお願いね！　私は準備してくる！」

そう言ってメイド服を翻して走って行ってしまった。やはり美人は何をしても絵になるな。

「ちっ」

門番の人から舌打ちが聞こえたけど気のせいだよね!?

「ここで少し待て。係を呼んでくる」

……うん。気のせいだったようだ。この門番さんも凄い笑顔だし、きっと気のせいなんだ。

屋敷のエントランス部分で待っていると、見たことがある執事がいた。

「あれ、ジモン・ローランさんですか？」

「おや、私の弟をご存知でしたか。私はジモン・ローランの兄のジモン・ルーランと申します。以後お見知りおきを」

お兄さん……？　にしては顔が瓜二つだな。というかローランとルーラン。

あと3人ほど兄弟がいそうと思うのは俺だけか？

「ちなみに、私は5人兄弟ですよ。兄が2人と妹が1人と弟が1人です」

「え、顔に出てましたか？」

「いえ、執事の勘というやつです。案内しますのでこちらへどうぞ」

執事というのは読心術か何かを持っているのか？

ルーランさんの後ろを歩きながら屋敷を眺めていると、高そうな調度品が上品に配置されている。嫌味ったらしくないうえに、見ていて飽きさせない配置の仕方。これをそろえた人は相当センスがいいだろうな。

「調度品はすべて奥様が揃えられたものですよ」

「……声に出てましたか？」

「いえ、執事の勘というやつです」

執事というのは恐ろしいな。

「ではここでお待ちください。今呼んでまいりますので」

ルーランさんと入れ替わりでメイドさんが入ってきて紅茶を淹れてくれた。

例に漏れず獣人のメイドさんだったのは、俺が密かに獣耳に萌えを感じているのを察知されたのかもしれない。

ルーランさんの前では獣人メイドさんを凝視しないようにしていたんだけどな。いつバレたのだろうか。これも執事の勘というやつか？

応接室で待つこと15分程度でランドルフ辺境伯がやってきた。

「久しぶりだね。いや、学院祭で一度会っているから久しぶりというほどでもないか？」

「いえ、あの時は大したおもてなしもできずに申し訳ありません。ミレイから辺境伯様が王都にいると聞き及びましたので挨拶に参りました」

「そんなに固くならなくてもよい。用件はミレイについてだろう？　ミレイから聞いているよ」

「はっ、その通りです。ミレイは私の幼馴染ですし、いつまでも辺境伯様の下でお世話になるのもどうかと思いまして」

「別に彼女は私の推薦した子だから別に構わんが？」

あれ？　すんなり話が通ると思ったのに、雲行きが怪しいな。この人はなにを考えているんだ？

「それに、まだうら若いお主らが一つ屋根の下というのは些か問題のような気もするが？」

ランドルフ辺境伯は抑えているようだが、口元はわずかに緩んでおり、俺をいじって楽しもうとしているのが見え見えである。

こんな時はあえて強気に出るのがいいのだ。堂々とすれば逆にいじれないだろう。

「いえ、問題ありません。俺はミレイが好きですし、何かあっても責任は取りますから」

この気持ちに偽りはない。ただ、覚悟が今決まったというだけだ。

「ほう！　よく言った。それでこそ男だ。――だそうだぞ、ミレイ。今日からアウルの家で世話になりなさい。学院でかかるお金についてはすべて私が持つから心配はいらないぞ」

ちょっと待て。だそうだぞって、どういうことだ⁉　俺の気配察知には反応ないぞ⁉

「おや、焦っておるな？　ミレイならば最初からこの場におるよ」

この場にいるのは俺と辺境伯とルーランさんと獣人のメイドさんだけだ。

「私の偽装魔法も捨てたものじゃありませんなぁ」

ルーランさんが言い終えた後に指を鳴らすと、さっきまで獣人だったメイドさんはミレイちゃんへと変わっていた。

「なっ⁉」

「驚きましたかな？　偽装魔法は私の固有魔法なのですよ」

当の本人は顔を真っ赤にさせて俯かせているし、本当にやっちまった！

おのれ辺境伯め……‼　謀ったな⁉　ニヤニヤしやがって。

この借りは絶対に倍にして返してやるからな‼

「えっと、その……不束者ですが、よ、よろしくお願いしますぅ……！」

「あ、こ、こちらこそよろしくお願いします……！」

辺境伯の介入があったが、結果的にプロポーズしてしまった俺。せっかくなので、用意していた指輪を渡すことにした。

「これからいろいろと大変なこともあるかもしれないけれど、いつも隣で笑っていてくれると嬉しい。この指輪を受け取ってくれる？」

それで、泣き出してしまうミレイちゃんだった。

「ううぅ～……‼」

「……アウルよ。まさかこうなるとわかっていて指輪を用意しておったのか？　それもこんなに立派なやつを。お主も隅におけんのう」

「…………」

辺境伯を敬うのを止めようと決意した瞬間であった。

だけど、泣いているのに幸せそうにしているミレイちゃんを見ることができたのは良かったかな？　今まで先送りにしてしまっていたけど、ある意味いいきっかけだったのかもしれない。

ちょっと情けないプロポーズかもしれないけれど、俺らしいと言えば俺らしいかな。

「アウル、大好きだよっ！」

辺境伯の家でアウルがプロポーズをしているころ、学院の書庫では封印について書かれたルイーナ＝エドネントの本が怪しげに明滅していた。

Mノベルス

のんべんだらりな転生者《てんせいしゃ》～貧乏農家《びんぼうのうか》を満喫《まんきつ》す～③

2021年5月31日　第1刷発行

著　者　咲《さ》く桜《さくら》

発行者　島野浩二

発行所　株式会社双葉社

〒162-8540　東京都新宿区東五軒町3番28号

[電話] 03-5261-4818（営業）　03-5261-4851（編集）

http://www.futabasha.co.jp/（双葉社の書籍・コミック・ムックが買えます）

印刷・製本所　三晃印刷株式会社

[電話] 03-5261-4822（製作部）

ISBN 978-4-575-24410-6 C0093　

Mノベルス

魔王様、リトライ!

Maousama Retry!

神崎黒音 Kurone Kanzaki
[ill] 飯野まこと Makoto Iino

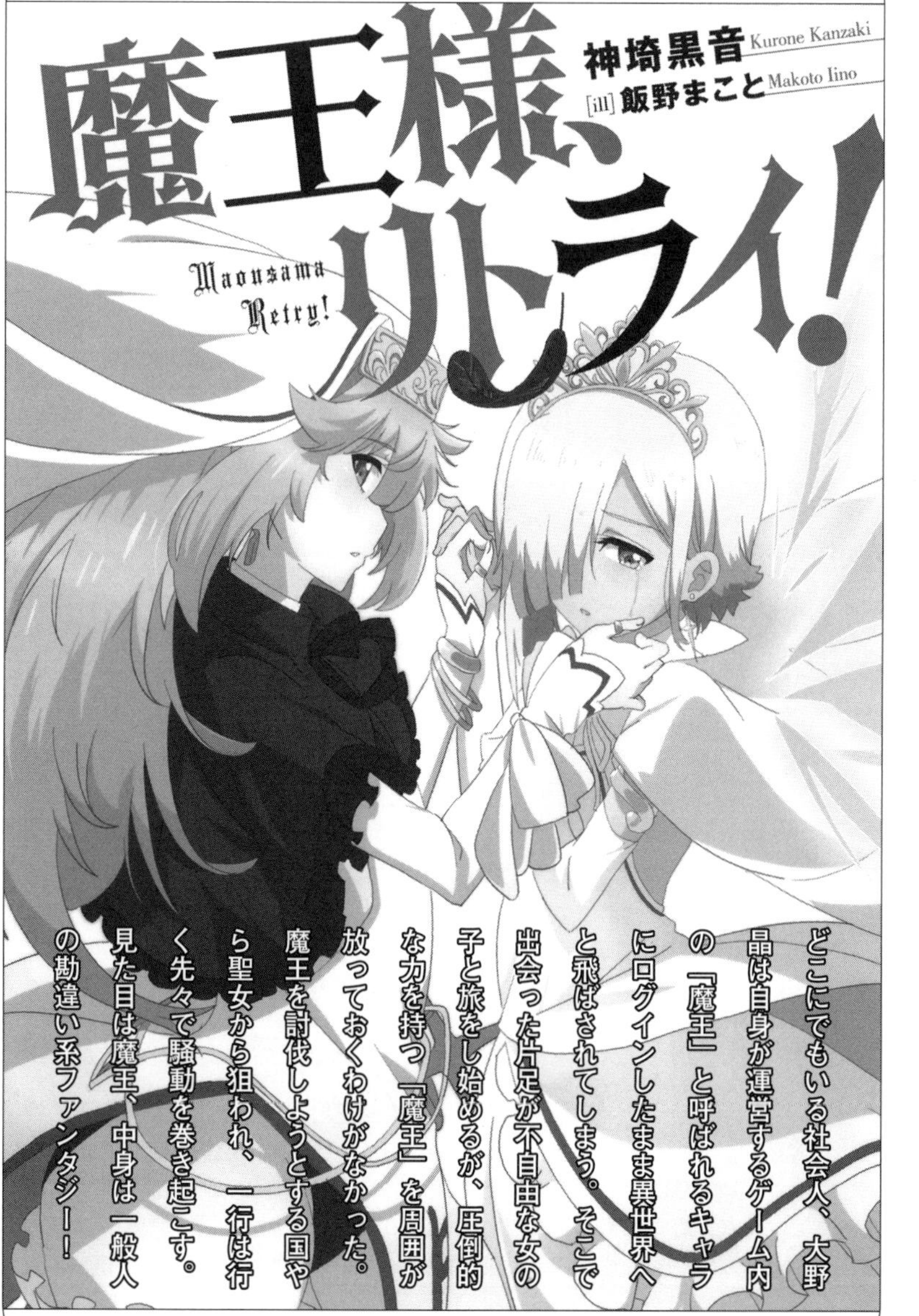

どこにでもいる社会人、大野晶は自身が運営するゲーム内の「魔王」と呼ばれるキャラにログインしたまま異世界へと飛ばされてしまう。そこで出会った片足が不自由な女の子と旅をし始めるが、圧倒的な力を持つ「魔王」を周囲が放っておくわけがなかった。魔王を討伐しようとする国やら聖女から狙われ、一行は行く先々で騒動を巻き起こす。見た目は魔王、中身は一般人の勘違い系ファンタジー！

発行・株式会社　双葉社